KB239202

위험한 독서

위험한 독서

김경욱 소설

문학동네

차례

위험한 독서

오늘 당신은 바쁘다. 당신의 안부를 궁금해하는 방문자들의 사교적인 글에 댓글 한 줄 남기지 못할 정도로 바쁘다. 어제도 당신은 바빴다. 한물간 배경음악을 바꿀 엄두도 내지 못할 만치 바빴다. 무엇 때문인지 그제도 당신은 바빴다. 당신의 근황을 짐작게 하는 사진 한 장 새로 올리지 못할 만큼 바빴다. 근거를 짐작할 수 없는 당신의 분주함은 사흘 전부터 시작되었다. 사흘 전이라면 중부지방에는 호우주의보가 남부지방에는 호우경보가 내려졌던 날이다. 천둥과 번개까지 동반한 퍼붓듯 쏟아지는 비였다. 장마가 시작된 것이다. 당신은 지금 어디서 무엇을 하고 있는가.

새로운 일자리를 구한 건가. 그렇다면 새 직장에 적응하느라 눈코 뜰 새 없겠지. 큰맘 먹고 적금을 헐어 해외여행이라도 떠난 것인가. 설마 헤어졌다는 남자친구와 함께 떠나지는 않았겠지. 장맛비로 피해를 입은 것은 아닌가. 무너진 축대에 골절상을

입고 병원 침상에 누워 있다면 사흘 전 입력한 '바쁘다'를 '아프
다'로 바꿀 여력조차 없을 테지. 간호해줄 사람은 있는지. 손이
많이 가는 빵을 굽다 불에 데기라도 한 것인가. 키보드를 두드
리기 힘들 정도로 심하게 다치기라도 한 건가. 당신 정말 바쁘
기는 한 것인지. 당신의 미심쩍은 근황에 대한 공상에 잠겨 있
는 사이 창문 틈으로 들이닥친 비의 급습으로 책상 위에 쌓여
있던 책들이 젖고 말았다. 비에 젖은 책 중에는 서문조차 읽지
않은 새것도 있었고 오래전에 읽었지만 다시 읽기 위해 책장을
뒤져 일부러 꺼내놓은 것도 있었고 무엇보다 당신이 빌려갔던
것도 있었다.

책의 상태를 점검하기 위해 갈피를 조심스레 넘기다 붉은 얼
룩을 발견했다. 사인펜이 비에 번진 것이었다. 나는 책에 밑줄을
긋지 않을뿐더러 당신에게 빌려주기 전까지만 해도 없었으니 당
신이 만들어놓은 것이 분명했다. 당신을 탓하려는 건 아니다. 애
당초 책을 빌려주겠다고 제안한 것도 밑줄을 그어도 좋다고 한
것도 이쪽이었으니. 헤어드라이어로 말리자 뭉개졌던 글자들의
일부가 입을 앙다문 채 하나둘 살아 돌아왔다. 말을 갓 배운 아
이가 어미의 말을 따라 하듯 더듬더듬 읽어낸 문장은 다음과 같
았다. 우리가 심연을 들여다보면 심연 또한 우리를 들여다본다.

빙고. 당신이 빌려갔던 것은 니체의 책이었다. 붉게 얼룩진 부
분을 한참 들여다보고 있자니 내가 붉은 얼룩을 응시하는 것이
아니라 붉은 얼룩이 나를 노려보고 있는 것 같기도 했다. 그것

은 당신이 내게서 빌려간 마지막 책이었다. 괜찮다면 마지막이라는 말은 취소하기로 하자. 마지막이라는 말은 자신을 위무하기에 급급한 나약한 영혼들이나 쓰라지. 그러니 마지막이라는 말은 이번이 마지막.

영원히 계속될 것처럼 퍼붓던 장맛비도 이틀 낮과 밤을 넘기지 못하고 수그러들었지만 당신의 분주한 일상은 좀체 느슨해지는 법이 없다. 당신의 분주함 때문에 뼈아픈 나는 당신의 분주함 때문에 안도하기도 한다. 분주한 당신의 일상이 혹 당신을 나에게 돌려보내줄지도 모르니 말이다. 나를 찾아오는 자들이란 자신이 쓸모없는 존재라는 자괴감마저도 느긋하게 곱씹을 정도로 한가하거나 자신이 쓸모 있는 존재라는 만족감을 음미할 겨를도 없이 바쁜 사람들이게 마련이니까. 당신이 나에게 돌아오기만 한다면 나는 그간 당신의 무심과 격조(隔阻)를 군말 없이 이해할 것이니. 이 책을 빌려주면서 말했던가. 1889년, 그러니까 죽기 한 해 전 투린에서, 마부에게 채찍질당하던 말을 다짜고짜 껴안은 채 니체가 외쳤던 말이 무엇이었던가를. 난 너를 이해해. 나도 이해한다. 당신을, 사실 여부를 확인할 수 없는 당신의 분주함을, 심지어 붉은 얼룩마저도. 모두모두 이해한다. 그것은 나의 직업이기도 하니까.

음악치료사나 미술치료사 얘기는 들어봤지만 책치료사라는 직업이 있는 줄은 몰랐어요. 책은 무진장 읽으셨겠네요. 내 명함을 받은 사람들은 열에 아홉 그런 반응을 보였다. 책치료사가 아니라 독서치료사입니다. 그들의 천박한 호기심에 대한 나의 태도는 단호했다. 그런 종류의 호기심은 애당초 싹을 자르지 않으면 걷잡을 수 없이 자라날 테니. 자라서 세상의 모든 것들을 한갓 추문으로 전락게 할 것이니. 이런 질문을 던지는 자들도 있다. 요즘 읽을 만한 책은 뭐가 있죠? 그럴 때면 나는 정색하고 대답한다. 돈 내고 물으세요. 독서치료사. 나는 책으로 마음의 병을 어루만지고 치유하는 사람이다. 의사가 환자를 진단하고 처방하듯 나는 피상담자의 심리상태를 체크한 뒤 도움이 될 만한 책을 추천한다. 모든 약효의 팔십 퍼센트는 플라시보 효과다. 플라시보 효과로 치자면 책만한 물건도 없을 것이다. 부작용도 거의 없다. 중독? 환영할 만한 일이다.

세상에는 두 부류의 인간이 있다. 책을 안 읽는 인간과 책을 못 읽는 인간. 내 고객은 주로 후자 쪽이다. 책을 읽고는 싶지만 그럴 마음의 여유가 없다고 생각하는 사람, 어떤 책을 읽어야 할지 갈피를 잡지 못하는 사람을 나는 상대한다. 그들에게는 이 세상에 책이 너무 많다는 것이 문제라면 문제다. 작심하고 서점이나 도서관에 갔다가도 서가를 빼곡히 메우고 있는 책에 압도 당해 발길을 돌리는 사람들, 남들이 다투어 읽는다는 책을 따라 읽어도 마음의 허기를 채우지 못하는 사람들 모두 나에게 오라. 와서 마음의 평화를 구하고 갱생을 도모하라.

정말 책으로 치료가 가능한가요? 당신이 물었다. 순진한 질문이었다. 잘못 찾아오지 않았다는 믿음을 심어줄 필요가 있는 고객이었다. 고대 그리스 테베의 도서관 입구에는 '영혼을 치유하는 곳'이라는 글귀가 새겨져 있었죠. 나는 부러 확신에 찬 어조로 대답했다. 당신은 온순한 학생처럼 고개를 주억거렸다. 심지어 기어들어가는 목소리로 이렇게 중얼거렸다. 죄송해요. 잘 알지도 못하면서 괜한 질문을 던져서. 당신은 대단한 실례를 범하기라도 한 듯 어쩔 줄 몰라했다. 금세 울음이라도 터뜨릴 것 같은 표정이었다. 상담이 쉽지만은 않을 듯싶었다. 당신과의 만남은 그렇게 시작됐다. 특별한 기대나 별다른 설렘도 없이. 외지고 남루한 서가에서 우연히 발견한 책. 여태 단 한 번도 대출된 적 없어 존재감마저 희박해진 책. 한번 훑어보기만 하면 두 번 다시 들춰볼 일 없을 것처럼 평범해 보이는 책. 당신은 나에게 그런 책이었다. 어떻게 찾아오게 되었냐고 묻자 당신은 말했다. 선생님 전 아무짝에도 쓸모없는 인간이에요. 밥벌레예요.

　피상담자를 처음 만나면 나는 독서카드를 작성하게 한다. 뭐 거창한 건 아니다. 당신의 독서취향에 관한 기초적인 자료를 수집하는 것일 뿐이다. 긴장할 필요 없다. 병원에 가면 작성하는 진료카드라고 생각하면 된다. 거 왜 있잖은가. 혈액형 키 몸무게 자신이나 가족의 병력 따위를 기록하는 카드 말이다. 진료카드라는 것들은 너무 노골적이어서 빈칸을 채우고 있노라면 얼굴이 달아오르고 불쾌해지기도 한다. 얼마 전 충치치료를 위해 치과에 갔더니 치아관리카드라는 것을 작성하라는 것이었다. 음주량과 흡연습관을 묻는 질문은 귀엽게 봐줄 수 있었다. 잠잘 때 이를 가는지 묻는 것까지도 참을 수 있었다. 그러나 입냄새가 나는지, 난다면 얼마나 심한지 묻는 질문에는 두 손 들 수밖에 없었다. 그에 비하면 내 고객들이 작성하는 독서카드는 지나치게 점잖고 고상하다는 게 문제가 될 정도다. 당신이 최근에 읽은 책은? 감명 깊게 읽은 책은? 아끼는 사람에게 권해주고 싶은 책은? 앞으로 읽고 싶은 책은? 가장 좋은 질문지는 응답자로 하여금 정답이 아닌 사실을 적도록 유도하는 것이다. 그러기 위해서는 우선 응답자의 경계심을 풀어줘야 한다.

이런저런 범죄를 저지르고 사회에서 격리된 청소년들을 상담하며 깨달은 바에 의하면 경계심의 천적은 호기심이다. 상습적으로 고급 외제차에 불을 지른 소년을 상담한 적 있다. 나이는 열다섯이었다. 세 차례 만나도록 어린 연쇄방화범은 입을 여는 법이 없었다. 소년의 입을 굳게 다물게 한 것은 낯선 자에 대한 경계가 아니라 세상에 대한 적의였을 것이다. 침울하면서도 날선 소년의 눈빛 속에서 세상은 모두 돌이킬 수 없는 적이었고 나 또한 불편한 침묵으로 마땅히 능멸해야 할 적의 일부에 지나지 않았다. 결코 열리지 않을 것 같던 소년의 말문을 튼 것은 무심코 들고 간 한 권의 책이었다.

도합 일곱 건에 달하는 차량방화의 죗값을 한줌 희망 없이 묵묵히 견디고 있던 소년의 눈을 호기심으로 깜빡거리도록 만든 것은 무엇이었을까. 예사롭지 않은 제목이었을 수도 있고, 타오르는 불길을 떠올리게 하는 책표지의 도안이었을 수도 있고, 자위대의 궐기를 부르짖으며 할복했다는 작가의 자극적인 프로필이었을 수도 있겠다. 이도 저도 아니라면 관료적인 냄새를 풍기는 상담일지나 날 선 침묵만 하릴없이 담아내던 녹음기 대신 멋쩍은 듯 테이블 위에 놓여 있던 책 자체였을 수도 있을 것이다. 이를테면 그 책은 강고했던 저 트로이의 방어진을 일거에 무너뜨린 목마였던 셈이다. 고색창연한 절에 불을 지른 방화범의 내면을 탐미적 언어로 그려낸 소설을 읽고 소년은 봇물 터진 듯 자신의 감정을 쏟아냈다. 기괴한 형식의 죽음을 선택했던 이방의 작가가 쓴 소설에서 소년이 발견한 것은 단 한 번도 타인에게 드러내 보인 적 없는, 스스로도 부정하기에 바빴던 자기 자신이었다. 남에게 이해되지 않는다는 점이 유일한 긍지였기 때문에 무언가 남들을 이해시키겠다는 표현의 충동을 느끼지 못했다. 남의 눈에 띄는 것들이 나에게는 숙명적으로 결여되어 있다고 생각했다. 고독은 자꾸만 살쪄갔다. 돼지처럼.[1]

---

1) 미시마 유키오, 『금각사』. 쪽수는 일부러 적지 않는다. 의도적인 불친절이 못마땅하거든 앞으로의 각주를 무시하면 될 일이다. 목마른 자 우물을 팔 것이니, 만에 하나 정확한 출처가 궁금하다면 해당 책을 찾아 첫 문장부터 읽어볼 일이다. 인용된 문장을 발견할 때까지. 정말로 그런 문장이 있기나 한 것인지 확인할 때까지. 무슨무슨 영화의, 이러저러한 드라마의 배경이 되었던 특정한 벤치나 삼나무 길을, 지도에도 표시되어 있지 않은 섬이나 계곡을 실제로 찾아나서는 수고에 비하면 땅 짚고 헤엄치는 격일 테니, 부디 당신의 독서가 당신을 자유롭게 하기를.

　소년은 위의 문장을 읽으면서 고름을 짜는 듯한 고통과 안도감을 동시에 느꼈다고 고백했다. 자신 안에 도사리고 있던 유일무이한 괴물과의 조우에서 비롯된 고통이었을 것이고 그 괴물이 유일무이한 존재가 아님을 확인함으로써 얻은 안도였을 것이다. 고통은 심리치료의 시작이고 쾌감은 심리치료의 끝이다. 독서로 과거를 바꿀 수는 없다. 그러나 과거를 두려움 없이 똑바로 바라보게 할 수는 있다. 같은 생각을 품은 사람이 이 세상에 존재한다는 사실을 확인한 순간, 남에게 이해받는다는 것의 기쁨을 어렴풋하게나마 느낀 순간 소년이 자신도 모르게 사육하던 괴물은 자취를 감추었다. 연쇄방화범은 또래의 평범한 아이로 돌아갔고 나는 독서치료사로서의 새로운 삶을 발견했다.

　당신이 어떤 책을 읽어왔는지 말해주면 나는 당신이 누구인지 말해줄 수 있다. 당신의 독서목록은 그 자체로 당신의 자서전이고 영혼의 연대기이다. 교육론의 고전 『에밀』을 집필한 루소가 제 자녀들을 고아원에 보냈다는 가십은 들은 자리에서 웃고 잊어라. 학장의 어린 딸 앨리스를 위해 『이상한 나라의 앨리스』를 쓴 옥스퍼드 대학의 수학과 교수 루이스 캐럴이 독신으로 살지 않았다면 과연 그런 책을 펴냈을까 하는 공상은 가급적 빨리 접어라. 독서를 통해 당신이 발견해야 하는 것은 교묘하게 감추어진 저자의 개인사나 메시지라는 그럴듯한 이름으로 포장된 이데올로기가 아니라 바로 당신 자신이니까.

내가 대단한 일을 한다는 건 아니다. 나는 당신에게 거들먹거리거나 실없는 농담을 건넬 생각은 추호도 없다. 내 전 재산이라야 무표정한 얼굴뿐이니 우스갯소리를 늘어놓는다는 건 가망 없는 일이다.[2] 독서에 관한 한 나는 안내인에 불과하다. 책 속에서 천국을 찾든 지옥을 발견하든 그것은 전적으로 독자인 당신의 몫이다. 두 눈 부릅뜨고 노려본다면 그곳이 설령 지옥이라도 그리 못 견딜 만하지는 않을 것이다. 당신이 어떤 책을 읽어왔는지 말해준다면 나는 당신이 품고 있는 지옥의 밑그림을 그려줄 수도 있다. 그러나 당신의 독서목록은 당신이 누구인지 말해줄 수 있을 정도로 축적되지 못해서 가여웠다. 서른 살 성인의 것이라고는 믿을 수 없을 만치 독서의 분량은 가난했고 취향은 이렇다 할 중심이 없어 종잡을 수 없었다.[3] 이를테면 당신은 일러두기도 목차도 없는, 독자를 위한 배려라고는 전혀 찾아볼 수 없는 난감한 책이었다. 그러니 당신이 구청에서 운영하는 도서관에서 일한다는 사실을 알게 되었을 때 나는 뒤통수를 얻어맞은 기분이었다.

당신에게 나는 어떤 책을 권해야 했을까? 당신이 만일 중년 사내와 부적절한 교제를 하는 미성년자였다면 블라디미르 나보

---

2) 제임스 M. 케인, 『포스트맨은 벨을 두 번 울린다』.
3) 참고로 당신이 작성한 독서카드의 주요 내용을 발췌하면 다음과 같다.
  최근에 읽은 책, 『다이어트! 제대로 알고 하자』; 감명 깊게 읽은 책, 『데미안』; 아끼는 사람에게 권해주고 싶은 책, 『홀로 눈 감으면 언제나 내 안에 있는 너』; 앞으로 읽고 싶은 책, 『빵 굽는 사람이 아름다운 스물일곱 가지 이유』.

코프의 『롤리타』를 권했을 것이다. 임신중절수술비를 마련하기 위해 원조교제를 시작한 여학생에게 읽혔더니 돈을 받고 정기적으로 성관계를 갖던 중년 사내와의 관계를 끊었다. 편모 슬하에서 자란 그 여학생은 자신을 돌봐줄 남자가 아니라 자신을 사랑해줄 남자를 찾게 될 것이다. 내년 여름에 배낭여행을 가기 위해 지금은 부지런히 아르바이트를 하고 있단다. 만일 당신이 지켜만 보는 사랑으로 가슴앓이하고 있다면 콜롬비아 작가의 소설을 추천했겠지. 당신이 평생 사랑을 고백하지 못하고 눈감을 때 다음과 같이 탄식하지 않도록. 내가 죽는 것이 가슴 아픈 유일한 까닭은 그것이 사랑 때문이 아니라는 것이다.[4] 만일 당신이 이 세상의 속물스러움에 환멸을 느낀 나머지 "삶은 살 만한 값어치가 있어서 사는 것이 아니라 자살할 만한 값어치가 없어서 사는 것이다"는 염세적인 잠언을 일기장에 끼적거리는 조숙한 소녀였다면 J. D. 샐린저의 『호밀밭의 파수꾼』을 읽도록 했겠지.

당신은 여러모로 읽어내기 쉽지 않은 책이었다. 서툴게 번역된 책처럼 문장은 아리송했고 문맥은 요령부득이었다. 당신은 자신의 감정이나 생각을 어떻게 표현해야 할지 몰라 당황하는 것처럼 보였다. 심지어 당신은 자신이 어떤 사람인지 무엇을 원하는지도 모르는 듯했다. 커피나 차를 마시겠냐는 질문 앞에서조차 한참 망설이다 "선생님이 마시는 걸로요"라는 말을 겨우

---

4) 가브리엘 가르시아 마르케스, 『콜레라 시대의 사랑』.

내뱉고 무거운 짐을 벗어버린 듯 안도했다. 내가 권해준 책에 대한 감상을 물으면 초식동물의 그것처럼 순하고 놀란 듯한 눈빛으로 나를 물끄러미 바라보거나 "저 같은 게 뭘 알겠어요"라며 말꼬리를 흐렸다. 도무지 속내를 읽어낼 수 없는 소침한 당신의 눈빛이 품고 있을 지옥을 가늠하는 일이 나로서는 난망했다. 독서를 통해 당신이 얻고자 한 것은 무엇이었을까? 독서카드를 작성하다 말고 당신은 주저하며 물었지. 죄송하지만 선생님, 어떤 책을 읽으면 칠 년 사귄 남자친구를 깔끔하게 정리할 수 있을까요? 구질구질하게 울거나 후회하지 않고 끝장낼 수 있을까요? 당신이 독서를 통해 얻고자 한 것은 진정 그것이었을까? 고작 그것이었을까? 혹시 딱딱한 분위기를 누그러뜨리기 위해 마지못해 던진 농담은 아니었던가.

한번 지나가면 영원히 돌아오지 않는 것들이 있다. 우리가 '처음'이라 이름붙이는 모든 것이 그러하다. 따라서 모든 처음은 단 하나의 예외도 없이 '마지막'이다. 경이로운 여성편력으로 존재의 참을 수 없는 가벼움을 감내했던 프라하의 의사는 말한다. 한 번은 없는 것과 같다. 우리가 단 한 번만 살 수 있다면 그것은 단 한 번도 살지 않는 것과 같다.[5] 니체를 떠올렸다면 당신은 상당한 수준의 독자임을 자부해도 된다. '영원회귀'라는 넝쿨까지 캐낸다면

5) 밀란 쿤데라, 『참을 수 없는 존재의 가벼움』.

금상첨화겠지. 존재하는 모든 것들이 존재하는 방식은 늘 과거다. 과거는 더이상 존재하지 않는다는 이유 때문에 영원히 존재한다. 그러니 과거는 현재의 미래다. 한 번뿐인 삶이 덧없고 허망한가. 걱정하지 마라. 무한한 우주의 시간과 공간 속에서 당신의 일회적인 삶은 언제 어디선가 반복된다. 중요한 것은 반복 그자체가 아니라 그것을 어떻게 받아들이느냐다. 요컨대 독서의성패를, 운명의 존망을 결정하는 것은 '사실'이 아니라 '태도'다.
　성공한 부동산업자가 있다. 아내와 두 자녀와 함께 부족함 없는 삶을 꾸려갔다. 그 사내가 어느 날 사라져버렸다. 금전 문제? 여자 문제? 모두 깨끗했다. 사내를 찾아달라는 의뢰를 받은 사립탐정은 닮은 사람을 봤다는 제보 덕에 그를 찾아냈다. 사내는사립탐정에게 저간의 사정을 설명했다. 공사중이던 건물의 철골이 점심을 먹으러 가던 사내 바로 앞에 떨어졌다. 애써 일군 자신의 삶이 우연히 떨어진 철골에 의해 끝장날 수도 있다는 사실에 사내는 충격받았다. 그래서 모든 것을 버리고 훌쩍 떠났다. 곳곳을 떠돌던 사내는 어떤 여자를 만나 정착하고 다시 결혼해서 살게 되었다. 새로운 삶에 만족하고 있으니 자신을 못 본 걸로 해달라고 사내는 부탁했다. 그러나 사립탐정의 눈에 사내는예전과 크게 다르지 않은 삶을 살고 있는 것처럼 보였다.[6]

---

6) 이 에피소드에 대해 더 자세한 내용이 알고 싶다면 대실 해밋의 『몰타의 매』를 읽어보라.

현명한 독자가 되고 싶다면 독서를 통해 교훈 따위를 찾아낼 생각은 일찌감치 접어라. 독자로서 당신에게 필요한 것은 계몽이 아니라 공감이니. 강박증이나 외상 후 스트레스장애에 시달린 적 있다면 사내의 이야기에 공감할 것이나 당신은 사내에게 적대감을 드러냈다. 당신답지 않게 홍분하며 화를 내기까지 했다. 나빴어요. 아내를 버리고 말도 없이 떠나버리다니. 한마디 말도 없이. 사랑한다면 절대 그럴 수 없을 거예요. 철골이 다시 떨어지면 또 훌쩍 떠나야겠군요. 그 사내는 떠날 구실을 찾고 있었던 것뿐이에요. 당신의 관심은 오직 사내가 불쑥 떠났다는 사실에만 집중되었다. 사내의 행동을 비난함으로써 당신이 드러낸 것은 기왕의 것에 대한 집착이었고 감추고자 한 것은 결별에 대한 두려움이었다.

남자친구와 정말 헤어지고 싶은가요? 내 질문에 당신은 선뜻 대답하지 못했다. 망설이는 빛이 역력했다. 유아기에 모체로부터 분화되는 과정에서 정신적 외상을 겪은 사람들은 뭔가를 떼어내거나 무엇인가로부터 떨어져나오는 데 어려움을 호소하기도 한다. 당신은 젖먹이 때부터 어머니와 떨어져야 했을 수도 있겠지. 남자친구와 헤어지기 위해 나를 찾아왔다는 당신의 말은 어쩌면 농담이 아닐지도 몰랐다. 가엾고 측은한 당신. 그렇다면 당신의 문제는 남자친구와의 관계에서가 아니라 남자친구를 정리하기 위해 나를 찾아왔다는 사실에서 찾아야 할 것이다. 시시할 것이라는 지레짐작과 달리 당신이라는 책이 흥미로워지기 시작했다. 그래봤자 직업상의 흥미일 뿐이었지만.

　초보적인 독자들이 갖고 있는 선입견 중 하나는 책의 주인공과 저자를 동일시하는 것이다. 이런 독서법의 폐해는 정답을 찾기 위해 교사의 눈치를 보는 학생처럼 저자의 권위에 짓눌린 나머지 책 속에 자신을 내던지지 못한다는 것이다. 이것은 작가의 경험인가, 저것은 작가의 상상인가. 독서량이 그리 많지 않은 당신도 예외는 아니어서 작가의 전기적 사실을 의식하느라 정작 자신을 읽어내지 못했다.
　당신은 자신의 주장을 내세우는 것을 죄악이라 여기는 것처럼 무구(無垢)한 겸양 속에 스스로를 가뒀다. 합당한 문장으로 번역되지 못한 당신의 욕망과 의사(意思)는 차츰 희미해졌고 종국에는 그런 것이 있기나 한 것인지 의심스러울 지경이 되었다. 당신에게는 억압된 욕망을 맘껏 투사할 수 있는 대상이 필요했다. 당신이라는 존재를 있는 그대로 받아들이고 스스로를 귀히 여기도록 만들어줄 인물 말이다. 몇 권의 시행착오 끝에 나는 당신에게 다자이 오사무의 『인간실격』을 권했다. 노파심에서 나는 이렇게 말했다. 저자의 의도나 실제 삶 같은 건 중요하지 않아요. 책을 당신 것으로 만드세요. 책은 영혼을 비추는 거울이니 거울 속 당신 자신을 들여다보세요. 이렇게 합시다. 저자는 죽었다고 생각하세요. 당신은 고개를 *끄덕*이며 다음과 같이 대답했다. 천구백사십팔년 강물에 뛰어들어 죽었네요. 동반자살이래요. 불쌍한 사람. 당신은 어느새 책 말미의 작가연보에 코를 박고 있었다. 어수룩한 당신. 당신의 터무니없어 보일 정도로 진지한 반응에 나는 하마터면 웃음을 터뜨릴 뻔했다. 전통적인 독서법의 영향력은 질기고 집요했다.

지푸라기라도 잡는 심정이었지만 당신의 반응은 뜻밖에 강렬했다. "참 부끄러운 인생을 살았습니다." 이 문장을 읽는 순간 당신은 화들짝 놀랐으리라. 대체 어떤 삶을 살았기에. 전통적 독서법에 충실한 당신은 작가의 연보를 새삼 뒤적거렸을지도 모른다. 자신의 속내를 이토록 공공연하게 드러내도 되는 것일까. 당신을 마음 불편하게 만든 것은 고백의 내용이 아니라 고백이라는 형식의 적나라함이었으리라. 타인의 은밀한 몸짓을 훔쳐본 것처럼 부끄럽기도 했겠지. 충무로역이었던가 을지로3가역이었던가. 전동차를 기다리던 당신은 플랫폼 바닥에 그려진 발자국에 자신의 발을 대보았지. 네줄서긴가 뭔가 하는 캠페인 마크 있잖은가. 당신은 자신의 발이 플랫폼 바닥에 그려진 발자국과 딱 맞아떨어지는 것에 놀랐고 나는 당신의 신발이 너무 낡아 놀랐다.

익숙하지 않은 것에 대해 필요 이상의 스트레스를 호소하는 당신은, 새 신발의 어색함이 싫어서 보기 딱할 정도로 낡은 구두를 고집하는 당신은, 칠 년 동안 사귄 남자가 당신의 가장 친한 친구에게 "주말에 출장간다고 했어. 시간 비워둬"라는 문자메시지를 보낸 것을 알게 되었을 때조차도 기왕의 모든 것을 버릴 수 없었다. 애인의 외도에 대한 분노도 남의 휴대폰을 염탐했다는 죄의식을 무마하지는 못했다. 새로운 남자를 만나 서로의 과거를 조심스레 검색하고, 현재를 아등바등 끼워맞추고, 미래를 마지못해 공유하기까지의 과정을 처음부터 다시 시작해야 한다는 사실이 두렵고 끔찍했겠지. 그러니 모든 것을 버리고 낯선 곳으로 떠날 배짱이 없는 당신이 난생처음 영혼을 흔드는 문장과 맞닥뜨렸을 때 할 수 있는 선택이란 그 다음 문장을 읽는 것이 고작이었겠지. 저로서는 인간다운 생활이 도대체 어떤 것인지 모르겠습니다.[7] 인간다운 생활이 어떤 것인지는 나도 모른다. 그러나 새로 산 신발을 자근자근 밟아 부러 주름을 만들어 신는 것이 바람직한 습관이 아니라는 것은 자신있게 말할 수 있다.

쉽게 잊히지 않는 책들은 대개 앞부분을 읽어내기가 만만치 않다. 이런 책들은 도입부의 고비만 넘기면 끝까지 읽히게 마련이지만 고비를 넘긴다는 게 녹록하지만은 않다. 생소한 문체 때문에, 페이지를 넘길 때마다 튀어나오는 새로운 인물 때문에, 이런저런 대상에 대한 집요한 묘사 때문에 책장을 덮었을 수도 있겠지. 엇비슷한 이름을 가진 인물들의 복잡한 가계도를 그리다가 화가 난 나머지, 배경이 되는 고장의 지리나 풍속에 대한 장

---

7) 다자이 오사무, 『인간실격』.

황한 묘사에 질린 나머지 혹시 영화화되었는지 수소문했을 수도 있을 것이다. 영화라면 제아무리 많은 인물이 등장하더라도 문제없을 테니까. 그러나 출연료조차 요구하지 않는 책 속의 인물들은 행동보다는 말을 앞세우고 말보다는 생각을 앞세우게 마련이어서 시종 집중하지 않을 수 없다.

당신은 나에게 어떤 책이었을까. 당신이라는 책은 알베르 카뮈의 『이방인』처럼 첫 문장부터 독자를 긴장하게 하는 타입은 아니었다. 호사스런 장정으로 독자를 압도하거나 자극적인 삽화로 독자를 현혹하는 책도 아니었다. 별다른 기대도 이렇다 할 사전정보도 없이 무심코 읽기 시작한 책일 뿐이었다. 더구나 당신이라는 책은 자신을 드러내지 않는 성격 때문에 독자로 하여금 몇 번이고 책장을 덮고 싶은 충동을 느끼게 하지 않았던가. 그러나 일단 도입부의 관문을 통과하자 생소했던 문체는 눈에 익었고 인물들의 성격은 선명해졌으며 스토리는 핵심을 향해 쭉쭉 나아갔다. 당신은 더이상 독자를 마음 불편케 하는 책이 아니어서 이렇게 속삭인다. 나를 읽어봐. 주저하지 말고 나를 읽어봐. 순진한 당신의 속삭임은 차라리 외설스러울 지경이다.

나는 꼼꼼하고 조심스럽게 당신을 읽는다. 당신은 딸만 셋이던 집에서 넷째로 태어났다. 대를 이을 아들에 집착했던 당신 아버지나 할머니에게 당신은 달갑지 않은 존재였다. 당신의 뜻과 무관한 당신의 출생은 당신 아버지에게는 재앙이었고 당신 어머니에게는 수치였다. 축복받지 못한 출생, 적대적인 아버지.

당신 인생의 도입부는 전형적인 '고난의 구조'를 피할 길 없다. 스스로를 죄인이라 여겼던 당신의 어머니는 당신이 울어도 젖을 물리지 않고 온기 한점 없는 윗목에 팽개쳐둠으로써 죗값을 치른다고 생각했다. 걸음마를 시작할 무렵 당신은 외가에 맡겨졌다. 사실상 유배나 다름없었을 테지. 목청이 찢어지는 듯한 울음도 자신이 원하는 것을 쟁취하는 데 아무 소용 없다는 것을 구순기에 알아버린 아이는 타인의 욕망을 죽이는 삶을 살거나 자신의 욕망을 죽이는 삶을 살아갈 수밖에 없다. 세계를 파괴할 것인가 자신을 파괴할 것인가. 성격은 딜레마의 순간에 내리는 선택을 통해 드러난다. 자학을 속죄와 동일시한 어머니의 무관심을 곱씹으며 자란 당신은 당연히 후자의 길을 택했다. 그러나 당신은 『인간실격』의 자멸적인 주인공에게 백 퍼센트 감정이입하지는 않았다.

자신을 빼닮은 책 속의 인물에 대한 피상담자들의 반응은 둘 중 하나였다. 거울에 비친 자신의 이미지를 처음 본 아이처럼 신기해하며 위안을 얻거나 새로 산 것과 똑같은 옷을 입은 사람을 맞닥뜨린 것처럼 불쾌해하거나. 동일시는 자기 연민을 낳고 소외는 자기 부정을 불러온다. 당신은 끊임없이 스스로를 부정함으로써 자신이 쓸모없는 존재라는 것을 증명하고자 했다. 어쩌면 당신의 잠재된 분노는 당신의 아버지가 아니라 어머니를 향하고 있는지도 몰랐다. 주인공이 여성이 아닌 남성이었다는 사실도 당신의 감정이입을 방해했을 것이다. 그럼에도 불구하고 주인공이 겪는 가족과의 불화에는 공감했다. 당신은 이렇게 말하고 싶었는지도 모른다. 나는 집에서는 한 번도 웃지 않았다. 혈연관계에 있는 모든 것, 나와 관계 깊은 모든 것이 낯설게만 여겨졌다.[8]

　당신에게 나는 『인간실격』을 쓴 작가의 또다른 작품 『사양』을 권했다. 역시 한마디 안 할 수 없었다. 작가와 주인공은 다른 존재다, 알겠죠? 네. 내친김에 쐐기를 박았다. 책을 읽는 순간만큼은 내가 작가다, 알겠죠? 네. 다행히 이번에는 주인공이 여성이었다. 몰락한 귀족의 딸이 파경을 겪은 후, 처자식이 딸린 작가에게 구애한다는 내용이었다. 불행한 삶의 조건을 숙명으로 받아들이는 전통적 여성상을 거부하고 새로운 윤리를 적극적으로 모색하는 주인공을 당신은 맘에 들어했다. 사랑하는 남자의 아이를 낳아서 혼자 키우겠다는 가즈코의 용기가 대단해요. 저라면 엄두도 못 냈을 텐데. 저 같았으면 결혼하지도 않은 채 아이를 갖는 일은 없었을 테니 이런 가정 자체가 무의미하겠네요. 점입가경. 당신을 읽는 일은 점점 흥미진진해졌다. 당신은 이제 책 속의 인물에 비추어 스스로를 바라보게 된 것이다. 언제부턴가 나는 당신과의 상담을 흥분 속에서 기다리게 되었다.

　당신은 희생양이라는 개념에 매료되었다. 사랑하는 여자와 자신의 아이를 부정하는 우에하라의 우유부단을 힐난하면서 가즈

---

8) 아니 에르노, 『아버지의 자리』.

코를 낡은 도덕의 희생양으로 받아들였다. 사생아와 그 어머니. 그러나 우리는 낡은 도덕과 끝까지 싸우면서 태양처럼 살아갈 작정입니다. 혁명은 아직 일어나지 않았습니다. 아깝고 고귀한 희생이 더 많이 필요한 모양입니다. 지금의 세상에서 가장 아름다운 것은 희생자입니다.[9]

희생양은 죄가 있어서 처형되는 것이 아니라 처형되기 때문에 죄가 있는 것이다. 박해자들은 제 손으로 처형한 희생양을 숭배함으로써 공동체를 궤멸시킬 수도 있는 파괴본능을 제어한다. 일찍이 그리스 사람들이 '카타르시스'라 이름붙인 욕망의 이 비밀스런 메커니즘은 독서치료에도 고스란히 적용된다. 당신은 자신을 낡은 관습의 희생양으로 여김으로써 자기 부정으로 점철된 과거의 지리멸렬을 보상받고자 했을 것이다. 억압적인 관습의 제단에 불행했던 과거를 아낌없이 바침으로써 당신이 버린 것은 자괴감이었고 얻은 것은 도덕적 우월감이었다. 신산했던 과거는 이제 희생양의 고귀함을 돋보이게 하는 수난의 역사로 거듭났다. 당신은 비로소 불우했던 과거를, 자신을 긍정적으로 바라볼 수 있게 된 것이다. 사생아를 낳아 기르겠다는 가즈코의 결심에 대해 이야기하던 중 당신은 이런 말을 하기도 했다. 『탈무드』에 이런 얘기가 있더군요. 어떤 사람을 벌하는 데 모든 사람이 동의한다면 그를 풀어주어라. 그는 무고한 자임에 틀림없으니. 오! 어떤 책에 대해 말하기 위해 다른 책을 언급하다니. 당신은

---

9) 다자이 오사무, 『사양』.

목하 훌륭한 독자가 되어가고 있었다.

　나는 당신에게 상을 주기로 마음먹었다. 예외적인 일이었지만 그것은 당신의 성실한 독서에 대한 사심 없는 보상일 뿐이었다. 내가 구두를 선물하자 당신은 이렇게 말했다. 제가 그렇게 불쌍해 보이던가요? 내가 기대한 반응은 그런 게 아니었다. 제 발 사이즈는 어떻게 아셨어요? 당신이 환하게 웃으며 그렇게 물어왔다면 나는 잠시 뜸을 들인 뒤 답했을 것이다. 당신을 읽는 것은 나의 즐거움이죠. 인파로 붐비는 환승역에서 행인들의 뜨악한 시선도 아랑곳하지 않고, 플랫폼 바닥에 그려진 발자국의 크기를 줄자로 재던 내 모습을 은밀히 떠올리며 미소를 지어줄 수도 있었을 것이다. 그러나 기대를 배반한 당신의 반응 앞에서 당황한 나는 엉뚱한 대답을 하고 말았다. 와이프가 한번 신고 신발장에 처박아둔 건데 버리기엔 너무 아깝잖아요. 몇 번 신고 썩히는 신발이 한둘이 아니에요. 와이프가 신발가게만 보면 그냥 지나치지 못하거든요. 신발에 관한 한 거의 편집증 수준이죠. 궁색한 변명 같은 내 말을 당신은 천진하게 들었다. 그리고 이렇게 말했다. 어쩜 사모님 발 크기가 저랑 똑같네요.

　상담이 거듭되면서 당신에게는 변화의 징후들이 감지되었다. 죽은 듯 누워 있던 당신의 욕망이 비로소 기지개를 켜는 것이었을까. 당신의 표정은 밝아지고 풍부해졌으며 상대의 시선을 외면하며 말하는 버릇도 사라졌다. 검정 일색이던 당신의 옷차림도 울긋불긋해졌다. 내가 선물한 구두를 신고 나타났을 때 당신은 더이상 나를 처음 찾아왔을 때의 당신이 아니었다. 아내가 몇 번 신고 처박아둔 것이라는 나의 말을 당신은 곧이곧대로 믿었을까. 혹 내 거짓말에 대한 복수였던가. 자신에게 좀 솔직해지시죠. 당신은 당신 자서전의 주인공이잖아요. 자서전을 위선과 자기 기만으로 가득 채울 셈인가요? 그렇게 말하고 싶었던 것인가.

당신은 날로 화사해졌다. 다이어트를 해야 한다는 푸념을 습관처럼 내뱉었지만 당신의 풍만한 몸매가 나에게는 눈부셨다. 빛나는 생기와 샘솟는 자신감으로 충만해진 당신의 문장은 당당해서 아름다웠다. 자신의 빛나는 변화를 감춰둘 수만은 없다는 듯 당신은 카메라가 달린 최신 휴대폰을 장만하기도 했다. 오백만 화소라 웬만한 디지털카메라보다 성능이 좋다고 했다. 얼마 전에 개인홈페이지를 오픈했는데 너무 썰렁해서요. 사진 좀 올려볼까 해서 구입했어요. 벌써 자신의 사진도 몇 장 올렸다고 했다. 자기가 구운 빵도 찍어 올릴 계획이란다. 빵도 구울 줄 아느냐고 내가 물었다. 며칠 전부터 제빵학원에 다니기 시작했어요. 본격적으로 배우기 위해 도서관 일도 그만뒀어요. 제 이름이 들어간 빵집을 여는 게 꿈이거든요. 당신은 '베이커리'가 아니고 '빵집'이라 했다. 얼굴을 붉히며 빵집이라 했다. 여전히 순진해서 아름다운 당신. 당신과 나 사이에 가로놓인 티 테이블의 모서리를 뚫어져라 쳐다보며 흘려보내는 순간은 길고 아득했다.

겨드랑이에 식은땀이 고였다.

당신은 그즈음 장안의 화제가 된 드라마에 대해서도 말했다. 저처럼 날씬하지도 않고 든든한 배경도 없는 여자가 주인공으로 나오는데 어찌나 당당하고 씩씩하게 사는지 너무 보기 좋아요. 저도 그렇게 살고 싶어요. 게다가 제빵기술자예요. 나이는 서른, 저랑 동갑이지 뭐예요. 이름은 또 얼마나 특이한지. 당신은 자신의 분신이라도 발견한 듯 호들갑을 떨었다. 텔레비전 드라마를 즐겨 보지 않는 나로서는 당신의 열렬한 시청소감에 맞장구를 칠 수도 토를 달 수도 없었다. 그 드라마를 한 번도 본 적 없다고 고백하자 당신은 나를 외계인 보듯 했다. 주인공 이름이 너무 재미있는데. 그 드라마 보면 선생님도 많이 밝아지실 텐데. 주인공 이름이 특이하고 재미있다는 드라마에 대한 소감을 공유하지 못해 당신은 못내 아쉬워했고 나는 내심 불안했다. 당신이 그만 오겠다고 했을 때 불안의 근거는 분명해졌다. 당신을 그대로 보낼 수는 없었다. 당신에게 권해주고 싶은 책들이 나에게는 아직 많았다. 끝이라니. 당신의 진면목을 읽어나가는 나의 본격적인 독서는 비로소 시작될 참인데. 괜찮다면 가볍게 맥수나 한 잔 할까요? 엉겁결에 뱉은 말이었는데 당신은 뜻밖에 선선히 응했다.

즉흥적으로 마련된 술자리에서 당신은 자신의 말을 검열하지도 감정을 속이지도 않았다. 초저녁부터 마셔댄 술 때문이었을까. 나와는 마지막이라고 생각해서였을까. 당신은 칠 년을 사귄 남자친구와 한 번도 동침한 적 없다는 사실까지 토로했다. 당신이 칠 년 동안 사귄 남자친구와의 섹스를 지연시킨 이유는 무엇인가? 무엇보다 그 사실을 나에게 털어놓은 의도는 대체 무엇인가? 해독되지 않는 당신의 문장이 나는 곤혹스러웠다. 남자친구를 사랑하나요? 편해요, 오래된 신발처럼. 전에 신던 신발은 어떻게 했어요? 그 질문은 하지 말았어야 했다. 독서치료사로서 나의 독서는 감상(感想)이 아니라 분석이어야 마땅했으나 나는 당신의 사생활에 대해 궁금한 것이 너무 많아져버렸다. 일단 신발장에 넣어뒀는데 어떻게 해야 할지 모르겠어요. 가지고 있자니 거추장스럽고 버리자니 안쓰럽고. 당신은 나를 무연한 눈빛으로 바라보았다. 공은 나에게 넘어온 셈이었다. 버리라는 얘기는 차마 못 했다. 그렇군요. 원피스와 신발이 잘 어울려요. 정말이지 새 구두는 당신에게 잘 어울렸다. 어떡해, 벌써 시간이 이렇게 돼버렸네. 당신은 손목시계를 보더니 화들짝 놀랐다. 드라마 시작할 시간이 다 되었다는 것이었다. 마지막회라고 했다. 나는 다급하게 쥐어짜듯 말했다. 재방송 보면 안 될까요? 요즘은 인터넷으로도 다시 볼 수 있다던데.

오늘날 독서에서 작가의 영향력은 눈에 띄게 감소한 반면 독자의 영향력은 날로 강력해지고 있다. 책의 의미는 작가의 창조적 재능이 아니라 독자의 취향에 따라 결정된다. 어떤 사람들은 말한다. 책에는 독자가 메워야 할 수많은 빈칸이 존재한다고. 독자가 그것을 채우기 전에는 모든 책이 본질적으로 미완성 원고에 불과하다고. 심지어 잘나가는 텔레비전 드라마는 시청자들이 결말을 좌우하기도 한다. 당신의 취향은 불치병으로 시름시름 죽어가는 여자주인공을 벌떡 일어나게 할 수도 있고 운명의 장난으로 적이 된 연인을 다시 맺어줄 수도 있다.

그날 저녁 당신은 어떤 결말을 원했던가. 당신은 술자리를 박차고 일어나 택시를 잡아타고 집으로 달려가 주인공 커플의 운명을 확인할 수도 있었을 것이다. 시청자들의 궁금증만 증폭시킨 채 설만 무성하던 대단원의 실체를 지켜볼 수도 있었겠지. 당신으로서는 그리 나쁘지 않은 결말일 테지만 나로서는 실망을 금치 못할 결말일 것이다. 시시해. 차라리 드라마 재방송이나 보는 게 낫겠어. 이 글을 읽는 독자들에게도 사정은 마찬가지겠지.

가능한 또다른 결말은 당신이 나의 요청을 받아들여 술자리를 끝까지 지킨다는 것이다. 당신을 제외한 모든 사람이 원하는 결말. 어쩌면 당신에게도 싫지 않은 결말일 수도 있겠다. 한 사람이 원하면 꿈에 불과하지만 모든 사람이 원하면 현실이 된다지 않던가. 더구나 나는 당신의 독서치료사이자 당신의 독자이기도 하니 원하는 결말을 선택할 권리가 있다. 따라서 당신은 그날 밤 드라마를 볼 수 없었다. 당신과 나는 술집 영업이 끝나도록 술을 마셨다. 술자리의 분위기는 전반적으로 유쾌했을 것이다. 경계가 느슨해진 사적인 술자리에서 오갈 법한 따끈따끈한 대화를 나눴다고 해두자. 밤이 깊어감에 따라 경계는 무너지고 분별

은 무뎌졌을 것이다. 그러니 그날 저녁 당신과 내가 평소의 주
량보다 많은 술을 마셨다고 해서 하등 이상할 것 없을 테지. 그
리고 당신과 나는 여관에 갔다.

이 대목에는 디테일이 필요하다. 디테일은 독자에게 영감을 불
러일으킨다. 황당무계한 이야기도 디테일의 마술에 의해 있을 법
해지게 마련이다. 인간의 성적 욕망을 대담하게 표현했던 D.H.
로렌스였다면 어땠을까. 화장실에 다녀오던 당신은 내 귀에 훈
김을 불어넣으며 속삭였다. 선생님을 읽고 싶어요. 그리하여 당
신과 나는 술집을 나와 여관에 갔다. 하드보일드한 어니스트 헤
밍웨이적 방식은 어떤가. 비틀거리며 술집에서 나왔다. 도시의
한밤은 쥐새끼처럼 소란스럽고 교활했다. 당신의 뾰족한 입술을
바라보다 문득 생각했다. 못 할 것도 없잖아. 나는 당신의 손목
을 낚아채고 여관을 향해 성큼성큼 걷기 시작했다. 인간의 복잡
하고 미묘한 심리를 집요하게 물고 늘어지는 제임스 조이스의
방식은 어떨까. 다섯번째 택시가 승차를 거부하고 떠나버렸을
때 별로 낙담하지 않는 것처럼 보이는 당신의 표정을 훔쳐보며
나는 당신이 나와 생각이 같을지 모른다는 상상을 하게 됐다.
여섯번째 택시의 기사마저도 당신의 행선지를 알리는 내 외침에
고개를 절레절레 흔들며 지나쳤을 때 나는 체념하며 모든 것을
기꺼이 받아들이기로 했다. 좀 쉬었다 갈까요? 긍정도 부정도
하지 않는 당신의 손목을 붙들고 나는 여관이 즐비한 뒷골목으
로 발길을 돌렸다. 흥분과 죄책감으로 들끓는 마음을 들키지 않

기 위해 당신의 손목을 붙든 손에 더욱 힘을 주었다.

다음날 아침 두통과 갈증을 느끼며 깨어났을 때 당신은 곁에 없었다. 침실과 화장실 어디에도 당신의 흔적은 없었다. 침대 옆 협탁 위에 놓인 쪽지가 없었더라면 간밤에 당신과 함께 있었다는 사실을 의심했을지도 모른다.

곤히 주무셔서 못 깨웠어요. 이젠 남자친구와 헤어질 수 있을 것 같아요. 그 동안 여러 가지로 고마웠어요. 내내 건강하세요. 참! 양말에 구멍이 났어요. 요 앞 편의점에서 사왔으니 신고 가세요.

당신은 여관방에 들어왔다는 사실 자체를 지우듯 자신의 흔적을 말끔히 치웠지만 침대시트의 붉은 얼룩만큼은 어쩌지 못했을 것이다. 칠 년 동안 사귄 남자친구와 함께 잔 적 없다는 당신의 말은 사실이었다.

그날 이후 나는 당신을 볼 수 없었다. 묵은 숙제를 해치우고 놀러 나간 아이처럼 당신은 꽁무니도 내비치지 않았다. 한번쯤 다시 만나야겠다는 생각은 굴뚝같았지만 연락할 길이 없었다. 당신의 휴대폰 번호는 어느새 결번이 되어 있었다. 카메라폰을 장만하면서 번호까지 바꾼 모양이었다. 독서카드에는 애당초 주소나 연락처를 기재하는 난이 없었다. 피상담자의 신상정보를 캐묻지 않는 독서카드는 당신을 찾는 데 아무짝에도 쓸모없었다. 당신이 나를 찾아오거나 연락하지 않는 이상 다시 만나는 것은 어려워 보였다.

당신의 근황이나마 알 수 있게 된 것은 전적으로 인터넷 덕분이다. 홈페이지를 오픈했다는 당신의 말이 단서가 됐다. 먼저 개인홈페이지를 제공한다는 커뮤니티에 가입했다. 그곳에서는 성별과 나이 그리고 이름만 알면 원하는 사람을 찾아낼 수 있었다. 사내애에게나 붙일 법한 당신의 이름이 이번에는 큰 도움이 되었다. 당신의 이름을 가진 서른 살 여성의 홈페이지는 두 개밖에 없었다.

당신은 열심히 빵을 굽고 있었다. 바게트나 베이글처럼 귀에 익은 것들부터 로제타나 사바랭처럼 듣도 보도 못한 것들까지. 직접 찍었거나 누군가 찍어주었을 사진 속에서 당신은 자신감에 넘쳤고 행복해 보였다. 일상에서 느끼는 감상을 거리낌없이 적어 올리기도 했다. 예전의 당신이라면 상상도 못 할 일이다. 당신이 즐겨 본 드라마는 당신의 삶을 많이 바꿔놓은 듯했다.

당신을 상담할 때보다 나는 당신에 대해 더 많은 것을 알게 된 기분이다. 전화하지 않아도 만나지 않아도 당신이 무슨 빵을 구웠고 기분은 어땠는지 어떤 사람들을 만났고 어디에 갔었는지 모두 알 수 있다. 다시 당신을 읽을 수 있게 된 것이다. 당신이 즐겨 본 드라마처럼 당신의 삶을 바꿀 수는 없지만 그것만으로도 나는 족하다. 당신은 여전히 나의 책이니 빵을 굽느라 텔레비전 드라마를 시청하느라 새로운 남자를 만나느라 바쁘더라도 사진을 올리고 일상을 짐작게 하는 글을 쓰고 배경음악을 바꾸는 데 게을러서는 안 된다. 그리하여 당신의 근황이 늘 궁금한 나에게는 두려운 문장이 하나 생겼다. 최근 2주간 새 게시물이 없습니다.

맥도날드
사수 대작전

평양의 맥도날드 매장에 어젯밤 원인 모를 화재가 발생했다. 폐점시간에 벌어진 일이라 인명 피해는 없었다. 여러 정황으로 미루어볼 때 누전 때문일 공산이 크지만 화재의 정확한 원인은 감식반의 조사 결과가 나와야 알 수 있으며 지난주 개성의 맥도날드 매장에 발생한 화재와의 연관성에 대해서는 아직까지 확인된 바 없다는 것이 소방당국의 공식입장이다.

내가 스무 살이 되던 해 봄, 세상은 뭔가를 지키기 위해 분주했다. 누군가는 투기성 외국자본으로부터 경영권을 지켜야 했고 누군가는 만연한 학원폭력으로부터 자식을 지켜야 했고 누군가는 신자유주의의 칼바람으로부터 생존권을 지켜야 했고 또 누군가는 백 년 만의 폭설로부터 도시의 간선도로를 지켜야 했다. 그해 봄은 지켜야 할 뭔가를 사람들에게 일방적으로 척척 안겨주었는데 우리들이 지켜야 할 것의 목록에는 심지어 '독도'도 포함되어 있었다. 그리하여 사람들은 우호적인 주주들을 끌어모아야 했고 학교에 감시카메라를 설치해야 한다고 목소리 높여야 했으며 생존권 사수라는 글이 박힌 머리띠를 두르고 길바닥에 드러누워야 했고 사라진 길 위에 밤새 염화칼슘을 뿌려야 했으며 무엇보다 성난 얼굴로 일본대사관 앞으로 달려가야 했다. 전쟁처럼 소란스럽고 잔인한 봄이었다.

스무 살이 되던 그해 봄, 나에게도 '사수'해야 할 것이 몇 개 있었다. 장래가 불투명한 남자친구의 폭발 직전인 성욕으로부터 순결을 사수해야 했고 좀체 원망의 대상을 찾을 길 없는 아버지의 실직 때문에 파탄에 직면한 가정을 돌봐야 했다. 그리고 실체가 불분명한 위협으로부터 맥도날드 매장을 지켜야 했다.

하나같이 사수하기 만만치 않은 것들이었으나 바로 그 이유 때문에 나는 그것들을 반드시 지켜내야 했다. 지켜내서 나라는 존재가 아주 쓸모없지 않다는 것을 세상에 증명해야 했으니까. 그러니 그해 봄 내가 새끼 밴 고양이처럼 독기를 품은 채 지켜내려 했던 것은 거추장스럽기도 했던 순결과 있으면 성가시고 없으면 아쉬운 가정과 하나쯤 사라진다 해도 표도 나지 않을 다국적 패스트푸드점이 아니라 안락한 미래와 교환될 수 있는 나의 '가치'였다. 누군가는 그것을 '몸값'이라 부르기도 하는 모양이다.

용돈이나 벌 요량에 파트타임으로 일하던 내가 맥도날드 매장에 매일 출근하게 된 것은 아버지의 갑작스러운 실업 때문이었다. 아버지는 그 당시 우리나라에서 두번짼가 세번짼가 큰 자동차회사에 부품을 납품하는 업체의 관리부장이었다. 나에게는 아버지의 연말성과급이 얼마인지 보너스가 있는 달이 언제인지가 중요할 뿐 그 회사가 어떤 부품을 납품하는지는 관심 밖의 일이었다. 어쨌거나 모든 일은 아버지의 회사가 생산라인을 중국으로 이전하면서 비롯됐다. 원자재 가격상승 압박 때문에 생산비를 절감할 수밖에 없는데 생산비 절감을 위해서는 공장의 중국 이전이 불가피하다고 경영진이 전격 발표했다. 중국 이전만이 유일한 대안이라는 경영진의 설명은 그러나 두 아이와 아내를 부양해야 할 가장인 아버지의 고용을 보장하지는 못했다.

당최 남을 탓하는 법이 없던 아버지는 중국어를 미리 배워두지 못한 자신을 원망했지만 온순한 자책은 만시지탄을 면치 못했다. 자신의 무능을 탓하던 아버지도 술에 취해 들어오는 날이면 얼굴을 구긴 채 욕설을 내뱉곤 했다. 낯설게만 느껴지던 아버지의 분노가 겨누고 있는 대상은 모호했다. 그것은 아버지의 실업이 특정한 개인 탓이 아니라 구조적인 것이기 때문이라고 잘난 체하는 남동생이 말했다. 할 수만 있다면 술 취한 아버지는 그 '구조'라는 것의 면상을 한 방 갈기고 싶었겠지만 내가 알고 지내는 사람들 중 그 '구조'의 얼굴을 봤다는 자는 아무도 없었다.

실직 후 아버지는 종종 인천공항에 나가 이륙하는 비행기를 망연히 바라보다 오기도 했다. 세탁기에서 우연히 발견한 인천공항행 리무진버스 시간표가 아니었다면 결코 알려지지 않았을 아버지의 기행(奇行)은 가족에게 꼬리가 잡힌 후에도 좀체 끝나지 않았다.

"공항엔 뭐 하러 나가세요?"

내가 어느 날 물었다.

"이륙하는 비행기를 보고 있으면 마음이 편안해져."

그때 아버지의 표정은 정말 편안해 보였는데 이륙하는 비행기를 상상하는지 이륙하는 비행기에 몸을 싣고 있는 자신을 상상하는지 분간할 수 없었다. 지하철로 한 시간이면 충분한 김포공항을 마다하고 버스를 타고 두 시간이나 가야 하는 인천공항을 굳이 고집한 걸 보면 중국에 가면 그 '구조'라는 것과 맞닥뜨릴 수 있다고 생각했는지도 모르겠다.

실직은 거대한 파국의 전조에 불과했다. 실직과 동시에 평생의 운이 다한 것처럼 아버지의 삶은 내리막의 연속이었다. 주식으로 퇴직금을 야금야금 까먹더니 아파트를 담보로 빚을 얻어 야심차게 개업한 장작구이 통닭집은 조류독감으로 치명적인 타격을 입었다. 팔리지 않는 통닭으로 끼니를 해결하는 날이 거듭되자 나는 달걀만 봐도 구역질했다. KFC 매장에서 일하지 않는 것이 유일한 위안이던 나날이었다. 닭들이 집단으로 독감바이러스에 감염된 것은 어찌해볼 도리가 없는 재해였으므로 이번에도 아버지는 원망의 대상을 쉬이 찾을 수 없었다. 결국 아파트마저 경매에 넘어갔지만 아버지가 재기를 도모할 의욕마저 상실했다는 게 그나마 다행이라면 다행이었다.

남동생은 고등학교 졸업장의 잉크가 채 마르기도 전에 입대해야 했고 엄마는 함께 단풍 구경 다니던 친구들에게 정수기를 팔러 다녀야 했으며 나는 학업을 중단하고 미래를 스스로 개척해야 했다. 아버지는 한동안 뜸했던 공항나들이를 재개했다. 그 무렵 나는 아버지가 중국으로 밀항하는 꿈을 꾸곤 했다. 꿈에서 깨어나면 속셈을 들켜버린 아이처럼 얼굴을 붉혔다. 경제적 능력은 상실했지만 가장으로서 아버지는 자신의 자리를 지키고 있어야 마땅했다. 적어도 내가 결혼식장에 입장할 때까지는 말이다.

휴학신청서 사유란에는 중국 어학연수라고 적어넣었다. 아침에 매장의 문을 열고 영업 준비를 도맡아야 하는 메인을 맡겠다고 하자 평소 나에게 치근덕거리던 매니저가 묘한 미소를 지으며 물었다.

"사고쳤냐?"

기분이 상한 나는 대답했다.

"애를 지워야 하는데 수술비가 없어요."

매니저는 벌레 씹은 표정이 되어 입을 다물었다. 메인을 맡기 위해 매니저에게 잘 보일 필요는 없었다. 오전에 학교에 가야 하는 파트타임 아르바이트생들은 애당초 엄두를 낼 수 없었을 뿐더러 갖은 허드렛일을 해야 하기 때문에 어지간히 궁하지 않으면 가급적 피하려는 직책이었으니까. 그리하여 아르바이트 삼아 주중 삼 일만 그것도 내 스케줄에 맞춰 짬짬이 근무하던 나는 매일 아침 꼬박꼬박 매장에 출근하게 되었다. 비정규적이던 나의 노동이 본의 아니게 정규적이 된 것이다.

정규적인 노동의 강도는 내 각오를 훌쩍 뛰어넘는 것이었다. 매일 아침 여덟시까지 출근하는 것부터가 고역이었다. 재료를 싣고 오는 차를 맞는 날에는 평소보다 한 시간 일찍 나가야 했다. 차는 일주일에 세 번 다녀갔다. 매일 오는 것이 아니어서 한 번에 받아야 할 재료의 종류와 양은 많았다. 양상추부터 콜라시럽까지 매장으로 옮겨야 할 재료들은 끝을 가늠할 수 없었다. 빵이나 쇠고기패티 같은 것들은 그럭저럭 옮길 만했으나 콜라시럽처럼 액체상태인 것들은 몹시 무거웠다.

재료 운반이 끝나면 전날 클로징 담당이 분리해서 세척해놓은 조리장비들을 조립하고 주방과 로비를 청소하고 직원들이 옷을 갈아입거나 휴식을 취하는 크루 룸을 정리했다. 이 모든 것을 끝내야 비로소 매장을 오픈할 수 있었다. 뉴욕에서도 베이징에서도 모스크바에서도 이 과정은 크게 다르지 않을 것이었다. 하루에만 전 세계에서 사천삼백만 명이 드나드는 이 패스트푸드점의 영업 준비는 인종과 언어를 종교와 이데올로기를 초월해서 단일한 과정으로 '표준화' 되었기 때문이다. 표준화된 것은 그뿐만이 아니었다. 성별과 나이와 계급과 신분에 상관없이 고객들은 세계 어디에서나 균일한 맛의 햄버거를 먹고, 역시 성별과 나이와 계급과 신분에 상관없이 뒤처리를 위해 자신의 노동력을 자발적으로 제공했다. 햄버거를 먹고 나면 빌 게이츠도 실업자인 아버지도 스스로 쓰레기를 처리해야만 한다. 맥도날드의 상징인 황금 아치 아래서 이런저런 '차이'는 무의미해져 매장에 들어서는 순간 사람들은 기꺼이 형제가 되고 자매가 된다.

갓 취직해 오리엔테이션받을 때의 일이다. 매니저는 이 거대한 다국적 패스트푸드 기업의 기원과 역사에 대해 영상자료를 곁들여 설명했다. 대공황이 시작될 무렵 캘리포니아로 흘러들어간 형제에 의해 만들어져 백이십여 나라에서 삼만 개가 넘는 매장을 거느리게 되기까지의 '신화'를 자랑스럽게 이야기했다. 맥도날드는 세계 평화에도 기여한다고 했다. 맥도날드가 들어간 나라끼리는 전쟁을 한 적이 없다는 것이었다. '갈등 예방의 황금 아치 이론'이라나 뭐라나. 그때 여드름쟁이 남학생이 불쑥 끼어들었다.

"제가 알기로 1999년 나토가 유고슬라비아를 폭격했을 때 그곳에는 맥도날드 매장이 열 개나 있었어요."

여드름쟁이는 자신의 양 손바닥을 활짝 펼쳐 보이기까지 했다. 아르바이트생으로 출발해 매출액 기준으로 서울에서 다섯 손가락 안에 드는 핵심 매장을 책임지게 된, 이 바닥에서 나름대로 입지전적 인물인 매니저는 얼굴을 붉힌 채 다음과 같이 말하며 오리엔테이션을 서둘러 마쳤다.

"맥도날드가 여러분을 위해 무엇을 해줄 것인가를 묻기 전에 여러분이 맥도날드를 위해 무엇을 할 것인지 묻기 바랍니다. 맥도날드 가족이 된 이상 여러분은 머리부터 발끝까지 맥도날드화되어야 합니다."

매니저의 보복은 집요해서 여드름쟁이는 한 달도 못 가 그만두고 말았다. 그 집요함이 어느 정도였는가 하면 감자 튀기는 기름을 거르는 일, 그러니까 필터링을 맡긴 다음 육안으로는 보이지 않는 불순물까지 제거하도록 다그치는 것이었다. 삼백육십 도가 넘는 기름을 끝없이 걸러내면서 여드름쟁이가 대체 무슨 생각을 하고 있었는지 나로서는 짐작할 수 없었으나 매니저와 화해하는 방법을 고민하지 않은 것만은 분명했다. 그만두면서 여드름쟁이는 입사동기인 나에게 대단한 비밀을 털어놓는다는 투로 말했다.

"내가 틀렸어. 유고슬라비아에는 1997년에 이미 맥도날드 매장이 열한 개 있었어."

역시 여드름쟁이는 '맥도날드화'되지 못한 것이었다.

그 사건이 터진 것은 내가 메인으로 일한 지 한 달이 지났을 무렵이었다. 비가 오락가락하는 출근길, 매장 앞에 A4 크기의 종이가 어지러이 널려 있었다. 근처 술집이나 나이트클럽에서 뿌린 광고전단이려니 생각했으나 주워보니 그게 아니었다. 비에 젖은 종이에는 괴이한 내용이 적혀 있었다. 잉크가 번져 본래의 형상을 알아볼 수 없을 정도로 훼손된 글자가 많았고 통째로 뭉개진 글자도 더러 있었다. 그것은 흡사 만신창이가 되도록 혹독한 검열을 묵묵히 감당한 '불온' 문서처럼 보였다.

　　우리의 ×구

1. ××세× ×성×자를 ×취하지 마라.

2. ×경××× 즉각 중단하라.

3. 아××의 ×강을 ××지 ××.

이상의 ××를 ×살할 시에는 응분의 대가를 ×수해야 할 것이다.

　　—×××××방×선

　그 내용의 전모를 온전히 파악할 수 없는 글 밑에는 조잡한 솜씨로 햄버거가 그려져 있고 그 위에 엑스표가 쳐져 있었다. 햄버거 그림만 아니었다면 정체불명의 전단을 주저없이 쓰레기통에 버렸을 것이다.

　오븐에 넣어 바싹 말린 괴(怪)전단을 매니저에게 보여줬다. 매니저의 표정이 굳어졌다. 매니저는 전단을 발견했을 당시의 정황에 대해 꼬치꼬치 물었다. 옆 빌딩에 버거킹이 들어서고 인근의 피자헛이 공격적으로 판촉행사를 벌이던 때였다. 매니저는 신경이 바짝 곤두서 있었다. 아르바이트생들이 대체 무슨 일이냐며 몰려들자 그는 애써 표정을 수습하며 별거 아니라고 어떤 정신나간 녀석이 장난질한 거라며 코웃음쳤다. 그의 코웃음에는 과장된 구석이 있었다. 약자는 강자에게 살과 뼈를 내줘야 하는 패스트푸드 업계에서 잔뼈가 굵은 매니저가 본능적으로 뭔가를 감지한 것인지도 몰랐다. 그러나 아무리 들여다봐도 조잡하고 장난스러워 보이는 전단일 뿐이었다.

일주일이 지나도록 별일 없었다. 매니저는 초조해하면서도 안도했고 우리는 전단의 유실된 글자를 채워넣는 게임에 몰두했다. 상상력과는 무관한 판에 박힌 노동의 와중에 괴전단은 우리의 푸석해진 뇌에 예기치 않은 활력을 불어넣었다.

'우리의 친구'와 같은 소수 의견도 있었지만 전단의 제목은 '우리의 요구'로 별 잡음 없이 확정되었다. 그 다음부터가 문제였다. 누군가는 이런 의견을 피력했다. "너무세게 동성애자를 갈취하지 마라." 띄어쓰기가 틀렸다는 이유로 묵살되었다. 또 누군가는 이렇게 주장하기도 했다. "망할세상 만성적자를 고취하지 마라." 역시 띄어쓰기와 호응이 문제였다. 이런 추론도 제기됐다. "여보세요 악성감자를 섭취하지 마라." 이번에도 자연스럽지 못한 호응이 걸림돌이었다. 두번째 항목은 "강경진압을 즉각 중단하라"나 "포경수술을 즉각 중단하라"일 수도 있었다. 세번째 항목은 "아우들의 요강을 버리지 마라"나 "아시아의 최강을 넘보지 마라"가 아니라고 단정할 수 없는 노릇이었다.

무엇보다 첨예한 논란의 대상이 된 것은 맨 마지막 줄, 그러니까 전단을 살포한 주체였다. '청담동진단방사선'부터 '각종수입가방수선'이나 '물좋은노래방알선'까지 의견은 분분했고 분분한 만큼이나 전단을 살포한 장본인의 정체는 오리무중이었다. 우리는 매니저의 눈을 피해 크로스워드 퍼즐을 맞추듯 전단의 유실된 글자를 복원하는 데 골몰했다. 우리에게 중요한 것은 괴전단의 원형을 복원하는 것이 아니라 본래의 형태를 잃어버림으로써 무의미해진 전단에 나름대로 의미를 부여하는 것이었다. 장난은 오래가지 못했다. 전단이 다시 발견된 것이다. 비에 젖지도 신발 자국이 찍히지도 않아서 손상된 글자 하나 없이 너무나 양호한 상태로.

    우리의 요구

1. 제3세계 미성년자를 착취하지 마라.

2. 환경파괴를 즉각 중단하라.

3. 아동들의 건강을 해치지 마라.

이상의 요구를 묵살할 시에는 응분의 대가를 감수해야 할 것이다.

　　─제3세계해방전선

　원형이 고스란히 보존된 전단의 등장으로 매장은 발칵 뒤집혔다. 크루들은 눈에 띄게 동요했다. 자신들의 추론이 허황되고 턱없었다는 사실이 백일하에 드러났기 때문이다. 어찌 상상이나 했겠는가. '제3세계해방전선'이라니. 크루들의 표정이나 사소한 몸짓 하나도 매출에 직결된다는 것이 매니저의 지론이었다. 매니저는 적극 대처하기로 결심한 모양이었다. 크루들을 집합시킨

자리에서 힘주어 말했다.

"동요하지 마라. 저들은 한낱 사이비 테러단체에 불과하다. 불법 테러단체와 협상은 있을 수 없다. 굴복은 더욱 가당치 않다. 우리는 가족이다. 가족을 믿어라. 지금 이 시각부터 비상경계태세에 들어간다. 두 눈 부릅뜨고 거동 수상자를 색출해 조기에 격리하라."

테러라니. 그 자리에서 아연실색한 것은 나뿐만이 아니었을 것이다. 텔레비전 뉴스나 영화에서나 보던 불타는 차량, 화염에 휩싸인 채 폭삭 주저앉는 건물, 구급차에 실려가는 부상자들의 모습이 눈앞에 어른거렸다. 햄버거빵을 데우다가 쇠고기패티를 굽다가 감자를 튀기다가 정체를 알 수 없는 누군가로부터 예측할 수 없는 순간에 계산할 수 없는 방법으로 공격당한다는 상상은 즐겁지 않았다. 확정되지 않은 위협은 확정되지 않았다는 이유로 더욱 위협적이었다. 테러야말로 맥도날드 정신에 역행하는, 반맥도날드적 행동양식이 아닐 수 없었다.

훼손되지 않은 전단의 효과는 신속하고 확실하게 나타났다. 다음날 세 명의 아르바이트생이 돌연 매장을 떠났다. "너무세게 동성애자를 갈취하지 마라"와 "아우들의 요강을 버리지 마라"와 "물좋은노래방알선"이 그 주인공들이었다. 훼손되지 않은 전단의 출현으로 가장 큰 심적 타격을 받았을 것이라 짐작되긴 했지만 그들이 매장을 떠난 이유는 분명하지 않았다.

겁쟁이, 배신자라는 말이 매니저의 입에서 거침없이 튀어나왔다. 매니저는 단호하게 조치를 취해나갔다. 먼저 세 명의 신입을 뽑았는데 하나같이 건장한 체격의 남자애들이었다. 남자로만 뽑은 것은 이례적인 일이었다. 어디서 무엇을 하다 온 녀석들인지 눈매가 쫙 째져 날카로운 인상들이었는데 모두 무술 유단자라는 소문이 돌기도 했다. 아무래도 매니저는 '제3세계해방전선'이라는 단체가 실제로 존재한다고 믿는 모양이었다.

사태의 심각성은 깨달았으나 사태가 어쩌다 그리 심각해졌는지 눈치채지 못한 매니저는 남아 있는 크루들에게 특별수당을 약속함으로써 추가이탈을 막고자 했다. 말하자면 그것은 신변의 위협을 감수하는 것에 대한 특별한 보상, 일종의 위험수당이었다. 햄버거가게 따위를 테러의 대상으로 삼는다는 게 나는 도무지 믿기지 않았다. 그러나 매니저가 약속한 특별수당, 그러니까 위험수당을 손에 쥐자 미심쩍게만 여겨졌던 그 위험이라는 것이 구체적인 실체로 느껴지기 시작했다. 더도 아니고 덜도 아니고 매니저로부터 받은 추가액수만큼만.

위험수당을 손에 쥔 후 모든 것이 달라졌다. 데탕트의 시대는 가고 바야흐로 투쟁의 시대가 도래한 것이다. 나의 안전과 매장의 안위는 이 세계의 존망보다 우선했다. 그간 보이지 않던 위험이 하나둘 모습을 드러내기 시작했다. 패스트푸드점만큼 불시에 감행되는 비정규적 공격으로부터 무방비상태인 곳도 없어 보였다.

매장 문을 열고 들어오는 사람은 고객이기 이전에 잠재적 테러리스트였다. 우리는 그들이 누구인지 모르지만 그들은 우리가 맥도날드에 소속되었음을 단박에 알 수 있다. 유니폼의 모양과 색깔로 직위와 담당업무까지 식별할 수도 있다. 로비와 주방 사이에는 이렇다 할 은폐물이 없어서 우리의 보급루트 또한 잠재적 적들에게 고스란히 노출되었다. 그들이 매장에 들어서는 순간부터 나가는 순간까지 언제 공격해올 것인지 예측하는 것은 불가능했다. 카운터 앞에 줄을 서 있다가, 메뉴판을 보며 주문하다가, 구석자리에서 햄버거를 뜯어먹다가, 남은 음식과 빈 컵을 버리다가, 문을 열고 나가려다 갑자기 돌아서서 적의를 드러낼 수도 있다.

공격의 방식도 예측불가능하긴 마찬가지여서 그들은 야구방망이를 휘두르며 들이닥칠 수도 있고 독극물이 담긴 비닐봉지를 쓰레기통에 슬그머니 집어넣을 수도 있고 폭발물을 실은 차량을 몰고 드라이브 인 카운터로 돌진해올 수도 있다. 무엇보다 심각한 문제는 그들이 누구인지 전혀 알 수 없다는 것이었다. 알 수 없다는 이유 때문에 한층 가공한 위협 앞에서 우리가 할 수 있는 것은 눈을 가늘게 뜬 채 사위를 경계하는 게 고작이었다.

경계를 늦추지 않기 위해 우리는 예전보다 일찍 출근하고 늦게 퇴근해야 했다. 식사시간도 줄였으며 크루 룸에서 틈틈이 즐기던 휴식도 포기해야 했다. 한 치의 오차도 없이 십 밀리미터 두께로 다져진 쇠고기패티를 구우면서, 구워진 쇠고기패티와 역시 한 치의 오차도 없이 십칠 밀리미터 두께로 구워진 빵과 칠

점 영팔 그램의 양파와 십사 그램짜리 치즈와 냉동된 상태로 태평양을 건너온 양상추 한 장으로 햄버거를 '조립'하면서 매장 구석구석을 척후해야 했으며 고객 상대 매뉴얼에 따라 "콜라도 드시겠습니까?" "더 필요한 것은 없습니까?" 등의 의례적인 질문을 던지며 카운터 너머의 상대를 정탐해야 했다. 느슨해지는 법이 없는 긴장 속에서 '나'라는 생각이 끼어들 틈은 없었고 '우리'는 각자에게 부여된 임무를 군말 없이 감당해야 했다. 그리하여 맥도날드화되지 않은 위협 앞에서 우리는 일사분란하게 맥도날드화되어갔다.

그 무렵 맥도날드화된 것은 그뿐이 아니었다. 우리 집에서의 의사소통은 단 몇 마디 말로도 가능해졌다. 각자의 어깨에 얹힌 제 삶의 무게를 감당하느라 다른 사람에게 관심을 기울일 여력이 없었다. "밥은?" "됐다." 이런 식이었다. 맥도날드의 고객들이 그러하듯 아버지도 나도 끼니는 스스로 장만해 먹고 알아서 치워야 했다. 모든 가사노동은 특정한 개인에게 집중되지 않고 각자의 필요와 능력에 맞게 분산되어 '효율적'으로 수행되었다. 엄마가 늘 세일즈중이었기 때문이었는데 이런 광경은 아버지가 실직하기 전에는 상상도 할 수 없는 것이었다.

아버지의 귀가시간은 어김없이 마지막 공항 리무진버스가 집 근처에 도착하는 무렵이었다. 집에 돌아온 아버지는 내가 매장에서 가져온 햄버거나 프렌치프라이를 우적우적 씹어먹으며 중국 무협영화를 보았다. 과장된 기합과 비명을 내지르며 공세와 수세를 거듭하는 영화를 보며 아버지는 눈시울을 붉히기도 했다. 급기야 엄마의 입에서 이혼이라는 말이 튀어나왔다. 햄버거를 입 안 가득 채워넣은 채 중국 무협영화를 보며 눈시울을 붉히는 아버지의 모습에서 엄마가 읽어낼 희망이란 한줌도 없었나보다. 엄마의 때늦은 절망의 정확한 근거를 짐작할 수 없었던 나는 더이상 햄버거나 프렌치프라이를 집에 가져오지 않았고 두 달 동안 무료로 시청하게 해주겠다는 유혹도 뿌리치고 케이블방송을 끊었다. 이혼만은 막아야 했다. 미모가 출중하지도 않고 재산도 없는데다 학벌도 신통치 않은데 부모의 이혼이라는 결격사유까지 프로필에 추가할 수는 없는 노릇이었다.

공무원시험 준비한다며 고시원에 처박혀 있던 남자친구를 찾아갈 때면 엄마가 느꼈을 감정의 정체를 조금은 알 것도 같았다. 모름지기 목표는 크게 잡아야 한다 했거늘 사법고시도 아니고 공인회계사시험도 아니고 공무원시험 준비가 뭔 말인가. 게다가 행정고시도 아니고 9급이라니.

"모르는 소리 마라. 요즘은 사법고시나 공인회계사시험에 합격하고도 갈 데가 없어서 노는 사람들 많아. 일단 합격만 하면 나라에서 갈 곳 마련해주지 중간에 잘릴 염려 없지 공무원이 최고야."

남자친구의 대답은 언제나 '예측가능'했다. 데이트라고 해봐야 분식집에서 저녁을 해결하고 비디오방이나 노래방에 가는 게 고작이었다. 그러니 데이트 비용의 총액은 예외없이 이만원 안팎으로 '계산 가능'했다. 게다가 자기는 시험 준비로 일분일초가 아까우니 내가 만나러 오는 편이 효율적이라는 것이었다.

거기까지는 참아줄 수 있었다. 아버지의 실직은 나의 직업관마저도 바꿔놓아서 명예나 부보다는 안정이 최고라고 여기게 되었으니 말이다. 그러나 비디오방이나 노래방에 들어가기 무섭게 내 몸을 더듬는 '자동화'된 행동은 용납하기 어려웠다. 문제는 스킨십이 아니라 나를 대하는 태도였다. 자신의 억압된 성욕을 해소하는 데 골몰하는 남자친구의 태도는 낭만과는 거리가 먼 것이어서 처음에는 불쾌했고 나중에는 절망스러웠다. 전화해서 보고 싶다는 입에 발린 말을 하는 것도 그나마 내가 순결을 사수하고 있기 때문이리라. 나의 순결이 지켜지는 한 남자친구는 내 통제로부터 벗어날 수 없을 것이다. 그러나 남자친구의 욕구가 극에 달할수록 나의 불만도 폭발 직전까지 치달았다.

"우리 당분간 만나지 말자."

요즘 뭐가 그리 바빠 얼굴도 안 비치냐는 남자친구의 투정에 내가 내뱉은 말이었다.

"헤어지자면 누가 겁낼 줄 알아?"

큰소리친 지 이틀도 못 가서 남자친구는 잘못했다고 전화해왔다.

"당분간 전화도 하지 말자."

그렇게까지 할 뜻은 없었지만 말을 내뱉고 보니 나쁘지 않은 생각 같았다. 오래전부터 준비해온 말처럼 여겨지기도 했다. 나는 차제에 남자친구와의 관계를 심각하게 재고할 참이었다. 이를테면 우리 집의 의사소통과 가사노동뿐만 아니라 연애가, 심지어 남자친구의 성욕마저도 맥도날드화된 것이다. 강요된 결과가 아니었기에 그것은 그 누구의 탓도 아니었다.

괴전단이 발견된 지 한 달이 지나도록 우리는 어떤 공격도 받지 않았다. 부주의한 고객들은 늘 있게 마련이어서 콜라를 바닥에 쏟거나 탁자를 케첩범벅으로 만들거나 쟁반을 쓰레기통에 처박아두거나 막 걸레질한 바닥에 발자국을 찍기도 했다. 그러나 그들의 부주의한 행동은 '제3세계해방전선'과는 무관해 보였다. 매니저는 다음달부터는 특별수당 지급을 중단하겠다고 선언했다. 그래도 혹시 모르니 주의를 게을리하지 말 것을 요구했다. 특별수당 지급 중단은 더이상 위험이 존재하지 않다는 것을 의미했다. 경계는 허물어졌고 긴장은 무너졌다. 화폐로 교환되지 않은 위험은 한낱 허깨비에 지나지 않았다.

허물어진 경계와 무너진 긴장은 사소하고 어이없는 실수를 야기했다. 양상추가, 심지어 쇠고기패티가 빠진 햄버거 때문에 고객의 항의를 받기도 했다. 카운터의 처리속도는 더뎌졌고 드라이브 인 카운터에서 주문받은 빅맥이 치즈버거로 둔갑해 전달되었다. 새로 채용된 남자애들의 험상궂은 얼굴을 보고 어떤 꼬마는 와락 울음을 터뜨렸다. 팀워크는 실종되고 매출은 급감했다.

애당초 햄버거가게 따위가 테러의 대상이 될 리가 없었다. 양상 추나 쇠고기패티가 빠진 햄버거를 조립하면서, 고객의 주문을 건성으로 들으며, 막 걸레질을 한 바닥에 콜라를 흘리는 꼬마를 무섭게 노려보며 모두들 그런 생각을 하고 있었을 것이다. 그러니 새로운 전단이 발견된 것이 매니저로서는 차라리 다행스러운 일인지도 몰랐다.

전단을 발견한 사람은 매니저였다. 주차하다 주웠다는 매니저는 기다렸다는 듯 크루들을 다시 집합시켰다. 새로 발견된 전단에는 다음과 같은 내용이 추가되어 있었다.

1995년 덴마크 코펜하겐 맥도날드 매장 전소.
1997년 콜롬비아 칼리 맥도날드 매장 폭탄 폭발.
1998년 그리스 아테네, 브라질 리우데자네이루, 러시아 페테르부르크
　　　　맥도날드 매장 폭탄 폭발.
1999년 벨기에 앤트워프 맥도날드 매장 방화.
2000년 런던 트라팔가 광장 맥도날드 매장 습격.
2003년 베네수엘라 맥도날드 매장 습격.

그것은 '제3세계해방전선'이 자행한 맥도날드 매장 습격의 핏빛 연대기였다. 맥도날드 매장이 그토록 빈번한 공격의 대상이 되어왔다는 사실이 놀라웠다. 방화와 폭파와 약탈로 점철된 그 연대기가 거짓이 아니라면 그것은 우리에게 중요한 정보를 제공

하고 있었다. '제3세계해방전선'이 즐겨 사용하는 공격방법이 방화, 폭파라는 것.

누군가는 경찰에 신고하자 했다. 경찰이 드나드는 것이 영업에 도움이 되지 않는다는 이유로 매니저는 그 의견을 일축했다. 대신 위험수당을 다시 지급하겠다고 했다. 전소, 폭발, 방화, 습격이라는 단어가 환기하는 위협에 상응해야 했으므로 특별수당의 액수는 지난달보다 커졌다. 그리하여 '제3세계해방전선'의 실체와는 무관하게 위험은 다시 현실이 되었다.

이번에도 불안과 긴장은 특별수당의 금액만큼만 교환되었다. 우리의 눈초리는 재차 매서워졌고 손놀림은 빨라졌다. 되살아난 것은 눈빛과 순발력만은 아니어서 무너졌던 팀워크가 복구되어 우리는 다시 '가족'이 되었다. 햄버거는 완벽하게 조립되어 고객의 주문을 충족시켰으며 막 걸레질을 한 바닥에 일부러 콜라를 흘리는 꼬마에게조차 너그러운 미소를 지을 수 있었다.

상대의 주된 공격방식을 간파한 이상 경계의 역량은 집중되고 위험은 현저히 예측 가능해졌다. 카운터 밑에는 야구방망이와 소화기가 비치되었고 로비 담당에게는 가스총이 지급되었다. 필요 이상으로 큰 가방이나 배낭을 소지한 사람은 따가운 감시의 눈길 속에서 햄버거를 먹어야 했으며 드라이브 인 카운터로 진입하는 운전자들은 주문에 앞서 터무니없어 보일 정도로 높은 과속방지턱의 환대를 받아야 했다. 반복되는 일상 속에서 위험은 점차 예측 가능해지고 계산 가능해졌으며 경계는 효율적이고 자동화되었다. 위험마저도 맥도날드화된 것이다.

맥도날드 습격의 연대기가 발견된 지 일주일째 되던 날이었다. 카운터를 맡던 K가 연락도 없이 결근하는 바람에 내가 대신 카운터를 지키게 되었다.

"요즘 젊은것들은 제멋대로야. 도대체 책임감이라고는 티끌만큼도 없다니까."

결근한 사람을 대신해 출근한 사람들이 매니저로부터 훈계를 들어야 했다. 매니저의 훈계는 손님들이 들이닥칠 때까지 계속되었다. 그러잖아도 빠듯한 일손이었다. 전선에서 이탈한 한 명의 몫을 분담하느라 모두들 예민해져 있었다. 그날따라 유난히 손님이 많았다. 햄버거를 반으로 썰어달라 했다가 금세 주문을 취소하고 프렌치프라이를 새로 주문하고는 아무 말도 없이 사라져버린 몰염치한 고객 때문에 나는 기분이 말이 아니었다.

"저거……"

까무잡잡한 얼굴에 구레나룻을 기른 외국인이 카운터 너머 천장에 부착되어 있는 메뉴판을 손가락으로 가리키며 어눌하게 말했다. 동남아시아 쪽 같기도 했고 서남아시아 쪽 같기도 했다. 점퍼 차림의 그는 까만 륙색을 메고 있었다. 내 얼굴이 굳어졌다. 매니저가 마련한 테러방지 매뉴얼에 따르면 그는 요주의 인물에 해당되었던 것이다. 적색경보상황이었다. 나의 신경은 그가 메고 있는 륙색에 집중됐다. 저 안에는 뭐가 들어 있을까.

M16? 수류탄? 아니면 시한폭탄? 불길하고 끔찍한 상상이 스치면서 오금이 저리고 팔이 부들부들 떨렸다.

"햄버거 하나."

끔찍한 상상을 애써 떨쳐내며 나는 주방에 대고 외쳤다. 그가 정확히 무엇을 주문했는지 확인할 여유가 없었다.

"감사합니다. 콜라도 드시겠어요?"

습관이란 참 무서운 것이어서 그 와중에도 내 입에서는 판촉을 위한 판에 박힌 질문이 튀어나왔다. 국적을 짐작할 수 없는 외국인은 잠시 머뭇거리다가 입을 열었다.

"콜라. 오케이."

그 외국인을 주시한 건 나뿐만이 아니어서 로비를 청소하고 있던 S의 손길이 조심스레 자신의 허리춤을 더듬고 있었다. 매니저의 지시를 따랐다면 그의 허리춤에는 가스총이 준비되어 있을 것이었다. 나와 눈이 마주치자 S는 잔뜩 굳은 얼굴로 고개를 끄덕였다. 역시 긴장한 빛이 역력했다. 우리의 주밀한 경계를 아는지 모르는지, 주문한 햄버거를 기다리던 외국인 남자는 주변을 두리번거리며 룩색의 끈을 만지작거렸다. 나는 떨리는 마음을 애써 진정시키며 햄버거와 콜라를 쟁반에 담아 건넸다. 외국인은 뭔가를 확인하려는 듯 포장지를 벗기고 햄버거빵을 들춰보았다. 갑자기 그의 얼굴이 일그러지는가 싶더니 비명이 날카롭게 터져나왔다.

"노 비프(No beef)! 오 마이 갓(Oh my God)!"

버럭 소리치는 외국인과 안절부절 어찌할 바를 모르는 나를 매장에 있던 모든 사람들이 주목했다. 긴장한 탓에 내 목소리도 덩달아 커졌다.

"왓스 더 프라블럼(What's the problem)?"

그는 햄버거가 담긴 쟁반을 카운터 위에 거칠게 내려놓으며 다시 외쳤다.

"노 비프(No beef)!"

그 다음 말은 알아들을 수 없었다. 국적을 짐작할 수 없는 제 나라 언어로 무슨 말인가를 거침없이 쏟아냈다. 쏟아내면서 갑자기 륙색을 내려놓고 지퍼를 여는 것이었다. 그의 손길은 다급했다. 그때였다. 매장 전체가 뭔가에 떠밀리듯 진저리쳤다. 의자가 부르르 떨며 자리를 맴돌았고 탁자 위에 있던 종이컵이 넘어져 음료수가 쏟아졌다. 탁자 밑으로 기어들어가는 사람도 있었고 외마디 비명을 지르며 매장 밖으로 뛰쳐나가는 사람도 있었다. 그러나 특별수당을 받은 우리는 매장을 버릴 수 없었다. 크루들은 손에 잡히는 대로 뭔가를 집어들고 외국인에게 달려들었다. 그들의 손에는 야구방망이, 소화기, 빗자루 심지어 햄버거도 들려 있었다.

"맥도날드를 지켜라!"

매니저의 외침은 다급하고 비장했다. 호시탐탐 기회를 엿보고 있던 S의 가스총에서 가스가 분사되는가 싶던 순간 나는 정신을 잃고 쓰러졌다. 모든 종말은 그렇게 찾아오는 듯했다. 내가 지켜야 할 것들의 등짝을 감당할 수 없는 소란의 중심으로 매몰차게 떠밀며.

눈을 떴을 때 나는 병원 응급실 침대에 누워 있었다. 창밖에서, 텔레비전 속에서 세상은 여전했다. 텔레비전은 우리나라도 더이상 지진의 안전지대일 수 없다고 목소리를 높였다. 일본 후쿠오카에서 발생한 지진이 바다를 건너 한반도에 상륙했다는 것이다. 매장이 흔들린 것은 테러가 아니라 지진 때문이었단다. 나는 뭔가 속은 느낌이었다.

응급실에서 눈을 떠 내가 알게 된 것은 진동의 원인만이 아니었다. 내가 건넨 햄버거를 보고 화들짝 놀라 항의하던 외국인은 테러리스트도 거동 수상자도 아니었다. 그는 외국계 컴퓨터회사에 근무하는 프로그래머였다.

"아!"

병원에 들른 매니저로부터 그 외국인이 인도 사람이었다는 말을 듣는 순간 나는 외마디 탄성을 내뱉었다. S가 긴장한 나머지 외국인이 아닌 내 얼굴에 가스총을 분사한 것이 그나마 다행이라는 매니저의 냉정한 말에 나는 한마디 대꾸도 할 수 없었다. 나의 침묵을 자책과 반성으로 해석했는지 매니저는 소동의 책임을 물어 내 수당을 깎겠다고 핏대를 올렸다. 해고되지 않는 걸 고마워하란다. 외국인이 륙색에서 꺼내려 한 것이 무엇이었냐고 내가 물었다. "폭탄이라도 터뜨리려는 줄 알았어? 사전을 꺼내려 했대"라고 대답하고 나서 매니저는 그리 어수룩한 상황판단력으로 어떻게 저 무지막지한 '제3세계해방전선'을 상대할 수 있겠냐며 흥분했다. 이번 소동으로 '제3세계해방전선'에 대한 매니저의 적의는 돌이킬 수 없을 정도로 깊어진 듯했다.

다음날 매니저는 특별수당의 액수를 더 올리겠다고 선언했다. 크루들은 약속이라도 한 듯 전날의 소동에 대해 입을 다물고 아무 일 없던 것처럼 맡은 일에 몰두함으로써 매니저의 배려에 화답했다. 무단결근에 대해 매니저에게 한 시간 동안 질책을 받으며 참회의 눈물을 떨어뜨려야 했던 K는 언제 그랬냐는 듯 생글거리며 주문을 받았다. 경계의 빛을 애써 감춘 채 고객과 생글생글 눈을 맞추며 콜라나 세트메뉴를 권했다. S는 분사력이 한층 강화된 가스총을 허리춤에 은밀히 찔러넣은 채 바닥을 정성껏 쓸고 닦으며 고객들의 동태를 살폈다.

특별수당 인상 대상에서 유일하게 제외된 나는 쇠고기패티를 굽다 문득 이런 의문에 사로잡혔다. 버거킹도 아니고 피자헛도 아니고 왜 하필 맥도날드일까? 마닐라도 아니고 방글라데시도 아니고 왜 하필 서울일까? 신촌도 아니고 압구정동도 아니고 왜 하필 이곳일까? 그 점에 대해 여태 한 번도 의문을 품어본 적 없다는 사실이 나로서는 더욱 놀라웠다.

나는 매장 주변을 주의 깊게 둘러보았다. 매장 왼쪽에는 버거킹과 피자헛이, 오른쪽에는 피트니스센터와 스타벅스가, 도로 맞은편에는 도요타와 크라이슬러 매장이 보였다. 다국적기업 특구 같기도 했지만 그것은 서울 도심 어디에서나 맞닥뜨릴 수 있는 풍경이기도 했다. 불현듯 고개를 든 의문은 아무리 주위를 둘러봐도 풀리지 않았고 오히려 증폭되었다. 맥도날드화된 위험에 대처하는 것보다 더 화급한 것은 전혀 맥도날드적이지 않은 바로 그 의문에 대한 답을 구하는 것이었다. 왜 하필 우리인가?

돈을 모아 유럽으로 배낭여행 가는 것이 꿈인 K, 오백만 화소를 자랑하는 최신 카메라폰에 다운받은 동영상을 수시로 들여다보는 J, 지난 겨울방학 때 받은 쌍꺼풀수술 부작용으로 색안경을 끼고 다니는 H, 합기도 삼단이라고 소문난 S, 자동차를 몰고 오는 연예인에게 사인을 받다 매니저에게 주의를 받곤 하는 드라이브 인 카운터의 L. K가 가고 싶어하는 배낭여행의 목적지는 어디며, J가 오백만 화소의 최신 카메라폰에 다운받는 동영상은 어떤 것들이며, H가 쌍꺼풀수술을 받은 병원은 어디며, S가 다닌다는 도장은 어디에 있으며, L이 사인을 청한 연예인들은 누구인가? 매일 감자를 튀기고 햄버거를 조립하고 카운터를 지키며 바닥을 쓸고 닦는 우리는 과연 누구인가?

평양의 맥도날드 매장에 어젯밤 원인 모를 화재가 발생했다. 폐점시간에 벌어진 일이라 인명 피해는 없었다. 여러 정황으로 미루어볼 때 누전 때문일 공산이 크지만 화재의 정확한 원인은 감식반의 조사 결과가 나와야 알 수 있으며 지난주 개성의 맥도날드 매장에 발생한 화재와의 연관성에 대해서는 아직까지 확인된 바 없다는 것이 소방당국의 공식 입장이다. 그러나 '제3세계 해방전선'이라는 단체는 일련의 화재가 자신들의 소행이라고 주장했다.

천년여왕

이것은 내 아내에 관한 이야기다. 나를 아는 사람들은 뜻밖이라는 반응을 보일 수도 있겠다. 나로 말하자면 아내에 대한 이야기에는 꽤나 인색한 편이었으니까. 나는 황소자리다. 이 별자리 태생들은 신중하기가 태산과 같다. 나 자신도 화젯거리가 되는 것을 기꺼워하지 않는 타입이다. 자기 자신에 대해 떠벌리는 자들의 영혼을 나는 신뢰하지 않는다. 그렇더라도 아내 이야기에 대한 나의 인색함에는 유난스러운 구석이 있었나보다. 어쩌다 내 입에서 '아내'라는 단어가 튀어나오면 주위 사람들은 우리를 박차고 나온 코끼리 보듯 했으니까. 신혼 첫날밤 아내가 안드로메다에서 온 외계인이라고 고백하기라도 했느냐며 시답잖은 농담을 던지는 치도 있었다. 오해하지는 마라. 그간 아내 이야기에 인색했다고 해서 결혼을 후회한다거나 아내를 부끄럽게 여기는 것은 아니니. 사정은 반대라고 할 수 있겠다. 아내를 향한 내 붉은 마음을 어떻게 표현할 수 있을까? 이런 시구는 어떨까. "친구가 나보다 잘나 보이는 날에는 꽃을 사들고 가 아내와 논다." 특별히 내세울 것 없는 아내지만 나는 그녀를 사랑한다. 그리하여 나는 친구가 나보다 못나 보이는 날에도 꽃을 사들고 가 아내와 놀 용의가 있다.

아내는 평범하다. 아니 평범했다. 다섯 살 연하인 남편에게 꼬박꼬박 존댓말 쓰는 것만 빼면. 그런 아내가 귀농(歸農) 후 달라졌다. 귀농을 제안한 쪽은 나였다. '귀농'이라는 단어가 낯선가? 나에게는 세련된 불어처럼 들리기도 하고 이비인후과 쪽 병명처럼 들리기도 한다. 귀향이라고 하면 어떨까? 나는 서울에서 나고 자랐으니 번지수가 틀렸다. 어쨌거나 나는 서울을 떠나기로 마음먹었다. 한적한 곳에 틀어박혀 고독을 곱씹으며 글농사를 짓고 싶었다. 역시 귀농이라는 말이 적절한 것 같다. 자꾸 발음하니 혀끝에 부드럽게 감기는 게 최첨단의 단어처럼 느껴지기도 한다. 마음을 굳히고 나니 서울에서는 숨이 막혀 단 한순간도 견딜 수 없게 되어버렸다.

"우리 이쯤에서 돌아가자!"

저녁식사 후 와인을 마시다 내가 불쑥 말을 꺼냈다. 아내의 미간이 미세하게 꿈틀거렸다. 여간해서 자신의 감정을 내색하지 않는 아내였으니 어쩌면 그것은 나만의 착각이었는지도 모르겠다.

"어디로요?"

"자연으로!"

아내는 굳었던 표정을 풀고 특유의 온후한 미소를 지어 보이며 물었다.

"자연에서 무엇을 하시게요?"

"조용하고 공기 좋은 곳에서 농사나 지으며 살고 싶어. 글농사 말이야."

나는 아내의 눈앞에 그해 1월 1일자 신문을 들이밀었다.

"신춘문예 소설 심사평을 읽어봐."

아내는 신문을 뒤적거렸다.

"당신 이름이 있네요. 소설은 언제 쓰셨어요?"

아내는 내 소설이 당선되기라도 한 것처럼 반색하더니 심사평을 꼼꼼히 읽어내려갔다.

"반복되는 일상에 매설된 삶의 허위를 발본하는 참신한 발상과 전복적 상상력은 높이 살 만하다. 그러나 발랄한 단상들을 소설적 육체로 통합하는 구심력이 아쉽다. 마지막까지 당선작과 경합했으나 약점이 끝내 눈에 밟혔다. 이 정도의 기량이라면 조만간 작가로서 만나리라는 기대로 아쉬움을 달랜다. 정진을 바란다."

셀 수 없을 정도로 읽고 또 읽었으므로 나는 심사평을 한 자도 틀리지 않게 말할 수 있었다. 전화번호부보다 두툼한 여성잡지를 매달 만들어내는 와중에 회사 사람들 이목을 피해 짬짬이 쓴 글이었다. 구심력이 부족하다는 평은 당연했다.

난생처음 쓴 글이었다. 글을 쓸 때는 스스로의 만족이 전부였지만 완성하자 누군가에게 읽히고 싶어졌다. 소설 쓴다는 사실을 비밀에 부치자니 평해줄 사람 구하는 게 여의치 않았다. 아내에게조차 비밀이었으니까. 심사평이라도 들을 수 있지 않을까 해서 투고했던 것이다. 당선되지는 못했지만 다니던 회사에 사표를 내기에는 충분한 결과였다. 생애 첫 원고가 일군 뜻밖의 성과에 고무된 나는 자신감으로 충만했으니까. 필요한 것은 방해받지 않고 온전히 글쓰기에 몰두할 수 있는 시간과 공간이었다.

며칠 밤잠을 설치며 가다듬은 계획을 아내에게 털어놓았다. 농촌의 폐가를 사들여 수리한다. 조건이 맞으면 텃밭을 살 수도 있을 것이다. 내가 직장을 그만둔다고 설마 우리 두 사람 입에 거미줄이야 치겠느냐. 후회 없도록 배수의 진을 치고 도전해보고 싶다.

"그것이 진정 당신이 원하는 삶인가요?"

아내가 정색하며 물었다. 나는 턱이 덜컥이도록 고개를 끄덕였다.

"글을 써서 당신이 얻고자 하는 것은 무엇인가요?"

뜻밖의 질문이었다.

"나 자신."

얼결에 나온 대답이었지만 아주 오래전부터 궁리해온 생각 같기도 했다. 아내는 내 계획에 선선히 찬성했다. 일이 너무 쉽게 풀리는 게 아닌가 싶어 께름칙할 정도였다. 아내는 이렇게 말했다.

"뭔가를 창조한다는 건 멋진 일이에요. 돌아갈 곳이 있다는 것은 또 얼마나 고마운지…… 잘됐어요. 당분간 저도 쉬고 싶어요."

아내의 자발적 실업은 내 계획에 없었다. 그러나 아내더러 계속 일하라고 강요할 수는 없었다. 대학에서 스페인어를 전공한 아내는 외국어학원 강사로 일했다. 2002년 월드컵 때는 자원봉사로 브라질 팀 통역을 맡기도 했다. 축구의 룰도 모르는 아내였다. 혹시 공짜표라도 얻을 수 있을까 해서 내가 등 떠민 것이었다. 내심 스페인이나 아르헨티나 팀에 배정되면 좋겠다 싶었다. 그런데 브라질이라면 포르투갈어를 쓰는 나라 아니던가. 포르투갈어는 부전공이었단다. 스페인어와 크게 다르지 않아 금방 배울 수 있다고 아내가 설명했다. 오퍼상인 아버지를 따라 어렸을 때 남미 쪽에서 살기도 했단다. 장인은 아주 바쁜 사람이어서 결혼식장에서야 처음 봤다. 당시에는 북아프리카 어디에 있다고 했다. 아내더러 아버지를 전혀 닮지 않았다고 하자 죽은 엄마를 꼭 빼닮았다는 대답이 돌아왔다. 어쨌거나 아내 덕분에 월드컵 결승전을 귀빈석에 앉아 볼 수 있었다. 펠레 바로 뒷자리여서 텔레비전 카메라에 몇 번 잡혔나보다. 전화가 빗발쳤다. 초등학교 동창이라며 연락한 자도 있었다. 나는 이름도 기억하지 못했다. 일일이 사정을 설명하기 귀찮아 이렇게 대응했다.

"나도 봤어. 정말 나랑 닮았더라."

이사는 내가 결정했으니 집은 자신이 물색해도 되겠느냐고 아내가 물었다. 아내가 자신의 주장을 내세우는 건 이례적인 일이었거니와 나로서는 한적한 시골이면 어디라도 상관없었으므로 그러라고 했다. 아내가 점찍은 곳은 지리산 자락의 어느 산중턱이었다. 십여 가구 남짓한 곤고한 농촌마을 뒤로 솟은 산자락을 삼십 분 넘게 걸어올라가니 고샅에 외따로 떨어져 있는 통나무집이 보였다. 어느 도예가가 작업실로 쓰던 집이라 했다. 뒤로는 제법 널따란 텃밭도 거느리고 있었다. 한눈에 이거다 싶었다.

집을 손보고 싶은데 어떤지 봐달라며 아내가 둘둘 만 종이를 내밀었다. 아내가 그린 어설픈 도면 속에서 단층 통나무집은 이층으로 변신했다.

"이층 전체를 당신 서재로 꾸밀 거예요."

아내의 배려가 고마웠다.

전원생활을 위한 준비는 착착 진행되었다. 나는 몰던 세단을 팔고 중고 지프를 샀다. 비포장 산길을 오르내리는 데는 아무래도 힘, 좋은 차가 쓸모 있을 테니까. 아파트 전세보증금을 빼서 잔금도 치렀다.

통나무집은 몰라보게 달라졌다. 통풍과 보온을 위해 황토를 새로 발랐다고 했다. 일층에는 침실과 주방 겸 거실을 꾸몄고 볕이 드는 쪽 벽에는 커다란 채광창을 내고 통유리를 끼웠다. 유유히 흘러내리는 능선과 밀집대형으로 올라가는 수목이 뒤엉켜 빛의 변화에 따라 시시각각 다른 세상을 유리창에 그려냈다. 먼 능선과 가까운 능선 사이로 우윳빛 안개가 떠다니는 것이 한 폭의 진경산수화가 따로 없었다. 말을 잊은 채 나도 모르게 아내의 손을 잡았다. 서울을 진작 떠나오지 못한 것이 후회스러웠다.

아내가 선물한 서재는 내가 꿈꾸던 것과 똑같았다. 조붓한 공간에 쭈그려 앉은 채 도둑글을 쓰며 머릿속에 그리던 바로 그 서재였다. 스무 평의 널따란 공간이 온전히 내 집필을 위해 마련된 것이었다. 벽을 따라 병풍처럼 방을 둘러싼 책장에는 책이 빼곡했다. 모두 손때를 탄 것들이었다. 어디서 난 책이냐고 물었더니 아내는 예전에 자신이 읽었던 것들이라 했다. 결혼하면서 아는 사람의 창고에 맡겨두었는데 그 사람이 이민 간다기에 어떻게 처분할까 궁리하다 내 작업에 도움이 될까 해서 가져왔다는 것이었다. 찬찬히 살펴보니 들어본 적 없는 작가와 작품도 다수였다. 일천한 독서량이 나는 새삼 부끄러웠다. 소음을 줄이기 위해 바닥에 양탄자를 깔았다고 했다. 양탄자는 발소리조차 삼켜버렸다. 그런데 창문이 보이지 않았다. 다락방에나 있음 직한 손바닥만한 쪽창 하나가 있을 뿐이었는데 그나마 열고 닫을 수 없는 것이었다.

"도면에는 그려넣었는데 인부들이 챙기지 못한 모양이에요. 당신이 원한다면 창문을 만들어드릴게요."

묻지도 않았는데 아내가 말했다.

"그럴 거 없어. 그 사람들 뭘 좀 아는군. 독창적인 물건을 만들어내려면 세상으로부터 완벽하게 고립되어야 해. 위대한 작품을 쓰기 위한 일곱 단계. 첫번째, 모든 인간관계를 끊어라. 두번째, 전화코드를 뽑아라. 세번째, 방문을 걸어잠가라. 네번째, 컴퓨터의 전원을 켜라. 다섯번째, 아무도 시도한 적 없고 누구도 흉내낼 수 없는 글을 써라. 여섯번째, 창문과 방문을 열어젖히고 기왕 쓴 글의 사분의 일을 버려라. 마지막 단계, 아내에게 읽혀라."

짝짝짝. 아내가 박수쳤다. 아내로부터 칭찬받기는 그때가 처음이었다.

산속에서의 첫날밤 오랜만에 아내와 관계를 맺었다. 그간 일부러 섹스를 삼갔던 것은 아니었다. 나는 야근이 잦았고 새벽반을 맡은 아내는 이른 출근을 위해 일찍 잠자리에 들곤 했다. 주말이면 나는 부족한 잠을 자느라, 아내는 밀린 집안일을 돌보느라 분위기 잡을 여력이 없었다. 결혼 전 모친은 어디서 들었는지 아내와 결혼하면 손이 귀할 것이라 했다. 나이가 많다는 것까지 트집잡았다. 내가 끝내 뜻을 굽히지 않자 단둘이 만나보겠다고 나섰다. 아내를 따로 만나고 오더니 태도가 달라졌다.

"너랑 함께 보던 날은 조명이 어둑어둑해서 그랬나보다. 엄마없이 자랐다지만 아가씨가 밝고 맑더구나. 나이를 거꾸로 먹었는지 너보다 어려 보이더라. 초산이 늦겠지만 요즘은 의술이 발달해서 별 문제 없을 테고."

　모친의 당초 우려와 달리 결혼 후 나는 여러모로 좋아졌다. 늘 달고 다니던 감기와도 결별했고 팀장으로 승진도 했다. 아이가 없다는 것만 제외하면 점쟁이의 점괘는 모두 빗나간 셈이었다. 나로 말하자면 반드시 아이가 있어야 된다는 쪽도 아니었다.

　아이를 갖고 싶지 않냐고 내가 물었다.

　"당신만 괜찮다면 저는 상관없어요."

　그러고 보니 아내가 먼저 잠자리를 요구한 적은 없었다. 간혹 내미는 은근한 손길을 뿌리치지도 않았지만. 아내가 내 눈을 들여다보며 물었다.

　"하고 싶어요?"

　마음 한구석에 버티고 있던 바람벽이 허물어진 것만 같았다. 고개를 끄덕이자 아내는 내 얼굴을 자신의 가슴에 묻었다. 어디선가 대나무 서걱거리는 소리가 들리는 듯했다. 서울에서 살 때는 배설되지 못한 욕구가 머리꼭지까지 차오르는 날을 제외하면 대개는 아내의 품에 얼굴을 묻은 채 그대로 잠들었다. 그런 날은 토막난 꿈조차 내 단잠을 기웃거리지 못했다.

　그날 밤 나는 시간과 정성을 들여 아내의 몸 깊이 들어갔다. 철저한 채식주의자인 아내의 몸은 마른땅의 우물처럼 깊어서 아득했다. 아내의 몸이 열릴 때 비에 젖은 흙냄새가 콧잔등을 간질였다. 아내에게 들어간 나는 사무치는 고독에 진저리쳤다. 그것은 언제 어디선가 이미 겪어본 것 같은 익숙한 느낌이었다. 그래서 더욱 쓸쓸했다. 아내에게서 빠져나온 후 나는 선잠에서 깨어난 아이처럼 밑도 끝도 없는 슬픔에 잠겼다. 무슨 일이냐고 아내가 물었다. 당신의 몸에 들어간 순간 등골 서늘한 고독을 맛보았노라고 털어놓을 수는 없었다. 환경이 바뀐 탓에 신경이 예민해져 그런 것인지도 모른다고 나는 생각했다. 아무것도 아니라고 얼버무렸더니 아내는 내 눈 밑을 어루만지며 말했다.

"당신이 고독을 느끼는 것은 당신의 마음이 그것을 간절히 원하고 있기 때문이에요."

나는 불에 덴 듯 놀랐다. 아내는 내 마음 밑바닥에 감추어진 욕망을 꿰뚫고 있었다.

"당신 설마?"

내 목소리가 떨렸다.

"마음을 읽을 수 있는 건 아니에요. 간절히 원하는 마음은 굳이 읽지 않으려 해도 느껴지지 않겠어요? 더구나 부부처럼 많은 것을 공유하는 사이라면 말이에요."

깊은 우물에서 올라오는 듯한 아내의 목소리를 들으며 나는 문득 이런 의문에 사로잡혔다. 아내가 간절히 원하는 것은 과연 무엇일까? 나는 눈을 감고 정신을 집중했다. 그러나 푸르스름한 어둠만이 머릿속 가득 펼쳐질 뿐이었다. 어둠 속에서 아내의 목소리가 이명처럼 어렴풋하게 들려왔다.

"모든 지구인이 똑같은 생각을 품고 있다면…… 그런 상상을 하면 어쩐지 끔찍해져요."

완전한 고립을 위해 나는 휴대폰도 해지했다. 선이 연결되지 않아 어차피 전화는 무용지물이었다. 비상상황에 대비해 아내의 휴대폰은 살려두기로 했다. 난시청지역이라 텔레비전을 보기 위해서는 위성안테나를 설치해야 했다. 텔레비전도 없애고 싶었지만 뜻밖에 아내가 고집을 피웠다. 일기예보를 확인해야 한다는 것이었다. 인터넷에 접속하기 위해서는 산 아래 마을 이장 집까지 내려가야 했다. 인터넷 전용선이 아니라 속도도 느리거니와 끊기기 일쑤여서 메일 확인과 뉴스 검색에만 한나절이 걸렸다.

도시에서 나고 자란 나에게 농촌의 삶이란 〈전원일기〉가 보여주었던 목가적이고 대가족적인 것이었다. 그러나 불시착한 비행선의 잔해처럼 띄엄띄엄 흩어진 몇 안 되는 가구 어디에서도 아이 소리는 들리지 않았고 젊은 사람도 보기 드물었다. 논둑이나 고샅에서 우연히 부딪히는 사람들은 대부분 노인이었다. 평생의 고단한 노동 때문인지 그들은 몸 전체가 일정한 비율로 축소된 것처럼 느껴졌다. 그들은 외지에서 흘러들어온 젊은 사람이 신기한 듯했지만 선뜻 말을 붙이지는 않아서 피차 머슬머슬했다.

그 마을에 몇 안 되는 젊은 사람들은 대부분 외국인이었다. 인도네시아와 베트남에서 온 여자들도 있었다. '전국농촌총각 장가보내기협회' 주선으로 작년에 시집왔다고 했다. 인도네시아에서 온 여자는 이장의 며느리였다. 이장의 아들은 서른일곱이라 했지만 이마가 벗어져 마흔은 훌쩍 넘어 보였다. 외국인 사내들도 더러 눈에 띄었는데 근동의 농공단지에서 일하는 노동자들로 마을 초입의 버려진 집에 기거한다고 했다. 몽골에서부터 네팔까지 그들의 국적은 다양했다.

인도네시아에서 온 며느리를 이장은 티 엔이라 불렀다. 인터넷에 접속하기 위해 내려갈 때마다 이장은 며느리 자랑에 침이 마르는 줄 몰랐다. 근면하고 성실하기가 이루 말로 다 할 수 없다. 어디 내놔도 빠지는 구석 없는 살림꾼이다. 말은 통하지 않지만 서글서글한 표정에 늘 미소를 달고 다닌다. 살림솜씨가 야물다고 칭찬을 해도 웃고, 조만간 비가 올 테니 밭에 고랑을 파두어야겠다고 해도 웃고, 밥이 설익었다고 핀잔을 줘도 웃는다. 두서없는 칭찬 끝에, 다 좋은데 돼지고기를 먹을 수 없게 된 것이 못마땅하다며 혀를 찼다. 독실한 이슬람 신자였던 티 엔은 김치찌개에 들어간 돼지고기만 봐도 기겁한다는 것이었다. 한번은 며느리가 읍내에 나간 틈을 타 아들과 삼겹살을 구워 먹고 있었는데 지갑을 놓고 간 며느리가 갑자기 들이닥친 바람에 한바탕 곤혹을 치렀다고 했다.

"사흘 동안 식음을 전폐헌 채 이불 뒤집어쓰고 통곡허니 환장할 일이제. 어쩌겄어. 앞으로 돼지고기는 입도 대지 않겠다고 맹세혔지. 그래도 김치찌개는 돼지고기 썰어넣고 끓여야 지맛인디……"

이장은 푸념하면서도 못내 입맛을 다셨다.

마을 사람들은 모두 아내를 좋아했다. 나에게는 데면데면한 사람들이 아내를 보면 굳었던 표정을 풀고 살갑게 인사말을 건

냈다. 특히 이장은 아내만 보면 희색을 감추지 못했다. 그 마을에서 티 엔의 말을 알아들을 수 있는 사람이 아내뿐이었기 때문이다. 인도네시아어는 모른다더니 아내는 티 엔과 몇 번 만나고 나서 더듬더듬 말을 주고받게 되었다. 티 엔은 아내를 보면 고국에서 찾아온 친정언니라도 만난 듯 두 손을 부여잡고 놓을 줄 몰랐다. 이장의 조카와 결혼한 베트남 출신의 란 아잉도 사정은 마찬가지였다.

이사 온 지 얼마 안 되었을 때만 해도 나는 일주일에 한 번은 마을에 내려갔다. 메일을 확인하기 위해서였고 무엇보다 갑작스런 고립생활이 아내에게 가져올 충격을 덜어주려는 심산이었다. 그러나 아내에 대한 걱정이 기우로 판명되는 데에는 그리 오랜 시간이 걸리지 않았다. 아내는 그곳에서 나고 자란 사람처럼 마을 사람들과 잘 지냈다. 내가 메일을 꼼꼼히 읽고 답장을 다 쓰도록 아내는 인도네시아와 베트남에서 온 여자들과 두런두런 이야기를 나눴다. 나는 아내의 대화가 끝나기만을 기다리며 느려터진 인터넷을 뒤적거려 바깥세상을 엿보았다. 용기가 부럽다는 둥 전원에서의 새로운 삶이 어떠냐는 둥 근황을 묻는 메일을 보내고 주말이면 가족을 데리고 놀러 오던 친구들도 소식과 발길이 점점 뜸해졌다. 메일함에는 스팸메일만 잔뜩 쌓였다. 언제부턴가 나는 마을에 내려가지 않게 되었다.

쉬고 싶다던 아내는 귀농 후 더욱 바빠졌다. 오전에는 텃밭을 일구고 오후에는 통유리 앞에 앉아 볕을 즐기며 음악을 듣거나 차를 마셨다. 마을에는 거의 매일 내려갔다. 마을 사람들은 아내를 보면 묶어두었던 이야기보따리를 풀었다. 고해하는 신자처럼 아내에게는 아무것도 감추지 않았다. 아내는 외국어학원 강사의 경력도 십분 활용했다. 티 엔과 란 아잉에게는 우리말을, 다른 사람들에게는 인도네시아어와 베트남어를 가르쳤다. 소문이 어떻게 났는지 폐가에 기거하던 외국인 노동자들도 아내를 찾았다. 밀린 임금을 받도록 도와달라는 것이었다. 불법체류자라는 그들의 약점을 이용해 임금을 상습적으로 체불하던 공장주는 아내가 한 달 동안 매일같이 찾아가자 고개를 절레절레 흔들었다. 공장에만 간 게 아니라 관련 시민단체도 찾아다닌 눈치였다. 외국인 노동자들은 엄지손가락을 치켜세우며 아내더러 "엔젤!"이라고 찬사를 보냈다.

찾는 사람이 많아질수록 아내는 전에 없이 생기가 돌았고 나 혼자 집을 지키는 시간이 늘었다. 나는 오전 내내 글을 썼고 오후에는 운동 삼아 텃밭에 나갔다. 아내의 손길이 지나간 곳에는 검불 하나 허투루 떨어져 있지 않았다. 아내는 좀체 집에 붙어 있는 법이 없어서 끼니때를 제외하면 차분하게 얼굴을 마주하기도 어려웠다. 아내는 물 만난 고기마냥 활기차게 밖으로 돌았다. 외출에서 돌아오면 밖에서 보고 들은 것을 나에게 들려주었다. 그리하여 나는 굳이 다리품을 팔지 않아도 이장의 소가 송아지를 몇 마리 낳았는지 산속의 밤나무며 감나무에 열매가 얼마나

달렸는지도 훤히 알 수 있었다.

아내가 마을에 내려가고 없는 오후시간에는 책을 읽거나 텔레비전을 봤다. 정작 위성안테나까지 설치하는 정성을 아끼지 않은 아내는 텔레비전을 거들떠보지도 않았다. 사람들의 말소리가 듣고 싶어 나는 여러 명의 연예인이 출연해 시답잖은 잡담을 나누는 프로그램을 즐겨 틀어놓았다. 화창한 날에는 산에 들어가 땔감을 장만하기도 했다. 보일러 시설이 없어 난방은 아궁이에 지피는 군불에 의지할 수밖에 없었다. 산속의 밤은 계절과 무관하게 냉랭했고 땔감은 늘 간당간당했다. 유난히 추위를 타는 나는 전기스토브를 끼고 살았고 스웨터를 몇 벌씩 껴입었다.

나 홀로 차 마시며 창밖을 보고 있노라면 정지한 시간이 골짜기에 켜켜이 쌓이는 듯했다. 시시각각 변해가는 풍경 속에서 시간의 흐름은 바다를 맞닥뜨린 강물처럼 둔해지는 것 같았다. 구름의 그림자가 능선을 게으르게 포복하는 것을 망연히 바라보고 있을 때면 나는 백 년을 살아버린 것만 같았다. 차츰 말수가 줄어갔다.

저녁을 먹고 난 후 나는 오전에 쓴 원고를 읽고 다듬었다. 작업이 끝나면 와인을 한 잔 마시고 이불을 머리끝까지 끌어올린 채 잠을 청했다. 매일 똑같은 일과의 반복이었다. 반복되는 일과 속에서 날짜나 요일은 무의미했다. 단조로운 일상의 반복은 늪처럼 모든 것을 집어삼킬 것만 같아 두려웠지만 오히려 대자연의 무위를 견디는 힘이 되기도 했다. 가늠할 수 없을 만큼 아득한 과거로부터 비롯된 것 같은 반복 앞에서 세상의 모든 차이는 조금씩 희미해졌다. 세상의 끝에 몰린 듯 모든 것이 희박해지는 기분이었다. 희박한 분위기를 견디기 위해 한 문장 한 문장을 쥐어짜냈다. 오늘이 어제와 다름을 증명할 수 있는 것은 오직 새로 태어난 문장뿐이었다. 완성된 초고를 아내에게 보여줬다. 그곳에서 내 글을 읽어줄 사람은 아내밖에 없었으니까.

처음 원고를 내밀었을 때 아내는 손사래를 쳤다.
"제가 뭘 알겠어요."
"무슨 말이든 괜찮아. 쓴소리가 오히려 도움이 돼."
"정말 솔직하게 말해도 괜찮겠어요?"
아내는 내 청을 끝내 물리치지 못했다. 아내는 그런 사람이었다. 단호하게 거절하다가도 진심으로 거듭 청하면 눈빛이 흔들렸다. 한강 유람선에서 청혼했을 때도 그랬다. 마포대교 교각을 지나칠 때였다. 내 프러포즈에 아내는 이렇게 말했다.
"한때의 어리석음을 연애라 한다죠? 그 흔한 한때의 어리석음을 끝장내기 위해 결혼이라는 기나긴 어리석음을 시작하겠다는 건가요?"
"언뜻언뜻 비치는 당신의 그늘까지도 사랑해."
"저를 잘 안다고 생각하세요?"
"당신이 어떤 존재여서 사랑하는 것이 아냐. 당신이 어떤 사람인지는 잘 모르지만 당신의 그늘까지도 사랑하는 마음이 영원히 변치 않으리라는 것만큼은 잘 알아."

"장담한 걸 후회하게 될지도 모를 거예요."

"후회하지 않기 위해 장담하는 거야."

"한 가지 조건이 있어요."

"천 가지라도 상관없어."

"원한다면 언제든 새로운 삶을 찾아가도록 하세요. 자기 자신을 속이면서 마지못한 삶을 살기에는 당신 인생이 너무 짧아요."

"당신의 존재를 모른 채 살았던 지난 세월을 생각하면 당신과 떨어져 있어야 하는 순간순간이 고통스러워."

청혼을 수락하는 아내의 표정은 어쩐지 쓸쓸해 보였다.

원고를 다 읽고 나서 아내가 조심스레 입을 열었다.

"좋아요. 문장도 잘 읽히고 사건전개도 무리가 없네요. 그런데 어디서 본 듯해요. 혹시 플루랑스의 『결혼행진곡』 읽어보셨어요?"

처음 듣는 작품이었다. 나는 고개를 가로저었다.

"이층 서재 책장에 있을 거예요."

나는 곧장 서재로 올라가 서가를 뒤졌다. 아내가 말한 책은 플로베르의 『마담 보바리』 옆에 꽂혀 있었다. 한 여자와 세 번에 걸쳐 결혼하는 남자 이야기였다. 공교롭게도 그것은 내 소설의 핵심 모티프이기도 했다. 세부를 고친다고 될 일이 아니었다. 독창성은 물 건너갔다. 아깝지만 어쩔 수 없었다. 나는 원고를 쓰레기통에 던졌다. 헤밍웨이가 옳았다. 모든 초고는 쓰레기에 불과했다.

 읽지도 않고 쓰겠다고 덤빈 나 자신이 부끄러웠다. 왕년에 문학소년도 문청도 아니었으므로 나의 독서량은 곤궁했다. 독창적인 세계를 구축하기 위한 길에는 두 가지가 있다. 한 권의 책도 읽지 않든가 모든 책을 다 읽든가. 가난한 내 독서는 전자를 불가능하게 했고 후자를 난망하게 했다. 그 일이 있은 후 나는 독서에 열을 올렸다. 익히 들어본 작품들을 독서목록의 우선순위에 올렸다. 도스토옙스키의 『악령』이나 톨스토이의 『안나 카레니나』처럼 정작 완독한 적은 없지만 읽었다고 착각하는 책들.

 두번째 소설을 보여줬을 때도 아내의 반응은 신통치 않았다.

 "지난번보다 더 좋아요. 묘사도 생생하고 대화도 자연스러워요. 이런 말 하기 미안하지만 역시 어디서 본 듯해요. 훌리오 루이스 곤잘레스의 「산티아고에서 온 편지」 읽어보셨어요?"

 찾아보니 중남미 대표단편선집에 실려 있는 작품이었다. 망자가 생전에 부쳤던 편지를 우체국의 착오로 뒤늦게 받아본다는 설정의 서간체 소설이었다. 편지의 내용이 다르다는 위안거리도 찜찜한 마음을 몰아내지는 못했다. 서가를 가득 메우고 있는 책들을 바라보니 한숨이 절로 나왔다.

 "반복은 창조의 산파이면서 가장 치명적인 독이죠. 태양 아래 새로운 것이 없다면 태양 너머를 보세요. 이 우주에서 오직 당신만이 쓸 수 있는 이야기가 있을 거예요. 아니에요. 멀리 갈 것 없이 당신 자신에 대해 써보는 건 어때요? 이 우주에 당신이라는 존재는 오직 하나뿐이니까요."

아내가 등뒤에서 나를 껴안으며 속삭였다.

　그후로도 사정은 달라지지 않았다. 탈고한 원고를 보여주면 아내는 진심 어린 상찬을 건넨 후 고개를 갸웃거렸다. 어디선가 본 듯하다고. 그리고 어김없이 내가 듣도 보도 못한 작가와 작품 이름을 들이댔다. 책을 찾아 읽어보면 아내의 지적은 어김없었다. 나의 낙담과 아내의 격려. 끝이 보일 것 같지 않은 반복이었다. 아내의 말대로 나 자신에 관한 이야기를 쓸 수도 있을 것이다. 그러나 자신을 판 다음에는 무엇을 팔 것인가. 작가에게 자신의 삶은 씨암탉이다. 배고프다고 씨암탉을 잡아먹을 수는 없지 않은가.

　신춘문예는 낙방의 연속이었고 번번이 본심에도 오르지 못했다. 어리석은 짓인 줄 알면서도 내 소설이 제대로 접수되기는 한 것인지 확인하기 위해 신문사로 전화도 했다. 투고의 범위가 신춘문예뿐만 아니라 문학잡지까지 확대되었지만 성과는 전무해서 심사평 한 줄 실리는 일이 없었다. 뭔가 단단히 어긋나고 있었다.

　언제부턴가 나는 구상한 소설의 개요를 아내에게 들려주게 되었다. 기껏 탈고한 원고를 쓰레기통에 버리느니 그편이 나았다. 생각만 버리면 되니까. 아내에게는 당최 새로운 이야기라는 것이 존재하지 않았다. 그나마 아내의 박식을 가까스로 견뎌낸 이야기는 구상단계의 윤기를 잃고 퍼석거렸다. 바닥 모를 실추는 직장을 때려치울 때의 자신감과 패기를 야금야금 좀먹었다.

나는 산중생활의 적막에 슬슬 염증이 났지만 아내는 나날이 화사해져 어둑한 서재로 들어설 때면 이마와 눈에 광채가 감돌았다. 외출을 하지 않게 된 나는 급기야 아래층에 내려가는 것마저 뜸해졌다. 여닫이 창문 하나 없는 이층은 내 서재이자 침실이면서 우주였다. 우주 바깥에서는 해도 뜨고 바람도 불고 꽃도 피었지만 나와는 무관했다. 고개를 들어 올려다본 쪽창 너머에는 동그랗게 오려진 공허뿐이었다. 한때의 낭만적 열병이던 고독은 누추한 지병이 되었다.

마을 사람들이 놀러 오기도 하는 모양인지 아래층이 종종 소란스러웠다. 아기 울음소리도 들렸다. 란 아잉이 쌍둥이를 낳았고 티 엔은 임신중이라 했다. 티 엔은 그새 우리말이 많이 늘었다. 나를 보더니 더듬더듬 이렇게 말했다.

"아저씨 행운아. 천사 같은 아내, 어린 아내 좋아."

물을 마시거나 소변을 보기 위해 아래층에 내려가면 돌연한 침묵이 나의 출현을 경계했다. 그들은 뭔가를 은밀히 도모하다 들킨 것처럼 입을 다물고 내 눈치를 살피다 내가 이층으로 올라오자마자 활기를 되찾고 떠들썩해졌다.

아내가 마련한 서가에는 희귀한 원서들이 적지 않았다. 세르반테스의 『돈 키호테』 초판도 있었다. 속지에는 스페인어로 헌사가 적혀 있었다. 아내에게 물었더니 이런 내용이란다. "꿈꾸는 눈빛의 아름다운 소녀를 내려주신 신의 은총에 감사하며. 푸욜 백작." 디드로와 달랑베르가 편찬한 『백과전서』 첫번째 권에는 이런 헌사가 씌어 있었다. "혁명은 절망적 상황에서 일어나는 것이 아니라 상황이 절망적이라고 판단될 때 발생한다. 잔다르크의 심장을 가진 동지이자 브르통 클럽의 여신에게. 바스티유 점령을 기뻐하며. 당통." 고서 수집가들이 군침을 흘리고도 남을 희귀본 중의 희귀본들이었다. 모두 여인에게 바치는 헌사가 적혀 있었다. 어디서 구했느냐고 묻자 아내는 이렇게 대답했다.

"예전에는 선물로 책을 즐겨 주고받았지요."

아내는 새로운 읽을거리가 없다고 푸념했다. 인터넷서점에서 새 책을 주문하라고 했더니 책소개를 읽어보면 예외 없이 어디선가 본 듯한 내용 같아 내키지 않는다고 말했다. 자신을 위해서라도 어서 독창적인 작품을 써달라는 농담 같은 당부를 덧붙였다. 아내의 농담 아닌 농담에 식은땀이 났다. 밤이면 아내는 이미 읽은 원서를 우리말로 옮겼다. 단순한 재독은 지겨워 그렇게라도 해야 한다는 것이었다. 아내의 입에서 무심히 튀어나온 지겹다는 말이 가슴에 사무쳤다. 낮에 하지 그러냐는 내 말에 아내는 이렇게 대꾸했다.

"산중의 밤은 아주 길답니다."

나는 이런 시구를 중얼거렸다. "밤은 길고 나는 누워 천 년 후를 생각하네." 매미 소리가 심장을 저미는 여름 한낮과 물동이 터지는 소리에 까마귀 날아오르는 겨울 새벽 나는 새로운 문장한 줄 건지기 위해 고투했다. 홀로 몸 누여 밤새 천 년 후를 생각했을 천 년 전의 누군가를 상상하며. 낮이건 밤이건 나를 찾는 사람은 없었다.

계단 쪽이 환해졌다. 아내가 올라오는 게 틀림없다. 스포트라이트를 받은 듯 아내의 얼굴이 눈부셨다. 눈빛은 형형해서 만물을 꿰뚫어보는 듯했고 피부는 맑고 투명하게 응결되어 밤하늘의 은하(銀河)가 얼어붙은 듯했다. 아내가 책상 위에 고구마케이크와 녹차를 내려놓았다.

"웬 거야?"

"점심도 거르셨잖아요. 그리고 오늘 우리 결혼기념일이에요."

"결혼기념일?"

나는 탁상달력을 쳐다보았다. 일월이었다. 아내는 달력을 거침없이 넘겼다.

"지금은 사월이에요. 올해로 몇주년인지는 아세요?"

"칠 년인가? 아님 팔 년?"

"십 주년이랍니다."

"벌써 그렇게 됐나?"

산에 들어온 지는 사 년째라는 계산이었다.

"십 년은 꿈, 백 년은 꿈속의 꿈, 천 년은 한순간의 빛이지요."

아내가 꿈꾸듯 말했다. 어디선가 들어본 적 있는 듯했다.

"전에 우리 이런 대화 한 적 있지 않아?"

나는 자신 없는 목소리로 물었다.

"아니요."

아내가 단호하게 대답했다. 전에 없이 눈부신 아내를 바라보는 내 머릿속엔 돌연 엉뚱한 의문이 솟았다. 나보다 겨우 다섯 살 많은 아내는 언제 그 많은 책들을 다 읽었을까. 아내의 경이로운 독서편력의 비밀이 새삼 궁금해진 내가 물었다.

"어떻게 저 많은 책들을 읽을 수 있었지?"

"살다보면 책 읽는 것 외에는 달리 할 일이 없는 시절도 있게 마련이랍니다. 시간은 우리가 상상하는 것보다 힘이 세지요."

"당신은 어느 별에서 왔지?"

나도 모르게 어이없는 질문을 던지고 말았다. 농담이었다고 얼버무리려는데 아내가 진지하게 대답했다.

"어디에서 왔는가가 아니라 어디로 가고 있는가를 명예의 근거로 삼아야 해요."

차를 마시고 아래층에 내려갔다. 그래도 명색이 결혼기념일인데 읍내에 나가 외식이라도 해야 하지 않겠느냐고 내가 물었다. 아내는 굳이 그럴 것까지 없다고 했다. 나만 괜찮다면 저녁식사에 마을 사람들을 초대하고 싶다고 말했다.

"초대?"

"오늘 티 엔의 생일이에요. 축하도 변변히 못 받았을 게 틀림없어요. 어쩌면 오늘이 자신의 생일이라는 사실도 모를 거예요. 고구마케이크도 넉넉히 만들었어요. 당신 괜찮겠어요?"

간만에 오붓한 시간을 갖고 싶었지만 아내가 저런 눈빛으로 쳐다보면 거절할 수 없다. 나는 마지못해 고개를 끄덕였다. 그리고 마음속으로 이렇게 생각했다. 아낌없이 주는 나무가 따로 없군.

"그런 나무가 있어요?"

아내가 물었다. 안 읽은 책이 없는 아내도 모르는 게 있다니 뜻밖이었다.

"뭐든 남에게 내어주는 나무 이야기야."

"재밌겠네요."

아내가 콩나물시루에 물을 부으며 말했다. 표정을 봐서는 농담하는 것 같지는 않았다. 뭔가 석연치 않았다. 나는 슬쩍 떠보기로 했다.

"물을 너무 많이 주지 마. 콩나물이 너무 많이 자라면 괴물이 타고 내려올 수도 있으니까."

"그건 또 무슨 얘긴가요?"

나에게 질문을 던지는 아내의 얼굴은 무구해서 거짓이라고는 찾아볼 수 없었다.

"어떤 아이가 구름 위까지 자라난 콩나무를 타고 올라갔다 괴물과 맞닥뜨린다는 얘기야."

"어쩜! 누가 생각해냈는지 참 신선하네요. 콩나무가 구름 너머까지 자라는 발상을 하다니 너무 독창적이에요."

나는 입을 다물고 말았다.

나는 읍내에 나가 샴페인이라도 사오겠다고 했다. 결혼기념일 선물을 사주고 싶은데 받고 싶은 게 있냐고 물었더니 아내는 나를 물끄러미 바라보았다. 아내의 서늘한 눈빛을 보고 있노라면 어느 머나먼 우주의 작은 별이 영원한 침묵 속으로 스러지는 것만 같다. 영원이라는 단어가 있다. 사전을 찾아보면 언제까지고 계속하여 끝이 없음, 혹은 시간을 초월하여 존재하는 일이라 적혀 있을 게다. 재밌지 않은가? 결코 닿을 수 없는 끝과 애당초 존재하지 않는 시간을 초월하여 존재한다니 말이다. 그러니 영원이라는 단어가 증명할 수 있는 것은 영원한 것은 없다는 사실뿐이다. 영원한 것은 존재할 수 없기 때문에 영원이라는 단어를 듣기만 해도 가슴 뭉클해진다. 아내만큼 그 단어가 잘 어울리는 사람이 또 있을까? 아내의 침묵에는 안타까움이 배어 있다. 차마 토설할 수 없는 비밀을 어금니로 지그시 깨물고 있기라도 한 듯. 영원히 계속될 것만 같던 침묵을 깨고 아내가 입을 열었다.

"당신이 창조한 독창적인 소설을 보여주세요. 저에겐 그게 가장 큰 선물이랍니다. 참! 모레가 현수 생일이니 나간 김에 우체국에 들러 축전도 띄우고 전신환도 보내세요."

"현수?"

"산속에 들어와 살더니 이종조카 이름도 까먹었어요?"

듣고 보니 그런 조카가 있는 것 같기도 했다.

"이종조카 생일까지 챙겨야 하나?"

"늘 챙기다 한 번 빠뜨리면 더 서운해하는 법이에요."

"늘 챙겼다고?"

"네."

아내는 만원권 세 장과 쪽지를 내밀었다. 쪽지에는 축전에 적을 문구가 준비되어 있었다. 다음과 같았다. "사랑하는 현수의 일곱번째 생일을 축하해요."

차를 몰고 비탈을 내려가는데 백미러에 아내의 모습이 비쳤다. 아내는 문 앞까지 나와 손을 흔들었다. 뭔가 이상했다. 나는 속도를 줄이고 백미러를 유심히 들여다보았다. 차를 급히 세우고 뒤를 돌아보니 아내는 어느새 집 안으로 들어가고 없었다. 짙은 먹구름이 철새떼처럼 빠르게 산 정상 쪽으로 이동하고 있었다. 빠르게 흘러가면서 지붕 위에 설치된 위성안테나를 선명하게 부각했다. 차를 다시 움직였다. 단조롭고 엇비슷한 풍경이 거듭 펼쳐지는 산골짜기를 빠져나가며 나는 어린 시절 일요일 아침마다 텔레비전 앞에 달려가도록 만들었던 만화영화의 주제가를 흥얼거리고 있었다.

"긴 머리 휘날리고 눈동자를 크게 뜨면 천 년의 긴 세월도 한 순간의 빛이라네 전설 속에 살아온 영원한 여인 천년여왕 과거를 슬퍼 말고 우주 끝까지 우주 끝까지 밝혀다오 지나간 추억일랑 저 하늘에 묻어두고 서글픈 내 모습에 밝은 미소 지어다오 백 년은 꿈이며 천 년은 사랑의 메아리 내일은 우리의 것 우주 끝까지 우주 끝까지 지켜다오……"

돌이켜보면 이상한 점이 한둘이 아니었다. 아내는 자신의 어린 시절 사진을 보여준 적이 없었다. 사진 찍는 것을 별로 좋아하지 않았을뿐더러 잦은 이사의 와중에 앨범을 잃어버렸다고 변명처럼 말했다. 뭐 그럴 수도 있었다. 결혼식장에서 인사한 뒤 나는 아내의 가족과 만난 적이 없었다. 아내는 무남독녀인데다 장인도 외아들이어서 워낙 단출한 가족이긴 했다. 가까운 친척도 별로 없거니와 그나마 있는 친척도 왕래가 뜸하다는 아내의 설명이었다. 그럴 수도 있을 것이다. 그러나 외국어를 쉽게 익히는 능력과 고금을 막론하는 방대한 독서량은 어떻게 받아들여야 할까? 내가 쓴 소설을 읽고 거론했던 작품들은 과연 존재하기나 한 것일까? 서재 가득한 그 책들은 다 뭐란 말인가? 게다가 아내가 나에게 했던 수수께끼 같은 말들은 열이 하나와 같이 귀에 익었다.

좋은 생각이 떠올랐다. 아내에 대한 소설을 쓰는 것이다. 아내에 대해 아는 게 별로 없다고? 걱정할 것 없다. 이십 년도 더 지났지만 주제가가 인상적이었던 그 만화영화의 주인공에 대한 것이라면 자신있다. 필요하다면 인터넷을 뒤질 수도 있을 것이다. 제목은? 첫 문장은? 이렇게 시작하면 어떨까. 이것은 내 아내에 관한 이야기다. 곧장 핵심으로 치고 들어가는 거다. 일찍이 느껴본 적 없는 압도적이고 맹렬한 창작열에 머리가 들끓었다. 머릿속에서는 해독을 기다리는 모스부호들이 짐작도 하지 못할 미지의 곳으로부터 다투어 타전되었다. 아내는 자신에 관한 소설을 읽고서 어떤 반응을 보일까? 어릴 적 보았던 만화영화의 주인공은 천 년에 한 번 봄이 찾아오는 별에서 왔다고 했다. 그나저나 아내는 이 지루한 행성에 뭐 하러 온 것일까? 나는 아주 오래전에 보았던 어떤 만화영화의 내용을 새삼 되짚고 있었다.

게임의 규칙

"남은 문제는 단 하나! 지역민방창사 십 주년 기념으로 개최한 생방송 〈내 고장 퀴즈왕 선발대회〉의 최종 승자는 이 한 문제로 결정됩니다."

분위기를 고조시키려는 듯 사회를 맡은 왕년의 인기가수의 목소리가 점점 가팔라졌다. 방청객의 시선은 접전을 펼치는 퀴즈 대결의 당사자들보다는 단 하나의 히트곡으로 이십여 년을 버티고 있는 왕년의 인기가수에게 집중되었다. '인기가수 아무개가 다녀간 식당'이라는 플래카드를 심심치 않게 볼 수 있는 도시였다. 그런 플래카드가 붙기 며칠 전에는 '인기가수 아무개 전격 출연'이라는 나이트클럽 광고전단이 전봇대에 기왕 붙어 있던 구인전단을 밀어냈다. 사회자가 입을 열 때마다 방청객이 한마디도 놓치지 않으려는 듯 미간을 모으며 귀 기울이는 것도 무리는 아니었다.

"마지막 문제는 스포츠 분야 오십 점짜리입니다. 결선에 오른 두 분의 점수 차는 이십 점! 이 문제를 맞히는 쪽이 대망의 퀴즈왕이 됩니다. 제 손에 땀이 날 지경입니다만 이 순간 누구보다 긴장하고 있는 사람은 무대 위의 두 분이겠죠. 잠시 숨을 돌리는 의미에서 두 분의 심경을 들어보겠습니다. 박빙의 리드를 지키고 있는 박순영씨부터 한마디해주시죠!"

방청객의 시선이 호명된 여자를 향했다.

"예까지 올라온 기 아까워서라도 꼭 우승할 거라예. 파이팅!"

짬짬이 작성한 퀴즈노트가 도합 일곱 권이라는 결혼 팔 년차의 전업주부는 방청석 맨 앞줄에 앉아 있는 남편과 세 명의 어린 딸들을 향해 주먹을 불끈 쥐어 보이며 전의를 다졌다.

"우승자에게는 제주도 삼박사일 여행권과 사십이 인치 벽걸이 텔레비전이 주어집니다. 우승하게 된다면 여행권은 어떻게 하실 건가요?"

사회자가 물었다.

"솔직히 저희 부부는 신혼여행을 변변히 못 갔거든예. 마이 늦었지만 신혼 기분으로 고마 다녀올랍니다."

"들자 하니 시댁에서는 여태 아들에 대한 미련을 버리지 못하고 있다던데 제주도 여행에서 아이를 갖게 되면 허니문 베이비가 되겠군요."

방청석에서 웃음이 터졌고 전업주부의 남편은 얼굴을 붉혔다.

"이번에는 김광수씨의 심경을 듣도록 하죠."

방청객의 시선이 무대 위의 한 사내를 향했다. 조명의 열기 때문인지 사내의 이마에는 식은땀이 송골송골했다. 그는 선뜻 대답하지 않았다. 지나치게 긴장한 탓에 단단히 화가 난 사람처럼 보였다. 방송 시작 전에 화장실에 쭈그리고 앉아 깨물어 먹은 우황청심환 약발이 절정에 달해 그의 정신이 혼곤하다는 사실을 방송국 스튜디오에 있는 사람들 중 누구도 알지 못했다. 진짜 승부는 이제부터였다. 그에게 세상의 모든 승부는 언제나 잔혹한 것이어서 가급적 피하고 싶었다. 당장 화장실로 달려가 찬물에 손을 씻고 싶은 충동을 억누르기 위해 그는 이를 악물어야 했다.

승부를 즐기지 않고 오히려 혐오하기까지 하는 그가 뜬금없이 퀴즈왕 선발대회에 참가하게 된 것은 부친 때문이었다. 자신을 따라 연고도 없는 낯선 도시로 이사한 후 부쩍 오락가락하는 아버지의 정신은 그의 마음을 무겁게 짓눌렀다. 왜 하필 바닷가냐고 극구 반대하던 아버지였던 터라 더욱 그랬다. 새 출발을 도모했던 이곳에서조차 고객이 떼먹고 달아난 자동차 할부금 때문에 카드빚의 올가미에 걸려든 그 자신과 습관이 된 우울 속에 삶을 방기한 아버지를 위해 인생역전까지는 아니더라도 인생의 전기(轉機)라고 부를 만한 사건이 필요했다.

불어터진 라면으로 때늦은 끼니를 때우며 텔레비전을 무심히 보던 그의 눈썹을 움찔하게 한 것은 퀴즈대회 우승자에게 주어지는 부상이었다. 아버지에게 텔레비전 시청만이 적막한 삶의 유일한 낙이라는 것을 그는 잘 알고 있었다. 이 도시로 이사온 직후 중고가게에서 산 십사 인치 텔레비전의 화면은 나날이 어두워졌다. 피부가 뽀얗기로 소문난 여배우의 얼굴에는 거뭇거뭇 기미가 내렸고 일몰 후의 야외 신에서 출연자의 실루엣은 배경과 구분되지 않았다. 어두워진 화면을 뚫어져라 쳐다보는 아버지 미간에 세로로 팬 골은 텔레비전을 시청하지 않을 때도 좀체 펴지지 않았다.

열, 아홉, 여덟, 일곱…… 그는 어린아이가 셈을 하듯 손가락을 놀리며 숫자를 거꾸로 헤아렸다. 긴장할 때면 어김없이 나오는 그만의 버릇이었다.

"김광수씨?"

사회자가 다그치는 소리에 그는 마지못해 입을 열었다.

"여서엇……"

겨우 쥐어짜낸 그의 말을 제대로 알아들은 사람은 없었다. 방송중의 돌발상황에 단련된 사회자조차 어눌한 그의 말을 온전히 파악하지 못해 당황했다.

"네! 뜸들이지 말고 어서 문제를 내라는 말씀이시군요. 마지막 문제입니다. 문제를 끝까지 잘 듣고 신중하게 답하시기 바랍니다. 천구백팔십이년 우리나라 프로야구가 출범한 이래 숱한 진기록이 만들어졌습니다. 그중에는 앞으로도 깨지기 어려워 보이는 것들도 있습니다. 얼마 전 자신이 운영하는 마작하우스에서 사망한……"

사회자가 문제를 끝까지 읽기도 전에 버저 소리가 날카롭게 울렸다. 그였다. 문제를 읽다 만 사회자와 승부를 지켜보던 방청객은 물론 심지어 버저를 누른 당사자조차도 놀란 표정이었다. 뒤지고 있는 그로서는 상대보다 버저를 먼저 누르는 것이 정답을 찾는 것보다 더 화급했을 것이다. 더구나 일단 버저를 누르면 틀리는 법이 거의 없는 상대였다. 승리든 패배든 자신이 결정하고 싶었을 것이다. 그러나 이 모든 것을 감안하더라도 그의 버저 소리는 지나치게 일렀다. 긴장을 감당하지 못해 실수로 손을 댔다 해도 이상하지 않을 정도였다. 모든 시선이 자신에게 쏠리는 것을 느끼고 나서야 그는 무슨 짓을 저질렀는지 깨달았다.

땀에 젖은 손가락을 꼼지락거리며 그는 마음속으로 다시 숫자를 헤아리기 시작했다. 열, 아홉, 여덟…… 숫자를 헤아리면서 그는 방청석을 바라보았다. 그곳에 자신을 주시하는 사람들이 있다는 사실을 그제야 깨달았다는 듯. 맨 뒷줄에 그의 아버지가 서 있었다. 양복에 넥타이까지 갖춰입은 채였다. 깃이 넓고 어깨 선이 과장된 낡은 양복은 구 년 전 그의 대학 입학식 때 장만한 것이었다. 유행과는 거리가 먼 양복은 입었다기보다는 걸쳤다는 표현이 적합할 정도였다. 여느 때처럼 둘둘 말아놓은 이불을 베개 삼아 드러누운 채 하릴없이 텔레비전을 바라보다 아들을 발견하자마자 택시를 잡아타고 부리나케 달려온 것이리라. 그의 추측은 절반은 맞고 절반은 틀렸다. 둘둘 말아놓은 이불을 베개 삼아 드러누운 채 하릴없이 텔레비전을 바라보다 아들을 발견한 그의 아버지는 아들의 대학 졸업식 이후 입어본 적 없는 양복을 걸치고 집을 나서려다 수중에 한 푼도 없다는 사실을 깨달았다. 만일의 경우에 쓰라고 아들이 쥐여준 비상금은 어디에 숨겨뒀는지 기억할 수 없었다. 119에 전화해서 거동이 불편한 응급환자가 있으니 구급차를 보내달라고 했다.

그는 아버지의 얼굴을 물끄러미 바라보았다. 아버지는 지금 온전한 정신일까? 아버지가 정신을 놓을 때면 한창 시절 호기롭게 내기를 걸 때 그랬듯 동공이 커진다는 것을 그는 알고 있었다. 자신의 이름도 기억해내지 못하는 아버지의 부푼 동공을 들여다보며 그는 생각하곤 했다. 아버지는 지금 일생일대의 내기를 하고 있는 것이라고. 지나온 생의 기억과 남은 생에 대한 회한을 건 내기에 전력투구하느라 자신의 이름 따위 안중에도 없다고. 노름꾼에게 절박한 것은 이름이 아니라 승리이니. 그의 시선은 아버지의 동공을 좇았다. 그러나 방청석 맨 뒤에 서 있는 아버지는 너무 작아 보였다. 십사 인치 텔레비전 화면 속의 난쟁이처럼 작았다. 사십이 인치 HD텔레비전은 얼굴의 땀구멍도 보여준다고 했다. 그는 마른침을 삼켰다.

대회 참가신청서를 제출할 때만 해도 자신이 없었지만 이제 승리는 손을 뻗으면 닿을 듯했다. 우승확률은 이분의 일이었다. 인생에 관한 한 불확실성과 가능성을 구분하지 못하던 시절 그는 숫자를 사랑했다. 그는 숫자의 형이상학적 단순성을 사랑했고 기하하적 질서를 경배했다. 그러나 이제 그는 숫자를 믿지 않았다. 그에게는 좀더 유력한 확률이 필요했다. 불운마저도 이겨낼 압도적 확률. 그는 태어나서 처음 승자가 되기로 했다. 심장을 데우고 폐를 찢을 듯 부풀리는 돌연한 열기에 그는 진저리쳤다. 난생처음 맛보는 승부욕이었다.

그의 아버지는 아들에게 말하곤 했다.

"야구는 9회 말 투아웃부터가 시작인께. 진짜배기 승부는 그때부터지. 그전까지 암만 삽질을 혔어도 정신 바짝 챙겨 죽기를 각오하고 뎀비믄 거시기할 수 있지만 한순간 삐끗하믄 말짱 물거품이 돼버린단 말이여. 인생도 매한가지랑께. 매순간 지금이 9회 말 투아웃이다 생각하고 에미 젖 물던 힘까지 쥐어짜낼 각오로 거시기혀야 쓴다. 니는 머리가 좋은께 무신 뜻인지 알긋제?"

그가 태아였을 때부터 그 말을 들려주었다고 했다. 자신의 좌우명을 읊어주면 알아들었다는 듯 뱃속의 아기가 톡톡 발길질을 했다며 미소를 지었다. 그럴 때면 그의 모친도 거들고 나섰다.

"너는 뱃속에서도 참말 얌전했단다. 임신한 지 여섯 달이 되도록 까맣게 몰랐응께. 미련해서 뱃속에 애가 들어선 것도 몰랐다고 니 아부지한테 얼마나 지청구를 들었는지 아냐? 그만치 얌전했다는 것이제. 주위에서 모다 딸일 거라고 입을 모은 것도 당연했제. 니 아부지가 줄줄이 딸만 넷인 쌀집 박씨랑 내기했는디 박씨가 질 거라고 생각헌 사람은 한 명도 없을 정도였응께.

근디 더 희한한 것은 뱃속에서 막 나온 애기가 울지도 않더란 말이지. 이상하다 싶어 겁이 덜컥 날 정도였응께. 우짜쓰까 고민하고 있는디 핏덩이였던 니가 고물거리는 손으로 내 볼을 쓰다듬는 것이 아니겄냐. 걱정하들 마라는 것맹키로 참깨 겉은 눈을 끔벅거림서."

부모의 말이 사실인지 꾸며낸 것인지 그로서는 확인할 수 없었다. 그들조차 어디까지 사실이고 어디서부터 덧칠해진 것인지 장담하지 못했으니까. 기억의 연금술에 의해 사실과 허구는 시간이 흐름에 따라 몸을 섞어 하나가 됐다. 분명한 것은 마흔을 넘긴 나이에 얻은 아이가 태어날 때부터 남달랐다는 점이었다.

부모의 과장된 기억 속에서 비범하게 태어난 그는 주머니를 갑갑해하는 송곳처럼 금세 두각을 드러냈다. 사랑하는 자는 자신이 누군가를 사랑한다는 사실을 감출 수 있지만 사랑받는 자는 자신이 누군가로부터 사랑받고 있다는 사실을 감출 수 없다. 정말로 신의 각별한 사랑을 받고 태어난 것인지 그는 글자를 배우기도 전에 읍내 상점 간판의 글자를 줄줄 읽었다.

그가 맨 처음 읽은 단어는 읍내 대폿집 미닫이문 유리에 칠해진 글귀였다. 안주일절. 자전거를 몰던 그의 아버지는 아들이 옹알이하는 줄 알았다. 그러나 옹알이라고 하기에는 발음이 너무 또렷했다. 그의 아버지는 자전거를 멈추고 아이의 천진한 시선을 좇았다. 아이의 눈길이 머물고 있는 곳에는 자신의 귀에 들린 글자가 어김없이 적혀 있었다. 일단 입이 트이자 거침없었다.

형제상회, 길다방, 대성포목, 전주식당, 파리양장, 만리장성, 독일제과. 지금은 멸망한 왕조가 일찍이 번성하던 시절 유배지로 널리 알려졌던 고장의 읍내 간판을 그는 막힘없이 주워섬겼다.

그의 아버지는 귀신에 홀린 기분이었다. 예사롭지 않게 자랄 것이라 짐작했지만 아들의 남다름이 그 정도일 줄은 상상도 못 했던 것이다. 처녀보살의 권유대로 아이에게 평범한 이름을 지어준 것에 새삼 안도했다.

"태양과 흙과 불이 다투어 하나가 되니 제왕의 성을 바꿀 운이다. 쇠를 녹여 천군과 만마를 무장시키고 흙을 일궈 만인의 배를 불리니 태양이 기울 날이 없구나. 그러나 자태가 고운 꽃은 일찍 꺾이는 법. 마른하늘에 벼락이 치면 사방의 비구름이 몰려드니 재주가 무섭구나. 모쪼록 물을 멀리하고 나무를 가까이 할 일이다."

처녀보살이 지어준 평범한 이름이 악귀의 질투와 범인(凡人)들의 시샘으로부터 아들을 지켜줄 것이라고 그의 아버지는 철썩같이 믿었다. 읍내 가게의 간판을 읽었을 때 그의 나이 겨우 세 살이었다.

그가 세 살 때 최초로 읽은 글자는 맞춤법에 어긋난 것이었다. '안주일절'이 아니라 '안주일체'가 옳은 표기였다. 자신이 최초로 읽은 글자가 잘못 표기된 것이었다는 사실을 알게 되었을 때 그는 비범한 재능이 과연 축복일까 하는 형이상학적 의문에 사로잡혔다. 그러나 고민을 누구에게도 털어놓을 수 없었다. 부모라고 사정이 다르지 않았다. 그는 부모에게조차 속내의 토설을 망설이게 되었다. 부모가 그의 말을 이해하는 데 어려움을 호소했기 때문이다.

다섯 살 때 그는 한 달 동안 장티푸스를 앓았다. 자전거를 타고 한 시간을 달려가야 만날 수 있는 보건소의 의사는 진찰 후 고개를 절레절레 저었다. 식수는 어떻게 조달하냐고 의사가 물었을 때만 해도 "집 앞 우물에서 길어 먹는디 그건 왜 물어본다요?"라고 그의 아버지는 반문할 수 있었다. 장티푸스는 수인성 전염병, 그러니까 물을 잘못 먹어서 나는 탈이라고 의사가 설명하자 그의 아버지는 눈앞이 캄캄했다. 결국 물이 화근이었다. 처녀보살의 당부가 날카롭게 심장을 후볐다. 그의 아버지는 새파란 공중보건의를 붙들고 아이를 살려내라고, 자신의 아들이 어떤 아이인 줄 아느냐고 울부짖었다.

"선상님 지발 이 아이를 살려주십쇼. 이 아이는 보통 아이가 아니당께요. 세 살에 글자를 깨치고 네 살에 거시기…… 천자문을 외아분 애랑께요. 무슨 일이 있어도 이 아이를 살려주쇼."

그의 자그마한 몸뚱이는 죽음의 문턱에서 시득시득 시들어갔지만 그의 비범함은 아버지의 절규 속에서 어느 때보다 더 찬란히 타올랐다.

처음에는 반신반의하던 의사였지만 하루도 거르는 법이 없는 호소가 못이 되어 귀에 박이자 불잉걸 같은 아이의 몸을 진찰하고 돌아서면서 자신도 모르게 탄식을 내뱉게 되었다.

"미인박명이라더니!"

히포크라테스 정신에서 우러나왔을 것이 분명한 젊은 의사의 안타까운 탄식은 그러나 법정전염병 치료에는 전혀 도움이 되지 못했을 뿐 아니라 경이로운 재능을 타고난 어린 환자의 보호자를 불쾌하게 만들었다. '박명'이라는 계집이 얼마나 반반하기에! 읍내 하나뿐인 중학교의 소사였던 그의 아버지는 사선을 넘나드는 환자를 진찰하면서까지 여색을 갈급하는 의사를 마음속으로 저주했다. 만일 내 아들의 숨이 끊어진다면 네놈 거시기도 무사하지는 못할 것이다!

투병 한 달째 되던 날 병상에서 조속조속 졸던 그가 벌떡 일어나 다음과 같이 말했다.

"신이 존재한다면 내가 신이 아니라는 사실을 어떻게 참을 수 있겠는가! 그러니 신은 존재하지 않는다."

그의 부모는 귀를 의심했다. 사십 도에 육박하는 고열에 시달린 나머지 정신이 상한 모양이라고 끌끌 혀를 찼다. 저러다 영영 정신을 놔버리는 것은 아닌지 더럭 겁이 나기도 했다. 그러나 손으로 짚어본 그의 이마는 거짓말처럼 서늘했다. 갑자기 그가 뒷간에 가고 싶다고 말했다. 뒷간에 웅크리고 앉아서도 그는 부모가 알아들을 수 없는 괴상망측한 말을 씨부렁댔다.

"이 세계는 엉덩이를 뒤에 갖고 있다는 점에서 인간과 다를 바 없다."

핏기 없는 얼굴로 볼일을 보던 그에게 부모는 입을 모아 물었다.

"거시기 된똥이냐 묽은 똥이냐?"

그는 자신의 언어와 부모의 언어 사이에 놓인 심연에 소스라쳤다. 때마침 알궁둥이를 후리고 지나간 서늘한 바람에 그는 몸을 부르르 떨었다. 심연은 자신의 엉덩이 밑에만 존재하는 것이 아니었다. 그는 부모의 언어가 뻔뻔하다고 생각했다. 그는 대답했다.

"된똥!"

결코 우아하다고 할 수 없는 표현이었지만 의학적인 관점에서 그것은 쾌유의 부인할 수 없는 증거였다. 그의 부모는 서로를 껴안고 환호했다. 후들거리는 다리로 힘겹게 뒷간에서 걸어나왔을 때 심연은 그의 일부가 되었다.

사선을 넘나든 한 달의 병치레로 그의 아버지는 뼈아픈 교훈을 얻었고 그는 유년의 무구(無垢)를 잃었다. 그의 아버지는 처녀보살이 당부한 경계의 말 한마디 한마디를 자신의 뼈에 새겼다. 그후로 그는 언제나 끓인 물을 먹어야 했으며 바닷가는 물론 공중목욕탕 근처에도 갈 수 없었다. 언제부턴가 마당에는 온갖 나무들이 들어차기 시작했다. 동백나무, 후박나무, 소철나무, 앵두나무, 종가시나무, 굴참나무…… 그의 아버지에게 그것들은 고귀한 영혼을 지키는 정예의 근위대, 물의 수상쩍은 준동을 제압하는 늠름한 수호천사였다. 그러나 그의 아버지는 알지 못했다. 세상의 모든 나무를 마당에 옮겨심어도 그의 영혼에 들어앉은 심연을 메울 수 없다는 것을. 그의 아버지가 몰랐던 것은 그뿐이 아니었다. 그가 병상에서 일어나자마자 내뱉었던 괴상한 말과 뒷간에 쭈그리고 앉아 씨부렁댔던 망측한 소리의 출처는 문간방 구석에 쌓여 있던 책이었다.

그 수상쩍은 책의 주인은 문간방에 세든 대학생이었다. 대학생은 그의 아버지가 근무하던 중학교 국어선생의 동생이었다. 서울의 대학에서 철학을 전공하는 학생인데 폐가 상해 요양차 내려왔다고 했다. 굳이 그곳에 묵게 된 것은 조카가 셋인 형 집에는 여분의 방이 없었을뿐더러 산자락에 자리한 입지가 상한 폐를 달래는 데 도움이 될 거라는 기대 때문이었다. 항간에는 말술로 불리는 국어선생과의 막걸리 마시기 시합에서 져 떠맡게 된 거라는 설도 있었지만 방세를 꼬박꼬박 받는다는 사실을 근거로 그의 아버지는 괴란쩍은 소문을 일축했다. 그의 아버지에게는 나름대로 속셈이 있었다. 서울에서 내로라하는 대학교의 학생을 한 지붕 아래 두면 아들의 학습에 도움이 될 거라는 계산이었다.

아버지의 기대대로 그는 대학생의 방에 수시로 드나들며 새로운 언어를 습득했다. 넋나간 얼굴로 밖으로만 도는 대학생의 방에는 깨알 같은 글자가 빼곡히 적힌 두꺼운 책이 많았다. 근원을 짐작할 수 없는 슬픔과 대상을 가늠할 수 없는 분노를 검은 뿔테안경 너머에 감춘 대학생은 태양이 떠오를 무렵 집을 나섰다가 화단을 가득 메운 나무들의 그림자가 담 너머로 목을 뺄 때야 돌아왔다. 그는 내킬 때면 언제나 대학생의 방에 들어가 낯설고 강렬한 언어의 용광로에 기꺼이 영혼을 담갔다. 또래 아이들 입에서 튀어나오는 유치한 언어나 주위의 어른들이 내뱉는 속된 언어와는 격이 다른 언어가 이 세상에 존재한다는 것을 알게 되었을 때 그는 안도했다.

그는 일독만으로도 많은 문장을 자신의 것으로 만들 수 있었다. "적을 갖되 증오할 가치가 있는 적을 가져야 한다. 경멸스러운 적은 갖지 말도록 하라. 너희는 적을 자랑스럽게 생각해야 한다. 적의 성공이 곧 너희의 성공이 될 것이니." 그가 기억하는 문장 중에는 밑줄이 그어진 것도 있었다. "나는 긍지에 찬 사람보다 허영심에 차 있는 사람들에게 관대하다. 상처받은 허영심이야말로 모든 비극의 어머니가 아닌가?" 그 많은 문장의 의미를 그가 온전히 해독했는지는 알 수 없다. 다만 그는 문장을 읊조릴 때 혀끝에 맴도는 알싸한 느낌이 맘에 들었다. 의미가 아득해서 오히려 아름다운 문장을 읊조릴 때면 독주를 삼킨 듯 가슴이 뜨거워졌다.

그의 영혼에 들어앉은 심연은 문장을 닥치는 대로 집어삼켰다. 터질 듯한 분노를 장전한 문장도 냉혹한 분석이 번뜩이는 문장도 가리지 않았다. 책갈피 사이에 끼워진 빛바랜 편지에 박힌 문장도 예외일 수는 없었다. "한때 당신을 사랑했던 나 자신을 용서하지 않기 위해 내내 당신을 사랑할 것입니다. 나의 사랑은 당신에 대한 사랑이 아니라 당신의 사랑에 대한 사랑입니다. 그러니 모든 사랑은 이루어질 수 없는 사랑이지요. 샬롬."

이런 문장도 있었다. "마테오의 배 위에서 요분질하는 사만다의 등이 시위가 당겨진 활처럼 휘어졌다."

그는 고독했다. 괴이한 문장을 중얼거리는 그를 사람들은 신기해할 뿐 이해하지는 못했다. 그들이 원하는 것은 천재가 아니라 광대였다. 동네 어른들은 사탕이나 아이스크림을 미끼로 그에게 천자문이나 구구단을 외워보라고 주문했다. 천자문도 구구단도 시들한 날에는 다른 건 없냐고 채근했다. 그는 자신이 기억하는 아름다운 문장을 듣고 동네 어른들이 보이는 반응에 놀라움을 금할 수 없었다. 그들은 문장의 아름다움을 느끼지 못하는 듯 요령부득의 문장을 씨부렁대는 그의 조그만 입만 바라봤다. 그 누구에게도 이해받지 못할수록 그는 더 난해하고 긴 문장을 탐했고 점점 한 마리의 원숭이가 되어갔다.

원숭이가 되지 않기 위해 그는 침묵을 선택해야 했다. 소리를 얻지 못한 문장은 빛을 잃고 희멀건 배를 드러낸 채 떼로 죽어갔다. 그의 부모는 남들보다 이 년이나 일찍 아들을 학교에 보내기로 결심했다. 아들에게 친구가 필요하다고 생각했던 것이다. 낙향한 대학생의 짐은 단출해서 그가 읽지 않은 책의 목록은 오래지 않아 바닥을 드러냈다. 그에게 필요한 것은 또래의 친구가 아니라 새로운 문장이었다.

애당초 취학 대상이 아니었던 터라 그의 입학은 순조롭지 못했다. 급기야 그의 부모는 교장과의 면담을 요구했다. 원칙주의자였던 교장도 국민교육헌장을 한 자도 틀림없이 암송하는 조숙한 천재의 입학을 마냥 거부할 수만은 없었다. 배정받은 교실로 향하는 그의 뒷모습을 바라보며 교장은 이렇게 중얼거렸다. 예외 없는 규칙은 없으니까.

때 이른 취학은 그의 예외성을 더욱 도드라지게 했다. 반 아이들은 두 살이나 어린데다 툭하면 괴상한 말을 내뱉는 아이와 굳이 우정을 나누고 싶어하지 않았다. 그와 상대하는 것은 다른 아이들과 쌓고 있거나 장래에 쌓을지도 모를 우정을 헌신짝처럼 내던지는 행위와 다를 바 없었다. 애당초 친구에 대한 기대 따위는 품지 않았던 그를 절망하게 한 것은 학교에서 가르치는 문장이었다. 철수야 놀자. 영희야 놀자. 자신보다 두 살 많은 학생들이 입을 모아 외는 문장은 그의 영혼에 한줌의 영감도 불어넣지 못했다. 학교에서 그의 고독은 점차 돌이킬 수 없는 것이 되어갔다. 반 아이들이 죽은 문장을 앵무새처럼 복창할 때 그는 자신만의 문장을 중얼거리는 게임에 골몰했다. 그는 대학생의 방에서 읽었던 모든 문장을 기억했다. 그것이 화근이었다.

그가 고안한 게임의 규칙은 칠판에 적힌 것과 글자 수가 같은 문장을 기억해내 발음하는 것이었다. 많은 사람들 앞에서 자신이 기억하는 문장을 떠드는 것은 짜릿한 모험이었다. 지루하기만 한 학교가 선사하는 유일한 선물이기도 했다.

그날 칠판에 적힌 문장은 다음과 같았다. 바둑아 이리 와 나하고 놀자. 그가 떠올린 문장은 이런 것이었다. 자본은 노동을 소외시킨다. '철수도 영희도 다 함께 이리 와 놀자'라는 문장을 반 아이들이 소리 높여 복창할 때 그는 이렇게 떠벌렸다. 소외된 노동은 자본을 전복시킨다. 교사는 학생들에게 다시 한번 복창할 것을 지시했다. 그는 별다른 경계나 의심 없이 그제까지 해왔던 게임에 몰두했다. 자본은 노동을 소외시킨다. 소외된 노동은……

뭔가 잘못되었다는 것을 깨달았을 때는 이미 엎질러진 물이었다. 무엇 때문인지 아이들은 모두 입을 다물었고 그 혼자 떠들고 있었다. 그가 해괴한 말을 종알거린다는 것을 알게 된 반 아이들이 불경한 장난에 제동을 걸기로 모의했다는 사실을 모르는 사람은 교실에서 그와 담임교사뿐이었다. 음모에서 소외된 두 명 모두 당황하기는 마찬가지였다. 한 사람은 자신만의 게임을 지속할 수 없게 되었다는 것에 당황했고 다른 한 사람은 자신이 들은 말의 불온함에 당황했다. 수업을 중단한 교사는 그를 교무실로 데리고 갔다. 벌렁거리는 가슴을 애써 진정시키며 교사는 누구에게서 들은 거냐고 다그쳤다. 자신이 암송한 문장의 출처를 묻는 질문을 받기는 처음이었던 그는 반색하며 사실대로 대답했다.

그날 이후 그는 문간방의 대학생을 볼 수 없었다. 그의 아버지도 경찰서에 불려가 사흘 낮과 밤 동안 조사를 받아야 했다. 세상에는 입에 올리지 말아야 할 문장도 존재한다는 사실을 그는 납득할 수 없었다. 읽어서는 안 되는 문장이 애당초 어떻게 존재할 수 있었을까? 그것은 풀리지 않는 수수께끼였다. 수수께끼를 풀 수 없었으므로 그는 자신이 기억하고 있던 모든 문장을 버렸다. 문장은 위험하고 불결한 것이었다. 문장을 버린 대가로 그가 얻은 것은 자기 모멸이었다.

대학생을 잡아간 사람들은 그 방에 있던 모든 것을 쓸어갔다. 고독한 그의 영혼을 비추던 한줄기 빛은 사라졌다. 발자국만 어지러이 찍혀 있던 문간방에서 그는 길 잃은 어린 양처럼 두리번거렸다. 낯선 세상에 혼자 내동댕이쳐진 느낌이었다. 황량해진 그 방에서 그가 발견한 것은 구겨진 종이 한 장뿐이었다. 구겨진 종이를 펼치자 비키니 차림의 젊고 아름다운 여자가 가지런한 치아를 드러내며 활짝 웃고 있었다. '넌 혼자가 아니야'라고 속삭이는 것 같은 흠잡을 데 없는 미소였다. 여자의 머리 위로 큼지막한 글자가 찍혀 있었다. 선데이 서울.

유난히 무덥고 태풍이 잦았던 그해 여름이 끝나갈 무렵 그의 아버지는 이사를 결심했다. 그의 아버지는 중학교 소사 직을 버렸고 그의 어머니는 읍내의 국숫집을 정리했다. 수입이 쏠쏠한 국숫집에 대한 미련을 버리지 못하는 아내에게 그의 아버지가 말했다.

"망아지는 제주도로 보내고 사람은 서울로 보내라고 안 했능가!"

남다른 아들의 장래를 위해서라면 그의 부모에게 못 할 일은 없었다.

전학서류를 떼던 날이었다. 무더위에도 넥타이로 목을 바투 조른 교장이 헛기침을 하고서 그에게 말했다.

"서울로 전학간다니 군에게 몇 가지 당부하고 싶다. 군은 남들이 갖지 못한 재능의 소유자다. 군이 가진 특별한 재능을 부디 국가의 안녕과 민족의 번영을 위해 쓰기 바란다."

그렇게 시작된 교장의 '몇 가지 당부'는 서울 어디어디에 살고 있다는 자신의 일가친척의 근황을 자세히 소개하고서야 끝났다. 교장이 '몇 가지 당부'를 하는 동안 그는 교장실 한쪽 벽에 붙은 커다란 표를 유심히 바라보았다. 거기에는 숫자들이 촘촘히 적혀 있었고 상단에는 '각 학급 월별저축실적'이라는 글자가 보였다. 그는 숫자들이 정연하게 배열된 모습에 매료되고 말았다. 그것은 발자국이 어지러이 찍혀 있던 대학생의 방에서 발견했던 사진 속 젊은 여자의 아름다운 미소처럼 그의 마음을 환하게 밝혔다. 불결하고 위험한 문장과 달리 숫자는 그를 안도케 했다. 문장을 읽듯 그는 숫자를 읽어나갔다. 숫자를 묵독하자 그의 머리에는 새로운 숫자가 저절로 떠올랐다. 그의 머릿속에 그려진 숫자는 어김없이 표의 합계란에 기입되어 있었다. 두 개의 숫자는 한 치의 오차도 없었다. 그는 심연을 채울 새로운 언어를 발견한 것이었다.

이삿짐을 싸던 날 저녁, 경찰서에 끌려갔던 문간방 대학생의 사진이 텔레비전 뉴스에 나왔다. 텔레비전 화면에는 복잡한 가계도가 그려져 있었고 가계도의 말단 구석에 대학생의 사진이 붙어 있었다. 흐릿한 사진 속의 대학생은 검은 뿔테안경에 여전히 그늘이 드리워진 얼굴이었지만 '김치'라고 발음하듯 어색한 미소를 짓고 있는 것 같기도 했다. 텔레비전은 진지하고 심각하게 말했다.

"이들은 남파공작원의 지령에 따라 철저한 점조직으로 암약하며 대학가의 시위와 노동자의 파업을 배후 조종해왔습니다. 조총련으로부터 자금을 조달하기도 한 이들 조직은 자유민주주의체제를 부정하고……"

텔레비전에 따르면 그들은 모두 가족인 셈이었다. 그러나 텔레비전이 제시한 가계도가 이상하다고 그는 생각했다. 가계를 이루기 위해서는 남자와 여자가 결합해야 했으나 가계도의 맨 위에는 짙은 선글라스를 낀 정체 불명의 남자만 자리하고 있었다. 그가 만일 생물학 서적을 읽었다면 무성생식에 의한 번식이라고 이해했을 수도 있겠지만 생물학 지식이 빈곤했던 그로서는 그 수상쩍은 가계도를 도무지 해독할 수 없었다.

그의 아버지는 신림동(新林洞)에 거처를 정했다. 전에 살던 집 화단에 심은 나무가 소수의 정예호위대였다면 새로 살게 된 동네는 그 이름만으로도 난공불락의 요새인 셈이었다. 그러나 한자에 까막눈이었던 그의 아버지가 신림동의 뜻을 감안하여 이사했을 가능성은 희박했다. 그의 아버지의 판단은 이러했다. 뒤로 산이 있어서 물의 상서롭지 못한 기운을 차단할 수 있거니와 언젠가 아들이 다니게 될 대학교가 가까워서 좋다. 무엇보다 그들이 쥐고 올라온 돈으로 집을 얻을 수 있는 동네가 많지 않았다.

동네 이름 때문이었는지 서울로 올라온 그의 재능은 때를 만난 듯 만개했다. 수에 관한 그의 심미안은 탁월했다. 국어시간에는 병적으로 침묵을 고집하던 그였지만 산수시간에는 경이로운 암산 실력으로 주위를 놀라게 했다. 그의 가감승제는 전자계산기만큼 정확했고 그보다 빨랐다. 숫자는 문장과 달리 거짓과 음모와 무관해서 순결하고 미더웠다. 간결한 숫자야말로 고독한 자신의 영혼에 대한 시적 은유라고 그는 생각했다. 군더더기 없는 숫자는 바로 그 때문에 그에게 무한한 상상을 부추겼다. 숫자 하나는 그가 대학생의 문간방에서 읽었던 백 개의 위험한 문장을 합한 것보다 더 많은 비밀을 함축했다. 6을 보면 그는 1과 2와 3의 합과 곱을 동시에 떠올렸다. 121은 가운데의 2를 감싸고 있는 11을 열한 개 품고 있는 수라고 그는 상상했다.

무엇보다 그를 사로잡은 수는 0이었다. 없는 것이 존재한다는 패러독스가 그를 매료시켰다. 0은 부재하면서 존재하고 존재하면서 부재하는 신비로운 수였다. 그것은 다섯 살 때 변소 앞에서 자신의 일부가 된 심연과도 닮았다고 그는 생각했다. 그것들은 존재하지 않기 때문에 겨우 존재한다는 점에서 형제이자 자매였다. 부재하기 때문에 존재하는 숫자의 패러독스를 통해 그는 자신이 문장을 버려야만 했던 이유를 어렴풋이 알 것도 같았다. 숫자에 집착할수록 그는 과묵한 아이가 되었고 학교에서 그의 자발적 침묵은 실어증을 의심케 할 정도였다. 그러나 그가 텔레비전에 출연한 이후 상황이 바뀌었다.

어디서 소문을 들었는지 방송국에서 나와 그를 테스트했다. 경이적인 암산능력을 확인한 방송국은 그의 출연을 전격 결정했다. 특별한 재주를 가진 사람들이 출연해 마술 같은 능력을 뽐내는 프로그램이었다. 출연자 대기실에서 무대에 오를 순서를 기다리던 그는 벽안의 외국인이 명상하듯 두 눈을 지그시 감고 있는 것을 지켜보았다. 벽안의 사내는 입을 열면 우주의 비밀을 말해줄 것 같은 표정이었다. 그러나 사내는 호기심 어린 눈으로 자신을 쳐다보고 있던 이방의 소년에게 찡긋 윙크만 남기고 무대 쪽으로 성큼성큼 사라졌다. 사내가 앉았던 자리에는 숟가락 하나가 목이 구부러진 채 뒹굴고 있었다.

방송국에서 마련한 괘도에 적힌 천문학적인 숫자의 연산을 척척 해결할 때만 해도 모든 것은 순조로웠다. 사회자와 방청객은 그의 신기에 가까운 암산 솜씨에 입을 다물지 못했다. 주어지는 숫자의 단위는 점점 커졌지만 문제될 것은 없었다. 숫자를 읽기만 하면 그의 머릿속에는 다른 숫자들이 저절로 떠올랐기 때문이다. 마치 특정한 문장이 다른 문장을 불러오는 것처럼. 사회자는 그의 암산 속도와 정확성에 혀를 내두르면서 전자계산기와의 시합을 제안했다.

시합이 시작되자 믿지 못할 일이 일어났다. 숫자를 읽어도 다른 숫자가 떠오르지 않았다. 이마에 진땀이 흥건했고 손은 식은땀으로 축축했다. 뭔가와 겨룬다는 사실이 그에게는 낯설고 당혹스러웠다. 즉흥적인 경합의 천박함이 천재성을 무기력하게 만들었다. 그 순간 그는 또래의 평범한 아이에 불과했다. 그에게는 승부욕이라는 것이 완벽하게 결여되어 있었던 것이다. 어찌 보면 그것은 천재성을 돋보이게 하는 낭만적인 결점일 수도 있었으나 세속적인 관점에서는 치명적인 결함이었다. 사회자는 서둘러 다음 출연자를 무대로 불러올렸고 대부분의 사람들은 나이 어린 천재의 과도한 긴장에서 비롯된 해프닝쯤으로 치부했다.

다음날 등교했을 때 그는 유명인사가 되어 있었다. 촌놈이라고 무시하며 거들떠보지 않던 급우들이 경이의 눈빛을 숨기지 않은 채 주위로 몰려들었다. 외제 초콜릿을 쥐여주는 아이가 있었고 자기 집에 초대하고 싶다는 글이 적힌 쪽지를 건네는 아이도 있었다. 그로서는 급우들의 돌연한 환대가 어리둥절하기만 했다. 급격한 환경의 변화에 당황해 여전히 말을 아꼈는데 이제 그의 병적인 침묵은 실어증의 징후가 아니라 천재의 징표로 받아들여졌다. 심지어 특별한 재능과는 걸맞지 않아 보이는 평범한 성적조차도 천재의 게으름으로 미화되었다. 교무실에서도 그는 단연 화젯거리였다. 교사들은 채점한 시험지를 한 아름 안겨주며 성적표 작성에 필요한 각종 통계를 요구했다. 전교의 학생들이 숟가락의 목을 구부리기 위해 눈을 부릅뜨던 그즈음 그는 인간 계산기가 되어갔다.

그의 탁월한 암산 실력 덕택에 업무부담을 던 교사들의 적극적인 건의를 받아들여 이듬해 학교는 수학영재반을 신설했다. 학생은 그 혼자였다. 그는 상담실에 마련된 책상 앞에 쭈그리고 앉아 홀로 미적분 문제를 야금야금 풀었다. 수학을 전공한다는 대학교수가 보름에 한 번 찾아와 문제를 내주고 풀이과정을 지켜보기도 했다. 전공자들도 끙끙대는 난해한 수학문제를 그는 독특한 방식으로 해치웠다. 그의 풀이과정은 기상천외한 것이어서 전문가들 사이에서도 논란거리가 되었다. 그의 해법은 체계라고는 찾아볼 수 없는 카오스 그 자체였지만 모방할 수 없는 독창성으로 빛났다.

교수는 그의 부모에게 미국 유학을 권했다. 그에게는 영재를 위한 특별한 교육 프로그램이 필요하다는 주장이었다. 재능을 방치하는 것은 죄악이라는 말까지 했다. 그의 부모는 교수가 아들의 재능을 높이 산 것에 감격했지만 유학이라는 말에 가슴이 철렁했다. 비용이 얼마나 되는지는 차마 물을 수 없었다. 아들의 남다른 재능이 짐이 될 수도 있다는 사실을 처음 깨닫게 되는 순간이었다. 자신들의 곤궁이 아들의 재능을 질식시킬 수도 있음을 그의 부모는 꿈에도 생각해본 적 없었다. 문제는 물이 아니라 궁핍이었다.

아들의 교육을 위해 서울로 이사하면서 그의 아버지가 잃은 것은 정기적인 수입이었고 얻은 것은 좋아하는 야구를 직접 볼 수 있는 기회였다. 야구는 생계에까지 영향을 미쳤다. 포장마차를 연 그의 어머니는 시합이 있는 날이면 잠실야구장 입구에서 김밥을 팔았고 아버지는 소주와 오징어를 팔았다. 빅게임 때는 암표도 팔았다.

그는 아버지가 야구에 열광하는 이유가 궁금해 어느 날 물었다.

"니 조부가 조선 최강의 야구단 멤버였당께. 거시기 쇼스탑을 맡었는디 수비가 어찌나 물 샐 틈 없었던지 공이 그짝으로 굴러가면 타자들이 아예 뜀박질을 포기할 정도였응께. 수비만 뛰어난 것이 아니었제. 방망이 실력이라면 전설의 타격왕 이영민하고 막상막하였응께. 메이저리그 올스타 팀이 와서 시합을 했는디 9회 말 투아웃 만루에 니 조부가 타석에 들어서지 않았겄냐. 근디 코쟁이 포수가 똥구멍에 불붙은 것맹키로 벌떡 일어나더니 거푸 볼을 네 개 던지게 하더란 말이지. 거시기 뭐냐 고의사구였제. 시합이 끝나고 기자가 묻자 양키 투수가 대답하기를 거르면 한 점만 내주지만 정면승부하믄 최소한 두 점을 내줘야 쓴다고 했단 말이제."

"할아버지는 만주에서 독립운동 하셨다고 했잖아요?"

"긍께 일제가 야구를 못 하게 해서 만주로 가신 것이제."

"야구를 하기 위해서라면 만주가 아니라 미국으로 갔어야 하는 거 아닌가요?"

"거시기 뭐냐 양키즈에서 느그 조부를 스카우트하려고 했는디 일본 놈들이 훼방을 놓았당게. 그 흉악헌 놈들이 강제징용하려고 안 했냐. 그래서 만주로 간 것이제."

그는 더이상 묻지 않았다. 자신의 핏속에도 야구에 대한 열정을 불러일으키는 유전자가 있는지 모른다고 그는 생각했다. 뉴욕 양키즈가 사려고 했던 불세출의 재능과 함께.

그의 아버지가 틈만 나면 반복하는 좌우명 속에서 야구는 9회말 투아웃부터 시작되는 게임이었지만 현실에서 아버지의 야구는 언제나 6회 초부터 시작되곤 했다. 그의 아버지는 입장권을 내고 경기장에 들어간 적이 없었다. 소주를 홀짝거리며 오징어를 뜯다가 5회가 끝나면 어슬렁어슬렁 경기장에 들어가곤 했다. 그때쯤이면 표를 확인하는 직원들도 철수하기 마련이었으니까. 그도 아버지를 따라 야구장에 자주 갔다. 그의 아버지는 아들을 야구장에 데려가는 것을 즐거워했다. 야구장에서만큼은 아들에게 뭔가 가르쳐줄 수 있었기 때문이었다.

그의 아버지는 빈자리가 많은 외야석에 자리잡곤 했다. 나중에는 내야에 빈자리가 있더라도 습관적으로 외야에 자리를 잡게 되었다. 모름지기 야구는 외야석에서 봐야 제격이라고 말하기도 했다. 아버지의 말이 변명처럼 들렸지만 그는 모른 척했다. 외야석에서는 전광판을 볼 수 없었다. 1루측 내야 스탠드 상단에 설치된 보조 전광판으로 겨우 스코어만 확인할 수 있었다. 외야석 의자에는 등받이조차 없었다. 그럼에도 불구하고 그는 외야석에 앉는 것이 좋았다. 정확히 말하자면 외야석에 앉아서 바라보는 야구가 맘에 들었다. 수비를 하거나 누상에 있는 선수들은 예외 없이 외야석을 등지고 서 있었다. 그들의 뒷모습은 배수의 진을 사수하는 병사들처럼 결연했다.

숫자의 형이상학적 단순성에 매료되어 있던 그의 눈에는 선수들의 등번호만 들어왔다. 그에게 야구는 숫자들의 브라운 운동이었다. 숫자들의 움직임은 조직적이면서 산만했고 규칙적이면서 종잡을 수 없었다. 유니폼에 새겨진 숫자들은 햇빛 속을 떠도는 먼지처럼 변덕스럽지만 일사불란하게 이리저리 움직였다. 그라운드 안에서 일어나는 모든 움직임은 놀랄 만한 정교함에 의해 스코어보드에 간명한 숫자로 환원되었다. 그에게 스코어보드는 수많은 몸짓과 표정으로 해독해내야 할 암호문이었으며 부당한 변수나 납득 못할 예외가 있을 수 없는 완벽한 질서의 세계였다.

야구장에서 그의 아버지는 승부에 집착했다. 평소와는 다른 사람이 되어 승리에 겸손하지 않았고 패배에 순종하지 않았다. 자신이 응원하던 팀이 이기면 세상을 얻은 듯 기뻐했고 패하면 욕설을 퍼부으며 분통을 터뜨렸다. 자신이 응원하던 팀의 경기가 아니더라도 사정은 크게 다르지 않았다. 매 경기마다 가상의 적과 내기를 걸었고 특정한 팀을 골라 응원했다. 그의 아버지의 야구에 방관이나 여유 같은 단어는 발붙이지 못했다. 그의 아버지만의 다이아몬드에서 선수들은 세계의 존망을 걸고 다투는 전사였다. 그것은 나름의 관전법이었지만 그로서는 승부에 대한 과도한 집착을 납득할 수 없었다. 그에게 야구는 육체의 불완전한 움직임으로 숫자의 완전한 질서를 구현하는 게임이었다. 스코어보드를 메워가는 숫자의 우연한 조합이 증명하는 삶의 무의미에 비하면 승부란 한낱 허깨비놀음에 불과했다. 그는 승부가 끝나고 선수들이 빠져나간 텅 빈 그라운드를 사랑했다. 출발했던 곳으로 돌아가려는 주자들의 열망의 흔적과 그것을 막으려는 수비들의 필사적인 항전의 자국이 고스란히 남아 있는 그라운드를 묵묵히 굽어보고 있는 스코어보드의 숫자들, 그리고 그 모든 것을 감싸고 있는 불가해한 적막을 사랑했다.

아시안게임을 치른다고 온 나라가 들썩이던 해 여름날의 경기를 그는 생생히 기억했다. 검표원들이 철수하기를 기다리다 장외로 날아온 파울볼을 주웠던 그날도 그의 아버지의 야구는 여느 때와 마찬가지로 6회부터 시작되었다. 청룡과 이글스의 시합이었다. 이글스가 6대 5로 리드하고 있었다. 그의 아버지는 이글스를 응원하기로 결정했다. 그의 아버지가 응원할 팀을 예측하는 것은 어려운 일이 아니었다. 야구장에 입장했을 때 이기고 있는 팀만이 열렬한 응원의 대상이 될 수 있었다. 동점 상황이라면 그때까지 안타를 많이 때려낸 팀을 응원했다. 이글스는 1983년 시즌 슈퍼스타즈 소속으로 믿을 수 없는 괴력을 발휘해 삼십 승을 쓸어담았던 투수를 마운드에 새로 올렸다.

"너구리 파이팅!"

그의 아버지가 외쳤다.

너구리는 그 선수의 닉네임이었다. 특정한 시기에 지나치게 빛난 사람들의 나머지 삶은 모두 내리막처럼 보이듯 데뷔 시즌에 놀랄 만한 승수를 챙겼던 그 투수는 다음 시즌부터는 상대팀 타자들뿐만 아니라 한물갔다는 세간의 혹평과도 싸워야 했다.

그 시합 전까지 이미 십사 연패를 기록하고 있던 그 투수는 두 이닝 동안 일 점 차의 리드를 지켜냈으나 8회 말에 동점을 허용하고 말았다. 승부는 원점으로 돌아갔고 승패는 고스란히 바뀐 투수의 몫이 되었다.

이글스의 바뀐 투수는 9회 말 선두 타자와 두번째 타자에게 거푸 안타를 허용했다. 그의 아버지는 연신 혀를 찼다.

"젠장 밥 묵고 야구만 하는디 그거밖에 못 하냐?"

그때 2루에서 소동이 벌어졌다. 베이스에서 떨어져 3루 쪽으로 슬슬 걸어나오던 주자를 유격수가 태그했다. 투수와 유격수의 공 감추기 작전을 짐작도 못 한 주자가 방심한 채 베이스를 떠났다가 한 방 먹은 것이었다. 관중석 곳곳에서 실소와 야유가 터졌다.

"동네 야구 집어치워라!"

돌발적인 상황 앞에서 어리둥절해진 심판진은 회의 끝에 주자 아웃이 아니라 보크를 선언했다. 그의 아버지는 기다렸다는 듯 보크에 대해 그에게 설명했다.

"보크라는 것은 투수가 속임수 동작으로다가 타자와 주자를 기만하는 것이디…… 근디 니미럴 그게 무슨 얼어죽을 보크여?"

승패에 무관심했던 그에게도 그 소동은 미묘한 파문을 일으켰다. 숫자들로 구현되는 완전한 질서가 뒤틀리는 느낌. 그것은 미묘한 위화감이었다. 보크 선언으로 주자들은 3루와 2루로 각각 진루했다. 이글스측에서 강력하게 어필했지만 심판진은 요지부동이었다. 투수는 타자를 고의로 걸러보냈다. 한 점만 내줘도 경기가 끝나는 상황이니 만루작전을 쓸 법도 했다. 그는 조마조마한 마음으로 투수를 지켜보았다. 투수는 왼발을 타자 쪽으로 향하며 투구동작을 취하는가 싶더니 돌연 3루 쪽으로 공을 던져버렸다. 고의적인 보크였다. 심판은 보크 판정을 내렸고 3루의 주자가 주뼛거리며 홈으로 걸어들어갔다. 그것으로 경기는 끝이었다. 십사 연패를 기록중이던 왕년의 다승왕은 자발적으로 연패의 숫자를 십오로 늘리면서 판정에 항의했던 것이다. 관중석에서는 야유와 함께 술병이 날아들었고 승자도 패자도 그리고 심판진도 서둘러 경기장을 빠져나갔다. 그는 한동안 자리에서 일어나지 못한 채 망연히 스코어보드를 바라보았다.

        0 0 0 0 6
        0 0 1 1 7

그가 관전했던 6회부터 9회까지의 점수와 경기의 최종 스코어였다. 완전한 질서를 구현한다고 믿었던 숫자는 그러나 그날의 해프닝에 대해 온전히 설명하지 못했다. 긴박했던 순간 그라운드를 떠돌았던 긴장과 탄식과 분노와 번민을 스코어보드는 1이라는 숫자로 기록할 뿐이었다. 숫자가 표현하는 것은 고작 결과로서의 승패에 불과했다. 진실은 어디에도 없었다. 아무것도 해명하지 못하면서도 침묵을 모르는 숫자가 그에게는 뻔뻔하게 여겨졌다. 그는 속은 기분이었고 화가 났다. 분노의 감정이 정확히 무엇을 겨누고 있는지 자신할 수 없었지만 영혼에서 뭔가 스러지는 느낌만은 분명했다.

문장이 위험하고 불결했다면 숫자는 뻔뻔하고 가증스러웠다. 그는 문장을 버린 것과 같이 숫자를 버렸다. 숫자를 버린 그는 자신만의 새로운 언어를 발견하지 못한 채 시나브로 평범해져갔다. 심연은 그를 삼켜버렸고 그 자신이 하나의 심연이 되었다. 평범해진 그는 영재를 위한 맞춤식 교육을 받기 위해 미국에 갈 필요도 없었고 부모의 궁핍에 짐이 되지도 않았다.

그가 경기도 소재의 대학에 떨어지고 노량진의 재수학원을 드나들게 되었을 때 그의 평범함을 의심하는 사람은 부친을 제외하면 세상에 단 한 명도 없었다. 그의 남다름을 확신했던 또 한 사람, 모친은 서울에서 올림픽이 열리던 해 교통사고로 사망했다. 올림픽을 앞두고 포장마차를 대대적으로 단속하자 그간 모은 돈으로 분식집을 열 점포를 계약하고 간판을 주문하러 가는 길이었다. 술 취한 사내가 몰던 차에 치여 쓰러진 모친의 손에는 여러 번 접힌 쪽지가 꼭 쥐어져 있었다. 쪽지에 적힌 글자는 다음과 같았다. '광수내 분식. 천제 분식' 간판가게를 바라보며 도로를 횡단하는 순간까지도 그의 어머니는 분식집 이름을 결정하지 못한 채 고심하고 있었던 것이다.

……넷, 셋, 둘, 하나. 더이상 대답을 미룰 수 없었다. 사회자

가 대답을 재촉했다. 그는 기왕에 들은 불완전한 정보를 바탕으로 답을 유추했다. 최근 자신이 운영하는 마작하우스에서 사망한 선수는 그 여름날 보았던 경기의 패전투수였다. 그날 시합이 끝나고 경기장을 빠져나가던 그는 그 선수와 마주쳤다. 그 선수는 그가 쥐고 있던 야구공을 스스럼없이 가져가 다음과 같이 사인했다.

無二一球 張明夫.

'이 세상에 하나뿐인'이라는 말을 그는 두려워했고 사랑했다. 그는 망설였다. 고인이 된 그 선수가 남긴 기록에는 승리의 영광과 패배의 좌절이 공존했기 때문이다. 한 시즌 삼십 승, 한 시즌 이십오 패, 한 시즌 십오 연패. 그 선수가 남긴 승패에 관한 대극의 기록이 그의 머릿속에서 번갈아 명멸했다. 승리를 택할 것인가. 패배를 택할 것인가. 그는 사십이 인치 텔레비전을 위해 이번만큼은 승리하고 싶었다. 마침내 그가 입을 열었다.
"정답은 십오 연패입니다."
잠시 침묵이 흐른 뒤 사회자가 말했다.
"안타깝군요. 틀렸습니다. 최근 자신이 운영하는 마작하우스에서 사망한 이 선수는 한 시즌 삼십 승으로 최다승 기록을 세운 바 있습니다. 이 선수의 별명은 무엇이었을까요 하는 것이 문제였습니다."

결과적으로 그는 상투적인 승리 대신 독창적인 패배를 택한 셈이었다. 난생처음 느낀 승부욕이 그에게 일깨운 것은 승리에 대한 강박이 아니라 오랫동안 잊고 지내던 독창성에 대한 열정이었다. 독창적인 패배를 선택한 대가로 부친은 앞으로도 십사 인치 텔레비전의 작고 어두운 화면을 보기 위해 미간을 찌푸려야 할 것이었다. 그는 아버지를 쳐다보았다. 일견 슬픔에 잠긴 듯했다. 그러나 찬찬히 살펴보니 미소를 짓고 있는 것처럼 보이기도 했다. 이 세상 누구도 흉내낼 수 없는 하나뿐인 미소였다. 쓸쓸해서 더욱 눈부신. 어쩌면 쓸쓸해서 눈부신 그 미소 속에서 그는 오래전 떠나왔던 어떤 거리의 간판을 천재적인 명민함으로 또랑또랑 읽고 있는지도 몰랐다. 형제상회, 길다방, 대성포목, 전주식당, 파리양장, 만리장성, 독일제과. 그리고 무엇보다 안주 일절.

공중관람차 타는 여자

당신은 김포발 비행기에 타고 있다. 잠시 후 목적지에 착륙할
예정이니 사용중인 전자기기의 작동을 중단하고 뒤로 젖힌 등받
이를 똑바로 세우라는 안내방송이 들린다. 당신은 읽고 있던 신
문을 접어 앞좌석 등받이 포켓에 쑤셔넣는다. 당신은 창 너머로
시선을 던진다. 지상의 풍경을 수월하게 내려다보기 위해서라도
창 쪽 좌석에 앉아 있는 게 좋겠다. 전날 폭우를 쏟아낸 하늘은
구름 한 점 없이 맑다. 비행기가 고도를 낮춤에 따라 까마득하
던 지상의 풍경이 서서히 돋을새김된다. 밀집한 대단위 공장과
비슷비슷한 규모의 아파트 단지, 반듯반듯 사위로 뻗은 도로가
만들어내는 도시의 조감도가 당신은 낯설기만 하다.

처음 방문하는 낯선 도시의 풍광을 조감하던 당신이 고개를
갸웃거린다. 도심의 가장 도드라진 빌딩 위에 생뚱맞은 농담처
럼 얹혀 있는 공중관람차 때문이다. 상공을 지나는 비행기의 승

객에게 공중관람차임을 증명하려는 듯 그것은 거대한 몸뚱이를
뒤척이며 가까스로 회전하고 있다. 그러나 게으른 회전운동이야
말로 그 거대한 구조물의 이물감을 부추긴다. 당신은 궁금하다.
어쩌자고 저런 곳에 공중관람차를 설치했을까? 대체 어떤 사람
들이 저것에 올라탈까? 일찍이 야심찬 계획과 거창한 의도에 의
해 준공되었으나 이제는 쓸모없어진 시설물의 목록을 당신은 떠
올릴 수도 있겠다. 그러나 당신의 궁금증은 오래지 않아 잊히고
만다. 비행기가 목적지에 접근하는 속도만큼이나 빠르게.

당신을 태운 비행기가 공항에 접근하는 순간 몇몇 사람들이
공중관람차에서 하차한다. 대개는 데이트중인 젊은 커플이다.
색다른 환경에서의 스킨십이 제공하는 짜릿함에 고무된 나머지
회전속도가 너무 빠른 것 아니냐고 터무니없는 항의를 하기도
할 테지. 다시 타면 요금을 깎아줘야 하는 거 아니냐고 목소리
를 높일 수도 있겠지. 항의를 하거나 목소리를 높이던 그들은
공중관람차의 캐빈에 홀로 오르는 여자를 보고 뜨악한 표정을
감추지 못할 테지만 정작 그녀는 무표정한 얼굴로 그들의 배타
적인 호기심을 무색게 할 것이다. 대체 어떤 사람들이 저것에
올라탈까? 당신이 품었던 막연한 의문은 지상 백이십 미터 상공
에서 열정적인 키스를 하고 내려온 커플의 배타적 호기심에 의
해 다음과 같이 구체화된다. 대체 어떤 사람일까? 평일 대낮에
공중관람차를 혼자 타는 저 여자는 대체 누구인가? 앞으로 그녀
를 수진이라 부르기로 하자. "수진. 나만의 수진에게." 그녀가

받은 어떤 연애편지는 그렇게 시작했으니까.

　세 명의 부녀자가 잇따라 살해된 사건으로 떠들썩했던 그해 여름 그 도시에서 남편이 빨리 죽기를 바라는 아내의 숫자는 아내가 빨리 죽기를 바라는 남편의 숫자만큼 많았을 것이다. 그해 여름 근원을 짐작할 수 없는 살의(殺意)는 먹잇감을 노리며 도시의 구석구석을 유령처럼 배회했다. 그러나 그 도시에 거주하는 양식 있는 대부분의 남편과 아내 들은 아이의 장래를 위해, 심장 약한 어르신들의 안녕을 위해, 대출금 상환이 까마득한 아파트의 완전한 소유를 위해 배우자를 살려두기로 했다. 살려두기 위해 어떤 이들은 러브호텔을 전전하거나 과도한 알코올을 섭취했으며 불필요한 고가의 물건을 쇼핑백에 쓸어담아야 했다.
　어떤 남편은 노래방에서 우연히 합석해 알게 된 여자의 환심을 사기 위해 진주목걸이를 선물하기도 했다. 그 무렵 화제가 된 드라마의 여주인공이 착용해서 대박이 터진 물건이었다. 어떤 아내는 출장이 부쩍 잦아진 남편에 대한 분노를 삭이기 위해 남편 지갑에서 슬쩍한 카드를 들고 도시의 하나뿐인 백화점으로 달려갔다. 역시 드라마의 여주인공이 착용했다는 진주목걸이를 사기 위해서였다. 그리하여 그해 여름 그 도시에 사는 어떤 남편의 '신용'은 두 개의 진주목걸이와 교환되기도 했다. 진주목걸이를 구입해서 살의를 진정시킬 수만 있다면 나쁘지 않은 거래였다. 진주목걸이의 가격이 부담스럽다면 백화점 옥상에 설치된 공중관람차에 몸을 실어보는 건 어떨까? 고소공포증만 없다면.

수진이 탄 캐빈이 천천히 상승한다. 멀리 보이는 도시의 살풍경한 스카이라인에 시선을 고정하고 있다면 느끼지 못할 정도의 느린 속도로. 쾌청한 날에는 지상 백이십 미터 정점에 도달하는 순간 바다가 보인다고 했다. 갑자기 바람이 불었다. 금속성의 둔중한 소음을 내며 캐빈이 덜컹거렸다. 수진은 좌석의 가장자리에서 가운데로 옮겨앉았다. 캐빈이 잠잠해졌다.

수진이 남편에 대한 살의로 처음 몸서리친 것은 신혼여행지로 가는 비행기 안에서였다. 그때는 몰랐다. 그 섬뜩한 감정이 무엇을 의미하는지. 피로연에서 하객들이 권하는 술을 넙죽넙죽 받아마실 때부터 조짐이 좋지 않았다. 남편은 필사적으로 잔을 비웠다. 나중에는 술을 권한 하객이 오히려 잔을 빼앗을 정도였다. 술이 떡이 돼서야 첫날밤을 제대로 치르겠나? 신랑의 지나친 음주 때문에 어색해진 분위기를 추스른답시고 누군가 소리쳤다. 촌스럽기는! 요즘 신혼여행 가서 첫날밤 치르는 커플이 어디 있냐? 누군가 맞받았다. 여기저기서 남자들의 과장된 웃음소리가 들려왔다. 입가의 거품을 소매로 훔치며 신랑도 멋쩍게 웃어 보였다. 수진에게는 어쩐지 남편이 울상을 짓고 있는 것처럼 보였다.

남편이 트림을 해대다 급기야 토악질한 것은 승무원들이 기내 서비스를 시작할 무렵이었다. 비닐봉투에 코를 박은 채 여승무원을 흘깃거리는 남편의 시선을 의식한 수진은 곁에 있는 비상문의 레버를 잡아당기고 싶은 충동을 참기 위해 남편의 등짝을 힘껏 두드려야 했다. 등짝을 두드리면서 수진은 남편과 결혼한 것은 그를 사랑하지 않기 때문이라는 사실을 깨달았다. 수진은 열정적 사랑에 대한 도피처로 결혼을 선택했는지도 몰랐다. 그러니 그녀를 놀라게 한 것은 남편에게 살의를 느꼈다는 것이 아니라 살의를 느꼈다는 사실 그 자체였다.

사랑하지 않는 남자와 결혼했다는 것을 신혼여행지로 가는 비행기에서 새삼 깨달은 수진에게 남은 유일한 소망은 빨리 늙어버리는 것이었다. 늙어버리면 열정적 사랑에 대한 두려움으로부터 자유로워질 것 같았다. 그녀는 죽음의 냄새를 풍기는 열정적 사랑으로부터 달아나기 위해 또다른 죽음의 형식을 꿈꾸고 있었던 셈이다.

죽도록 사랑해. 목숨 바쳐 사랑해. 영원히 사랑해. 사랑을 증명하려는 관용적인 수식어구에 죽음의 이미지가 만연한 것은 사랑의 덧없음에 대한 증거라고 수진은 스스로를 위로했다. 이 세상에 죽음으로 증명하지 못할 것은 아무것도 없다. 그러니 죽음 외에 사랑을 증명할 수 있는 게 없다면 사랑은 아무것도 아니라고 수진은 자신의 선택을 합리화했다. 남편의 직장을 따라 낯선 도시를 전전하며 수진은 신혼여행지로 가는 비행기에서 느꼈던 감정을 잊고 있었다. 어느 한가로운 주말 저녁 텔레비전 채널을 무심히 돌리기 전까지는.

저녁식사 후 소파에 앉아 텔레비전을 보고 있었다. 골프 전문 채널이었다. 남편은 작년부터 시작한 골프에 푹 빠져 있었다. 은퇴한 프로골퍼가 벙커샷의 요령을 설명했다. 현역 시절 퍼팅의 귀재로 유명했다는 그 선수의 이름을 딴 골프웨어 브랜드를 수진도 들어본 적 있었다. 은퇴한 프로골퍼가 걷어올린 공은 포물선을 그리며 날아가 홀컵 바짝 옆에 떨어졌다. 광고방송이 나가는 사이 남편이 채널을 바꿨다. 역시 남편이 즐겨 보는 다큐멘터리 채널이었다. 전직 FBI요원이 자신이 조사했던 사건을 소개하는 프로그램이었다. 살인사건 재판을 앞두고 남편은 신경이 바짝 곤두서 있었다.

이 도시에서만 세 명의 부녀자가 연달아 살해되었다. 첫번째 희생자는 부동산중개업을 하는 삼십대 독신녀였다. 사체에는 자상이 많았다. 성폭행의 흔적도 발견되었다. 살해방법이 잔인하다는 이유로 수사당국은 치정살인으로 판단했다. 보름 후, 안마시술소에 나가던 여자가 유사한 방식으로 살해되자 경찰은 수사방향을 원점에서 재검토해야 했다. 단서는 희박했고 범인은 오리무중이었다. 동일범의 소행인지 모방범죄인지조차 판별할 수 없었다. 희생자가 세 명으로 늘자 아내와 다 큰 딸이 있는 남자들은 잔뜩 독이 올랐고 부녀자들은 해가 떨어지기 무섭게 귀가를 서둘렀다.

도시 전체가 히스테리에 빠져들 무렵 밤늦게 귀가하던 여고생을 강간하려던 사내가 붙들렸다. 직업과 거처가 불분명한 사내는 사시미칼을 소지하고 있었다. 수사당국은 사내를 미궁에 빠진 살인사건의 유력한 용의자로 지목했다. 남편은 텔레비전 화면 속에 빠져들 듯 집중했다. 전직 FBI요원은 말했다. 연쇄살인을 저지르는 자들은 대부분 강렬하고 압도적인 성적 환상에 사로잡혀 있다. 살인이 거듭됨에 따라 환상을 실현하기 위해서가 아니라 현실을 환상에 굴복시키기 위해 살인을 저지르게 된다. 전직 FBI요원의 설명을 경청하는 남편의 얼굴이 심각했다. 유력한 용의자는 수시로 말을 바꿨고 대대적인 수색에도 불구하고 결정적 증거는 발견되지 않았다. 수사당국의 수중에는 정황증거와 용의자의 자백밖에 없었다. 무엇보다 살해동기가 불분명했다. 세상에 복수를 하기 위해서였다는 용의자의 자백은 무고한 시민을 놀라게 하기에 충분했지만 재판부를 납득시키기에는 미흡했다.

　텔레비전에서는 살인 현장을 찍은 사진이 방영되었다. 절명의 순간까지 공포와 절망을 목격했을 부릅뜬 눈만 아니었다면 영혼을 담았던 그릇이었다는 것이 의심스러울 정도로 사체는 무참했다. 수진이 리모컨 버튼을 눌러 채널을 바꿨다. 영화계 소식을 전하는 프로그램의 인터뷰 코너였다. 최근 개봉한 영화로 주목받고 있는 신인감독이 주인공이었다. 〈첫사랑의 비용〉은 개봉 첫 주말 흥행성적도 괜찮을뿐더러 평단의 반응도 뜨겁단다. '완전한 사랑을 얻기 위해 지불해야 할 대가'라는 주제를 진지하되 유머러스하고 섬세하되 절제된 스타일로 연출했다는 평이었다.

여태 독신을 고집하는 이유를 기자가 물었다. 완전한 사랑을 얻지 못해 지불해야 할 대가라고 신인감독은 재치 있게 대답했다. 기자도 쉽사리 물러서지 않았다. 원치 않는 독신을 감내하면서까지 뼈아파해야 할 완전한 사랑이 혹 첫사랑은 아니냐고 추궁했다. 어떻게 눈치챘냐고 신인감독이 반문했다. 신인감독의 대답은 시원시원했다. 인터뷰를 위해 영화를 다시 보니 보이더라고 기자가 너스레를 떨었다. 첫사랑은 어떤 분이었냐는 기자의 집요한 질문에 잠시 머뭇거리던 신인감독이 어쩔 수 없다는 듯 입을 열었다. 그녀는 지적이며 자존심 강하고…… 신인감독은 더이상 말을 잇지 못했다. 감정이 복받치기라도 한 것인지 얼굴이 못내 착잡해졌다. 그 신인감독은 수진이 아는 사람이었다.

텔레비전 화면에 전직 FBI요원이 다시 등장했다. 남편이 채널을 바꾼 것이다. 잠깐 채널 돌려봐요. 수진이 남편에게 말했다. 남편은 아무 대꾸도 하지 않았다. 남편은 원래 말수가 적었고 기왕 뱉은 말은 무슨 일이 있어도 책임져야 하는 사람이었다. 그것은 수진이 그와의 결혼을 결심하게 된 이유이기도 했다. 결혼은 사랑하는 사람이 아니라 책임감 있는 사람과 해야 한다. 도박에 빠진 남편 때문에 마지못해 가장의 역할을 떠맡아야 했던 수진의 엄마는 입버릇처럼 말했다. 잠깐이면 돼요. 수진의 거듭된 요청에도 불구하고 리모컨을 쥔 남편은 요지부동이었다. 수진은 리모컨을 낚아채 채널을 바꿨다. 인터뷰는 이미 끝나고 새로 개봉하는 영화를 소개하고 있었다. 남편이 빈정거리는 투로 말했다. 당신이 저 영화감독 첫사랑이라도 돼?

다음날 수진은 혼자서 〈첫사랑의 비용〉을 보러 극장에 갔다. 신인감독의 말문을 막은 첫사랑의 정체를 수진은 단박에 알아챘다. 여주인공의 이름은 '세진'이었다. 자신의 이름에서 따온 게 분명하다고 수진은 믿어 의심치 않았다. 쌍꺼풀은 없지만 또렷한 눈매와 웃을 때 도톰한 입술 사이로 살짝 드러나는 덧니. 심지어 냉소적이면서 똑떨어지는 말투까지. 수진은 이 한 편의 영화로 일약 충무로의 기대주로 떠오른 신인 여배우가 이십대 초반 무렵 앳되었던 자신과 닮았다는 생각을 품게 되었다. 영화가 진행됨에 따라 그 생각은 확신으로 굳어졌다. 엔딩크레디트가 다 올라가도록 수진은 자리에서 일어설 줄 몰랐다. 고통스럽지만 감미로운 슬픔이 그녀의 전 생애를 짓누르고 있었기 때문이다.

62.7. 수진은 액정화면에 찍힌 숫자를 믿을 수 없다는 듯 한참 내려다보았다. 인터넷 쇼핑몰에서 사은품으로 보내온 디지털체중계의 액정화면에 찍힌 숫자는 낯설었다. 최근에 몸무게를 잰 게 언제였던가. 처녀 시절 자신의 몸무게가 오십 킬로그램을 넘은 적 없음을 수진은 기억해냈다. 그녀의 섭생이 남달랐던 것은 아니다. 남들 먹는 만큼 먹었다. 역시 몸매는 타고나는가봐. 크림도넛이나 무스케이크 따위를 거리낌없이 먹어치우는 수진을 친구들은 부러움 반 시샘 반의 시선으로 바라보며 말하곤 했다.

그렇다고 해서 수진이 섭생과는 무관하게 날씬한 몸을 자부심의 원천으로 삼았던 것은 아니다. 친구들의 부러움을 자아내는 날씬한 몸을 수진은 선험적 조건으로 받아들였다.

수진은 자신의 현실을 받아들이기까지 다섯 번이나 체중계에 올라가야 했다. 체중계에서 내려온 수진은 거실 바닥에 주저앉고 말았다. 액정화면에 찍힌 숫자는 한참 동안 지워지지 않았다. 엄마 아파? 이상한 낌새를 눈치챘는지 둘째아이가 눈이 동그래져 물었다. 수진은 아팠다. 명치끝이 칼날을 받아들인 듯 아팠다. 수진은 서둘러 욕실로 들어가 남김없이 옷을 벗었다.

거울 속에는 낯선 몸뚱이가 갇혀 있었다. 몰라보게 벌어진 어깨. 두툼해진 팔뚝 사이로 탄력을 잃고 늘어진 젖가슴. 젖꽃판은 다소곳함과는 거리가 멀어 질펀했고 젖꼭지는 윤기를 잃고 거뭇했다. 허리는 군살이 붙어 밋밋했으며 눈부시던 거웃은 빛을 잃고 시득시득했다. 수진의 몸 구석구석에는 출산과 육아로 점철된 세월의 신산이 고스란히 각인되어 있었다. 만일 수진이 바쇼의 하이쿠를 알았다면 자신의 몸이 너무 울어 텅 비어버린 매미 허물 같다고 한탄했을지 모르겠다.

욕실이 갑자기 캄캄해졌다. 장난기 많은 첫째가 욕실 스위치를 꺼버린 것이다. 안에 엄마가 있잖아. 둘째의 목소리였다. 다시 불이 들어왔다. 잠시 후 다시 불이 꺼졌다. 아이들이 번갈아 스위치를 건드릴 때마다 거울 속의 낯선 몸뚱이는 사라졌다 나타났다가 다시 사라졌다. 이번만큼은 첫째가 이기기를 수진은 간절히 바랐다.

　환상이 현실을 재단하고 현실이 환상을 부추기는 이 도시에서 어떤 자는 환상을 충족시키기 위해 살인을 저지르기도 하고 어떤 자는 살인을 면하기 위해 환상에 몰두하기도 한다. 환상 자체는 위험하지 않다. 위험한 것은 환상에 결박된 인간이다. 피곤하다는데도 거칠게 자신의 욕구를 배설한 남편의 흔적을 티슈로 닦아내며 수진은 스스로를 속인 대가로 자신이 얻은 것과 잃은 것에 대해 따져봤다. 얻은 것은 무엇이고 잃은 것은 무엇인지 장담할 수 없었으나 아무리 많은 것을 얻었다 하더라도 뭔가를 잃었다는 사실만큼은 지울 수 없을 것이었다.

　그날 밤 수진은 꿈을 꿨다. 이런 꿈이었다. 버스를 타고 있다. 공항에서 승객을 실어나르는 셔틀버스였다. 만원버스에 여자 승객은 수진뿐이었다. 나머지는 모두 키가 크고 건장한 남자였다. 어찌나 훤칠한지 수진은 겨우 그들의 어깨 높이밖에 되지 않을 정도다. 가만 보니 그들은 벽안의 외국인이었다. 체격과 주고받는 말로 미루어 스칸디나비아 반도 어디쯤의 사내들이라고 수진은 짐작했다. 눈이 내렸다. 세상을 삼킬 듯 퍼붓는 눈이었다. 버스가 급정거하는가 싶더니 둔탁한 소리가 앞쪽에서 들려왔다. 차에서 내려보니 사슴이 눈밭에 쓰러져 있다. 사슴은 내장을 쏟아낸 채 피를 흘렸다. 쏟아진 사슴의 내장에서 적정(敵情)의 다급함을 알리는 전갈처럼 김이 피어올랐다. 사슴을 에워싼 남자들이 일제히 수진을 쳐다보았다. 생을 걸었던 사랑을 잃어버린

자의 눈으로. 수진은 다만 궁금했다. 자신이 비행기를 타러 가는 길이었는지 비행기에서 내리는 길이었는지.

처녀 시절 수진에게는 불면의 밤과 가눌 수 없는 열정을 고백하던 남자가 더러 있었다. 그들은 네가 없으면 죽을 것 같다고 눈시울을 붉히기도 했고 자신을 떠나면 죽어버리겠다고 떨리는 목소리로 낭만적인 협박을 하기도 했다. 그러나 그들이 좀더 분별 있었다면 낭만적인 협박이 열정적 사랑에 대한 수진의 두려움을 부추긴다는 사실을 간파했을 것이다. 분별을 구하지 못한 낭만적 협박이야말로 그들이 진실로 사랑에 빠졌다는 증거였지만 그 때문에 그들의 사랑은 받아들여지지 않았다. 그랬다. 수진은 열정적 사랑에서 죽음의 냄새를 맡았다. 수진은 열정적 사랑에 빠지는 것을 본능적으로 경계했고 그럴수록 남자들은 그녀에게 집착했다.

수진은 서툴고 여린 남자에게는 "나는 사랑하는 남자가 아니라 존경하는 남자와 결혼할 거야"라고 말해 어깃장을 놓았고, 지나치게 능숙하고 세련된 남자에게는 "저는 제가 사랑하는 남자가 아니라 저를 사랑하는 남자와 결혼할 거예요"라고 말해 김을 뺐다.

수진은 도시의 삭막한 스카이라인에 하릴없이 시선을 던지며 스스로에게 물었다. 너는 왜 여기에 왔느냐? 무엇이 너를 이곳으로 몰아넣었느냐? 어디서 무엇이 잘못된 것이냐? 수진은 자신에게 불면의 밤과 가눌 수 없는 열정을 토로했던 남자들의 면면을 떠올리려 애썼다. 남자들의 면면을 떠올리자면 우선 오디세우스 이야기부터 되짚어야 했다.

대학에 다니던 시절 대타로 나간 미팅이었다. 원래 말이 없냐고 남학생이 물었다. 무슨 이야기라도 해보라고 채근했다. 수진은 대뜸 오디세우스의 귀환에 대해 이야기했다. 그 얘기라면 거침없이 할 자신이 있었다. 박식을 자랑하며 대화를 주도하던 그 남학생이 반색하며 알은체했다. 거울로 메두사를 해치운 사람! 수진은 입을 다물어버렸다. 그 일이 있은 후 수진은 자신에게 불면의 밤과 가눌 수 없는 열정을 고백하는 남자들에게 오디세우스의 귀환 얘기를 꺼냈다. 수진은 알고 싶었다. 이 남자가 진짜인지 가짜인지.

오디세우스가 고향을 떠나 있는 동안 백열두 명의 구혼자들이 그의 아내 페넬로페를 유혹했다. 그녀는 시아버지의 수의를 완성하면 청혼을 받아들이겠다고 했다. 거대한 목마를 만들어 트로이를 멸망시킨 책략가의 아내답게 그녀는 낮에 짠 수의를 밤이 되면 풀었다. 오디세우스가 돌아오기까지는 이십 년이 걸렸다. 오디세우스가 돌아왔을 때 페넬로페는 일렬로 세워진 열두 개의 도끼자루 고리를 남편의 화살로 꿰뚫은 자와 결혼하겠다고 선언했다. 거지로 변장한 오디세우스는 열두 개의 도끼자루 고리를 화살로 꿰뚫고 자신의 정체를 밝혔다. 백열두 명의 구혼자들은 한 명도 남김없이 죽임을 당했다.

열두 자루의 도끼라. 천상의 수 3과 지상의 수 4를 곱해 얻은 12는 완전한 숫자이며 성스러운 숫자야. 일 년은 열두 달이고 예수에게는 열두 명의 제자가 있었지. 게다가 고대 그리스 사람들은 열두 명의 올림포스 신을 숭배했고 야곱은 열두 명의 아들을 낳았어. 오디세우스는 왜 이십 년 만에 귀향했을까? 손가락과 발가락의 숫자를 합하여 얻은 이십은 모험과 성장의 숫자라 할 수 있겠지. 중세 사람들은 이렇게 말했어. 자유를 얻기 위해 투쟁하는 자는 스무 개의 손과 스무 개의 심장을 지니고 있다. 그럼 백열두 명의 구혼자들은? 피타고라스야말로 가장 위대한 철학자였다고 믿던 남학생은 수진의 질문에 이렇게 중얼거렸다. 일일이? 범죄의 상징인가?

암산능력이 뛰어나 초등학교 사학년 때 〈묘기대행진〉에 출연한 적 있다던 남학생의 대답은 경청할 만한 것이었지만 드라마가 결여되어 있었다. 셈에 어두운 수진은 그 남학생 앞에서 숫자를 얘기할 때면 괜히 조바심이 나던 차였다. 우리가 그냥 친구로 지낼 수 있는 확률은 얼마나 될까? 수진은 우정을 제안함으로써 결별을 통보했다.

수진이 원하는 대답은 어떤 것이었을까? 수진 자신도 알 수 없었다. 수진은 원하는 대답을 듣기를 고대했지만 원하는 대답을 듣게 될까 두렵기도 했다.

수진의 기억 속에는 이런 대답도 있다. 페넬로페는 왜 화살로 도끼자루의 고리를 관통하는 자와 결혼하겠다고 했을까? 이 시험에는 다분히 성적인 의미가 함축되어 있어. 화살은 남성의 심 벌이고 도끼자루의 고리는 여성의 심벌이지. 그러니 화살이 도 끼자루의 고리를 꿰뚫는 것은 남녀의 합일을 뜻하겠지. 도끼자 루는 왜 열두 개나 필요했죠? 피타고라스를 가장 위대한 철학자 로 신봉하던 남학생의 얼굴을 떠올리며 수진이 물었다. 수진의 단짝이 짝사랑하던 같은 학과의 선배는 피식 웃으며 대답했다. 모르겠어? 페넬로페는 이십 년도 거뜬히 기다렸어. 애당초 구혼 자들을 내치기 위한 시합이었던 거야. 페넬로페는 이렇게 생각 했던 거지. 설마 열두 자루나 꿰뚫는 자가 있을라고. 만에 하나 그런 자가 나타나면 어쩌겠어. 못 이긴 척 품에 안겨야지. 두세 자루도 아니고 열두 자루나 꿰뚫는 녀석인걸.

프로이트적인 해석을 수진이 원했던가. 선배의 대답은 현실적 이었지만 독창성과는 거리가 멀었다. 독창성이 결여된 남자와의 관계는 따분할 것이 분명했다. 다음날 수진은 선배와의 약속장 소에 단짝을 내보냈다. 단짝은 수진이 몸이 아파 나오지 못했다 는 거짓말을 전달했을 것이다. 선배는 병원장의 외동딸인 단짝 과 결혼함으로써 현실주의자의 면모를 확인시켜주었다. 단짝이 던진 부케를 받으며 수진은 그녀가 선배와 잘살기를 진심으로 바랐다. 그러나 수진은 몰랐다. 결혼식 내내 자신에게 향하던 선 배의 시선을. 만일 수진이 자신을 좇는 선배의 시선을 눈치챘다 면? 이렇게 생각했겠지. 옛사랑을 잊지 못하는 유부남이라. 역 시 상투적이군.

수진이 들었던 세번째 대답의 주인공은 그녀가 난생처음 참가한 집회 때 단상에 올라 확신에 찬 어조와 정연한 논리로 청중을 사로잡던 남학생이었다. 체 게바라를 존경한다던 남학생은 수진의 질문에 다음과 같이 말했다. 오디세우스는 왜 거지로 변장해서 귀향했을까? 동태를 살필 심산이었겠지. 의심 많은 오디세우스는 궁금했을 거야. 아내가 그 동안 정절을 지켰을까? 자신할 수 없었겠지. 자그마치 이십 년이었으니까. 아버지가 누구인지는 언제나 불확실하다. 이런 속담을 떠올리며 구혼자를 모두 죽여버린 거야. 만일 페넬로페가 누군가의 청혼을 받아들였더라면 나머지 사람들은 목숨을 부지할 수 있었을 테지. 그랬다면 페넬로페는 오디세우스의 손에 죽었겠네? 수진이 물었다. 오디세우스는 페넬로페를 죽이지 않아. 그녀를 살려둔 채 다시 모험을 떠나는 거야. 사랑의 모험을. 그쯤 돼야 복수라고 할 수 있겠지. 그렇게까지 해야 할까? 수진이 또 물었다. 사랑했으니까. 혁명도 사랑도 할 수 없는 자에게 남는 것은 복수뿐이니까. 재기는 인정할 만했으나 치기 어린 답변이었다. 수진은 혁명가의 아내가 되고 싶지는 않았다.

사랑합니다. 결혼합시다. 크리스마스 전야의 남산타워에서 한 남자가 수진에게 말했다. 같은 학교에 근무하던 음악선생의 소개로 만난 지 한 달 만의 전격적인 청혼이었다. 굳이 따지자면 사촌뻘쯤 된다던 음악선생은 만남을 주선하면서 수진에게 이렇게 귀띔했다. 나무랄 데 없는 신랑감인데. 아들만 셋인 집에서 자라 그런지 낭만적인 구석이라고는 손톱만큼도 없어. 말수도 적고. 그러니까 혹 입을 다물고 있다 해서 자기를 싫어한다고 오해는 마. 공부한답시고 그 나이 되도록 연애 한번 못 해봤을 거야.

크리스마스 전야와 남산타워. 낭만과 거리가 먼 사람치고는 나쁘지 않은 선택이라 할 수 있었다. 적당한 때와 장소를 고르느라 진을 뺀 나머지 어떤 말로 자신의 감정을 표현할지 미처 준비 못 한 것인지도 몰랐다. 수진은 긍정적으로 생각하려 애썼다. 가타부타 대답 대신 수진은 오디세우스 얘기를 꺼냈다. 청혼을 받고도 그 얘기를 하게 될 줄은 몰랐다.

수진의 얘기가 끝났을 때 남자는 갑자기 딸꾹질을 시작했다. 딸꾹질은 쉬이 멈추지 않았고 시간이 갈수록 오히려 심해졌다. 물을 들이켜도 와인을 마셔도 소용없었다. 수진은 남자의 딸꾹질이 영원히 계속될까봐 더럭 겁이 나기도 했다. 그 와중에도 남자는 수진을 집까지 바래다줬다. 남자는 수진의 집 앞에서 여전히 딸꾹질을 하며 말했다. 미안해요. 멈출 수가 없어요. 남자는 울상이 되었다. 남자는 두 시간째 딸꾹질을 하고 있었다. 석 달 후 수진은 사법연수원생이던 그 남자의 아내가 되었다.

수진에게 남자의 딸꾹질이야말로 그제까지 듣던 중 가장 독창적인 대답으로 여겨졌다. 건장한 체격의 성인 남자가 딸꾹질 때문에 얼굴이 벌겋게 달아오른 채 어린애처럼 어쩔 줄 몰라하는 모습을 보며 수진은 생각했다. 그 동안 자신이 기다렸던 대답은 오디세우스의 이야기에 대해 품었던 환상과 가장 거리가 먼 것이었는지도 모른다고. 남자의 청혼을 받아들인 것이 전적으로 딸꾹질 때문은 아니었겠지만 그것이 수진에게 결혼에 대한 영감을 불러일으킨 것은 사실이었다. 그러나 정작 수진 자신에게 찾아온 딸꾹질은 그녀에게 전혀 다른 상상을 부채질했다.

결혼을 일주일 앞둔 수진은 결혼예복을 입어보다 발작적으로 딸꾹질을 했다. 여간해서 멈추지 않는 딸꾹질은 생각 밖에 고통스러웠다. 자신의 몸 어딘가에 파워 스위치가 있다면 스스로 꺼버리고 싶을 정도였다. 딸꾹질을 진정시키기 위해 노력하던 수진은 자신의 선택이 과연 옳은 것인지 새삼 의구심을 품게 되었다. 환상도 없이 열정 없는 결혼생활의 적막을 견뎌야 한다는 게 참을 수 없었다. 그리하여 수진은 죄를 짓기로 했다. 죄의식이야말로 열정 없는 결혼의 보상이자 버팀목이 될 거라 생각했다.

남편될 사람을 제외하고 오디세우스 이야기에 대답한 것은 모두 세 명이었다. 한 명은 유학을 떠났고 다른 한 명은 단짝의 남편이 되었다. 죄의식으로 치자면 단짝의 남편을 선택할 수도 있었으나 위험부담이 컸다. 하룻밤의 일탈은 어디까지나 결혼을 파괴하기 위한 것이 아니라 결혼을 지탱하기 위한 것이어야 했다. 수진은 세번째 남자에게 전화했다.

세번째 남자를 수진은 신촌의 카페에서 만났다. 무슨 바람이 불어 먼저 전화를 다 했냐고 남자가 물었다. 수진에게 퇴짜맞은 후에도 남자는 그녀에게 전화하곤 했다. 수진이 근무하는 학교 앞으로 무작정 찾아온 적도 있었다. 의례적인 인사가 오간 뒤 수진이 근황을 물었다. 다니던 광고회사를 그만두고 지금은 영화판에서 구르고 있어. 연출부 막내로 스태프와 배우들 도시락 주문하는 것부터 촬영장소 섭외하는 것까지 갖은 허드렛일을 하고 있지만 틈틈이 시나리오를 준비하고 있어. 언젠가는 내 이름을 걸고 영화를 만들 거야. 서른이 다 되도록 남자는 변한 게 없었다. 자신에 관한 이야기를 할 때 다리를 떠는 것까지. 혁명도 사랑도 할 수 없는 자에게 남는 것은 복수뿐이라고 비장하게 토로하던 때의 모습 그대로였다. 수진은 생각했다. 아직도 철이 덜 들었다고.

남자가 나이만큼 성숙해졌다면 그날 밤의 기억은 많이 달라졌을 거라고 수진은 가끔 상상했다. 카페에서 위스키를 나눠 마신 뒤 근처의 여관에 갔을 수도 있었을 것이다. 여관방에 들어가기 전 남자가 물었겠지. 정말 괜찮겠어? 수진에게는 이런 대답까지 준비되어 있었다. 염려 마. 처음이라는 말은 하지 않았을 것이다. 기왕이면 남자가 침대에서 능숙하기를 바랐다. 열정적 사랑의 모든 적에게 기꺼이 등을 내준 채 원숙한 남자의 손길에 자신을 내맡기고 싶었다. 여전히 소년으로 남아 있는 남자에게 수진은 자신의 순결 대신 청첩장을 내줬다. 그즈음 수진의 근황에 어두웠던 듯 남자는 놀란 빛이 역력했다. 서른이 다 되도록 소년으로 남아 있던 남자는 상실감을 감추기 위해 이를 악물었다.

우리가 처음 만난 게 언제였지? 남자가 들추고 싶은 것은 과거가 아니라 자신에 대한 연민이었을 것이다. 소년은 슬픔에 빠진 자신을 사랑하면서 슬픔을 사랑한다고 믿는다. 슬픔에 빠진 자신을 사랑하는 한 소년은 결코 어른이 되지 못한다.

집으로 돌아오는 버스에서 수진은 핸드백을 뒤적이다 콘돔과 피임약을 발견했다. 하룻밤의 편력을 위해 맘먹고 준비한 것이었다. 계획은 무위로 돌아갔고 수진이 얻은 것은 죄의식이 아니라 수치였다. 수치. 그것은 실로 오랜만에 느끼는 감정이었다. 뭔가의 기원처럼 그것은 아득하면서도 선명하게 수진의 기억 깊은 곳에서 쿨렁였다. 〈첫사랑의 비용〉을 연출한 신인감독은 수진의 첫사랑이 아니었다.

수진에게도 누군가를 사랑했던 적이 있던가? 누군가의 얼굴을 떠올리며 뒤척이다 어둠을 밝혀 편지를 쓴 적 있던가? 잊고 있던 기억들이 새삼 수진의 가슴을 뜨겁게 적셔왔다. 수진은 고등학교 일학년 때 같은 학교에 다니던 이학년 선배로부터 받았던 편지를 기억했다.

수진이 문예반에 든 것도 전적으로 그 선배를 자주 보기 위해서였다. 또래에 비해 사려 깊고 식견이 풍부한 선배를 마음에 두고 있는 여학생이 많았다. 선배는 시도 곧잘 써 전국의 고교생을 대상으로 한 백일장에서 상을 받기도 했다. 수진은 친구들과 수다를 떨다가도 화제가 선배로 옮겨가면 입을 다물었다. 친구들이 선배에 대해 나누는 이야기를 듣는 것은 고통스러웠다. 그러나 고통은 감미롭기도 했다. 처음 느껴보는 그 이율배반적 감정은 수진을 무거운 침묵 속으로 몰아넣었고 침묵할수록 고통은 날카로워져갔다. 차라리 선배를 보고 있거나 그에 대해 떠드는 친구들 속에 있을 땐 나았다. 혼자 남아 선배를 떠올리는 건 참혹했다. 눈에 보이는 선배는 감미로운 고통의 근원이었지만 눈에 보이지 않는 선배는 치명적 절망의 근원이었다.

수진에게 사랑은 일부를 나누는 사랑이 아닌 전부를 거는 사랑이어서 응답 없는 사랑 때문에 자기 자신을 잃게 될까 두려웠다. 그러니 선배가 빌려준 책의 갈피에서 수진이 발견한 것은 한 통의 편지가 아니라 온전히 자기 자신이었다. 그것은 수진이 난생처음 받은 연애편지였다.

수진. 나만의 수진에게. 편지는 그렇게 시작되었을 것이다. 연애편지들이 대개 그러하듯 멋을 부린 감상적이고 모호한 문장이 꼬리를 물다 이윽고 눈에 익은 시구가 이어졌다. 워즈워스의 「초원의 빛」이었다. 중학교 때 영어선생님이 같은 제목을 가진 영화도 있다고 소개하면서 "그러고 보니 수진이 그 영화 주인공 닮았네!"라고 말한 후 줄줄 외게 된 시였다. 선배가 자신이 지은 시를 적었다면 더욱 낭만적이었을 거라는 아쉬움도 수진의 흥분을 누그러뜨리지는 못했다. 수진은 자신이 좋아하는 시를 선배의 편지에서 보게 되어 뿌듯했다.

답장을 기다리다 못한 선배가 어느 날 교문 앞에서 수진을 기

다리고 있었다. 선배가 페달을 힘차게 밟는 자전거 뒷자리에서
수진은 새로운 세상이 자신의 옆구리를 스쳐가는 것을 히뜩히뜩
돌아봤다. 주말에 만날 수 있겠냐고 수진의 집 앞에서 선배가
물었다. 수진은 머뭇거렸다. 뛸 듯 기뻤지만 자신의 감정을 드러
내지 않고 승낙하는 방법이 수진에게는 준비되어 있지 않았다.
수진은 선배의 해사한 얼굴을 똑바로 쳐다볼 수 없었다. 자신의
얼굴에 적힌 기쁨을 상대가 읽어낼까 두려웠다. 선배는 만날 시
간과 장소를 또박또박 말하고 자전거에 올라탔다. 아파트 계단
을 오르면서 수진은 행여 잊어버릴까봐 선배가 일러준 시간과
장소를 연신 중얼거렸다.

데이트 전날 밤 수진은 미뤘던 답장을 썼다. 속내를 좀체 내
보이지 않는 문장은 길어지고 모호해지기 일쑤였다. 수진도 시
를 인용하기로 했다. 중심 없는 문장을 늘어놓는 것보다 그 편
이 나을 듯했다. 수진은 릴케의 「엄숙한 시간」을 한달음에 적어
내려갔다. 굳이 책을 들춰볼 필요는 없었다. 그것은 수진이 즐겨
암송하는 시 목록의 맨 윗자리를 차지하고 있었으니까.

　　지금 세계의 어디선가 울고 있는 사람
　　세계 속에서 까닭 없이 울고 있는 사람
　　그 사람은 나를 위해 울고 있다

　　지금 밤의 어디선가 웃고 있는 사람

밤중에 까닭 없이 웃고 있는 사람
그 사람은 나를 위해 웃고 있다

지금 세계의 어디선가 걷고 있는 사람
세계 속에서 까닭 없이 걷고 있는 사람
그 사람은 나를 향해 걷고 있다

지금 세계의 어디선가 죽고 있는 사람
세계 속에서 까닭 없이 죽고 있는 사람
그 사람은 나를 위해 죽고 있다

첫 데이트는 기대 이상이었다. 자전거로 강변을 달리고 영화를 보는 내내 수진은 자신의 심장이 고동치는 소리를 선배가 들을까봐 조마조마했다. 곁에 있는 선배에게 마음을 쓸수록 수진은 자신의 존재감이 사무치도록 확고해지는 것을 느꼈다. 자기 존재에 대한 충만감은 데이트가 끝나고 혼자가 되었을 때 더욱 강렬해졌다. 자신으로 하여금 거울을 보며 실없이 웃게 만드는 누군가가 있다는 사실이 수진을 설레게 했다. 수진은 그날 밤 쉬이 잠들고 싶지 않았다. 누군가 자신을 생각하고 있다고 상상하는 순간 맛보는 고독의 달콤함을 오래 음미하고 싶었던 것이다.

수진은 책꽂이에서 릴케의 시집을 뽑았다. 시집을 읽어나가던 수진은 자신의 눈을 의심하지 않을 수 없었다. 책에 실린 「엄숙한 시간」의 내용이 자신이 외고 있는 것과 달랐다. 마지막 행이 문제였다. 수진이 외고 있던 마지막 행은 '그 사람은 나를 위해 죽고 있다'였다. 그러나 시집에는 다음과 같이 적혀 있었다. "지금 세계의 어디선가 죽고 있는 사람/세계 속에서 까닭 없이 죽고 있는 사람/그 사람은 나를 바라보고 있다." 수진은 자신의 오류를 납득할 수 없었다. 편지는 이미 선배에게 건네진 뒤였다. 감추고 있던 속내를 들켜버린 것처럼 수진은 갑자기 얼굴이 달아오르는 것을 느꼈다. 수진은 전에 느껴본 적 없는 격렬한 감정에 치를 떨었다. 그것은 참을 수 없는 수치였다.

선배를 볼 엄두가 나지 않았다. 선배의 모습을 먼발치에서 보기만 해도 애써 외면하고 있던 수치가 심장을 물어뜯었다. 실수를 곱씹으며 뒤척이는 밤은 참담했지만 불행인지 다행인지 수진의 집이 이사를 가게 되어 학교를 옮겨야 했다. 학교를 옮긴 후에도 그에 관한 소식은 띄엄띄엄 들려왔다. 띄엄띄엄 들려온 소식은 밝지 못했다. 그의 아버지는 사업 실패의 충격으로 알코올 중독자가 되었고 어머니는 화병으로 몸져누웠다. 급기야 부모가 이혼했다는 소문도 들려왔다. 패싸움에 연루되어 정학당했다고도 했다. 소식은 그것이 끝이었다. 가끔 수진은 그의 근황이 궁금하기도 했지만 시간은 우리가 결국 죽는다는 사실 이외의 모든 것을 어렴풋하게 만들었다.

수진이 대학 다니던 시절, 바뀐 연락처를 어떻게 알아냈는지 그가 불쑥 전화했다. 입대 후 첫 휴가를 나가는 길이라 했다. 강원도 어디라고 했는데 수진에게는 생소한 지명이었다. 괜찮다면 한번 만나고 싶다는 것이었다. 수진으로서는 반갑기도 했지만 당황스럽기도 했다. 여태 자신을 기억하고 있다는 것이 반가웠고 이제 와 새삼 함께 나눌 무엇이 있을까 싶어 당황스러웠다. 수진이 망설이자 집이 어디쯤이냐고 물었다. 엉겁결에 동네 이름을 댄 수진은 그쪽으로 가서 다시 전화하겠다고 그가 말했을 때 자신이 섣부른 짓을 저질렀다는 사실을 깨달았다.

다섯 시간쯤 후 전화벨이 울렸을 때 수진은 전화를 받지 않음으로써 자신의 경솔을 만회하고자 했다. 전화벨이 멈추고 자동응답기가 작동하자 그가 목소리를 남겼다. 수진의 집 근처 지하철역에 와 있다는 것이었다. 정말 집에 없는 거냐고, 집에 있으면 제발 받아달라고 했다. 하마터면 수진은 수화기를 들 뻔했다. 다시 전화하겠다는 말을 남기고 그는 전화를 끊었다. 이십 분 후 다시 전화벨이 울렸다. 아직도 집에 안 들어온 거냐고 저 멀리 보이는 아파트 단지까지 걸으며 공중전화가 나타날 때마다 전화하겠다고 했다. 수진은 그가 말한 아파트 단지 바로 뒷골목 다가구주택에 살고 있었다. 지하철역에서 아파트 단지 입구까지 설치된 공중전화는 모두 다섯 개였을 것이다. 그는 아파트 단지 맞은편 상가의 술집에 있노라고 자신의 메시지를 듣거든 나와달라고 거듭 당부했다. 술에 취하면서도 그는 수진의 집에 전화하는 것을 잊지 않았다. 근데 한 가지 궁금한 게 있어. 처음 데이트하던 날 이후 왜 날 피했지? 그날 내가 잘못한 거라도…… 그 것이 마지막 전화였다. 수진이 나갔을 때 술집은 이미 영업을 마치고 문을 닫은 상태였다.

왜 릴케의 시를 엉뚱하게 외고 있었을까? 수진은 곰곰이 생각했다. 릴케는 '그는 나를 바라보고 있다'로 마무리했으나 앞선 연에 비추어 보면 마지막 행은 '그는 나를 위해 죽고 있다'가 자연스러울 것이었다. 앞선 연과의 대구를 고려한다면 납득하지 못할 실수는 아니었다. 그러나 첫사랑을 잃은 실수를 온전히 해명하기 위해서는 뭔가 근원적이고 결정적인 이유가 있어야만 했다.

수진은 중학생이던 자신을 떠올린다. "열정적 사랑은 찰나의 것이지만 영원을 보여주기 때문에 위험하다. 열정적으로 사랑을 나누는 사람들이 눈을 감는 것은 영원에 눈멀까 두렵기 때문이다"라고 수진은 일기장에 끼적거렸다. 수진은 또 썼다. "찰나의 영원을 맛보고 남은 생을 적막 속에 사느니 적막 속에 살며 평생 영원을 꿈꾸는 편이 낫다"고.

또래의 친구들이 즐겨 보던 하이틴로맨스 소설의 숱한 사랑을 수진은 믿지 않았다. 가짜였으니까. 수진에게 가짜는 죄악이었다. 친구들이 우수에 찬 눈과 탄탄한 구릿빛 가슴을 가진 명문가의 반항아에게 안기는 환상에 탐닉할 때 수진은 오디세우스의 귀환에 관한 이야기에 몰입했다. 구혼자들의 죽음…… 실속 없

던 유혹의 대가치고는 과하다고 할 수 있겠지만 수진의 생각은
달랐다. 오디세우스는 구혼자를 모두 죽임으로써 사랑이 변치
않았음을 증명한 것이라고 해석했다. 나의 사랑을 그녀가 받아
들일 것인가? 구혼자들의 목을 베며 오디세우스는 두렵고 고독
했을 것이다. 수진을 매료시킨 것은 바로 그 대목이었다. 적들의
피로 심장에 새겼을 사랑에 대한 두려움과 떨림. 사춘기의 수진
에게 오디세우스야말로 진정한 유혹자였다. 가짜가 아니라 진짜
였다.

환상. 그것은 강렬한 환상이었다. 언제부턴가 달거리를 할 때
면 수진은 그 환상에 더욱 집착했다. 오디세우스가 연적들의 목
을 베는 거야. 가짜들의 심장을 찌르는 거야. 이 세계의 어디선
가 나를 위해 울고 나를 위해 죽어가고 있는 사람이 있어. 통증
이 심한 날이면 환상은 더욱 구체화돼서 잔혹하고 아름다웠다.
잔혹하고 아름다운 환상 속에서 통증은 거짓말처럼 온순해졌다.
통증이 사라진 자리에는 어김없이 죄책감이 밀려들었다. 두렵고
부끄러웠다. 자신이 품은 환상의 잔혹함이 두려웠고 잔혹한 환
상의 아름다움이 부끄러웠다. 자신만의 환상을 누구에게도 털어
놓지 않을 거라고, 환상은 자신의 몸과 더불어 무덤 속에 묻힐
거라고 수진은 스스로에게 다짐했다.

수진을 태운 캐빈은 이제 정점에 도달했다. 하늘은 맑았지만
바다는 보이지 않았다. 보이지 않는 바다를 수진은 머릿속에 떠
올려보려 했다. 바다는 쉽사리 그려지지 않았다. 세계의 어디선

가 자신을 위해 울고 자신을 향해 걷고 있으며 자신을 위해 죽어가고 있는 사람이 하나쯤 있었으면 좋겠다고 수진은 생각했다. 그리고 울음을 터뜨렸다. 수진이 탄 캐빈이 내려가기 시작했다. 맨 아래에 도달하기 전까지는 울음을 그쳐야 한다는 생각뿐이었다. 옛적의 빛이 어느 순간 꺼져버렸듯 남편에 대한 살의 또한 어느덧 사라져버렸다. 세월이 수진에게 남긴 건 공중관람차에서 곱씹을 추억과 추억을 떠올리며 울 수 있는 자유뿐이었다.

당신을 태운 비행기는 이제 활주로에 착륙했다. 당신은 출장에 필요한 물건이 담긴 기내용 가방을 끌며 총총히 공항을 빠져나간다. 빠져나가다 대기 좌석 앞에 설치된 텔레비전에 무심코 시선을 던진다. 지나간 드라마를 재방영하는 화면 하단에 뉴스 속보가 자막으로 흘러간다. 부녀자 연쇄살인 피고인 혐의 사실 전면 부인. 국제유가 급등. 당신은 화장실에 들른다. 소변을 보는 당신 눈앞에 시가 적힌 작은 액자가 걸려 있다. 당신의 상체가 자신도 모르게 앞쪽으로 쏠린다.

릴케의 「엄숙한 시간」. 익히 알고 있는 시를 읽어내려가는 당신의 눈빛이 지난날의 아련했던 한때를 떠올리듯 촉촉해진다. 마지막 연을 마음속으로 따라 읽던 당신의 눈빛이 흔들린다. 뭔가 어긋났다는 느낌이 당신을 사로잡는다. 당신은 언젠가 유사한 상황에서 비슷한 기분을 맛본 적 있는 것 같기도 했다. 무엇이 잘못된 걸까? 고등학교 때 받았던 어떤 연애편지를 당신은 끝내 기억해내지 못한다. 공항을 빠져나온 당신은 택시를 탄다. 당신을 태운 택시는 속도를 높이더니 순식간에 우리의 시야에서 사라진다. 세계의 어딘가로 사라진다.

고독을
빌려드립니다

고개를 돌리거나 자리에서 일어날 때 어지럼증을 느낀다면 세반고리관 이상을 의심해야 한다. 이비인후과 의사는 현기증을 호소하는 나에게 세반고리관에 돌가루가 들어가서 그렇다고 했다. 귓속의 이석에서 떨어져나온 돌가루라는 설명이었다. 돌가루가 왜 세반고리관에 들어가느냐고 물었더니 의사는 어깨를 으쓱해 보였다. 그 무렵 나는 평균대 위를 걷는 꿈을 자주 꿨다. 양팔을 한껏 벌린 채 하염없이 나아갔지만 눈앞에 아득하게 펼쳐진 평균대는 좀체 끝을 허락하지 않았다. 잠에서 깨면 어깻죽지가 쑤셨다. 돌가루 제거시술을 받자 증상은 사라졌다. 그러나 밥을 먹다 울컥 울화가 치밀거나 대화 도중 구역질이 올라와 화장실로 달려가지 않을 도리가 없을 때 나는 내 마음의 세반고리관에 돌가루라도 들어갔는지 의심하게 된다. 세반고리관은 균형에 관여하는 기관이란다.

무엇이든 빌려준다는 사이트에 대한 이야기를 처음 들었을 때 나는 농담이라고 생각했다. 대여라면 책이나 비디오테이프 혹은 정수기나 비데 정도를 떠올리는 게 고작이었으니까. 절대 농담이 아니라고 고등학교 동창 모임에서 만난 K가 정색했다. K는 연회비 삼십만원을 내는 로열회원이라고 했다.

전자회사에 다니던 K는 기왕의 실적을 인정받아 미국 연수의 기회를 잡았더랬다. K가 아이디어를 낸 '미니멀 휴대폰'이 소비자들로부터 기대 이상의 뜨거운 반응을 얻은 것이다. 카메라에 엠피쓰리까지 장착한 휴대폰이 대세였다. 모두가 휴대폰에 무엇을 덧붙일까 궁리할 때 K는 휴대폰에서 떼어낼 것들의 목록을 작성했다. 중장년층을 중심으로 판매가 폭증했고 복고 열풍으로 젊은이들에게도 인기가 좋았다. 통화에 필요한 최소한의 기능만 가진 심플한 디자인의 휴대폰은 없어서 못 팔 지경이었다. 재작년의 일이었다. 연수는 명목일 뿐 유급휴가나 다름없었다. 회사에서 아파트까지 마련해줘 가족을 데리고 갈 수도 있었다.

"조심해라. 가족 데리고 나갔다 낙동강 오리알 된 남자들 많다. 내 사촌형도 안식년에 온 가족이 나갔다가 혼자 돌아왔어."

출국 며칠 전 환송 술자리에서 누군가 K에게 말했다.

"세 모녀가 틈만 나면 미국 지도 펼쳐놓고 쑥덕거리는데 어떻게 나 혼자 가겠다고 하나?"

가족에 대한 애착이 남달랐던 K는 친구의 충고를 일축하는 순간에도 아내와 딸들을 떠올리는지 뿌듯한 표정이었다.

K의 출국은 단란했으나 주위의 우려대로 입국은 쓸쓸했다. 첫째딸이 "대디, 나 여기서 학교 다니고 싶어"라고 말하며 눈물을 글썽이는 바람에 마음이 흔들렸단다.

"숫자가 잔뜩 적힌 종이를 아내가 심각한 표정으로 내미는 거야. 우리나라와 미국에서의 연간교육비가 나란히 적혀 있더군. 살인적인 사교육비를 감안하면 두 집 살림을 해도 밑지는 건 아니라는 거야."

아내까지 거들고 나서자 K는 입을 다물 수밖에 없었다고 했다. 아이들의 영어습득 속도는 기대 이상이었다고 말하던 K의 표정은 복잡했다.

귀국 후 K는 부쩍 자주 연락했다. 퇴근 무렵이면 가볍게 한잔하자며 전화했고 주말에는 주위 풍광이 기가 막힌 맛집을 알아냈다며 호들갑떨었다. 팔자에도 없는 홀아비 신세가 된 것이 딱해 퇴근 후 '가볍게 한잔' 정도의 청에는 종종 응했지만 주말에 시간을 내기는 쉽지 않았다. 아내가 임신중이었다. 아내의 출산예정일이 다가오면서 그나마 퇴근 후의 만남도 뜸해졌다.

혼자 살게 된 K는 전혀 다른 사람처럼 굴었다. 긴히 할 말이 있다며 불러내놓고 얼빠진 사람처럼 멍한 얼굴로 앉아 있다가 "긴한 용건이라는 게 뭐야?"라고 생뚱맞은 질문을 던지는가 하면, 시답잖은 농담을 늘어놓고서 저 혼자 목젖을 드러내며 웃기도 했다.

하루는 자정까지 이어진 술자리 끝에 자신의 집에 가서 한잔 더 하자고 했다. 마개도 따지 않은 밸런타인이 있다는 것이었다. 만삭인 아내는 때마침 친정에 가 있었다. 자신의 원룸 근처 편의점 앞에서 K는 택시를 세웠다. 편의점에서 생수 한 통과 안줏거리로 치즈와 크래커를 샀다.

K의 원룸에는 불이 켜져 있었다. 어두운 방에 들어서는 게 싫어 일부러 켜놓는다고 했다. 변변한 살림살이가 없어 방은 황량하기 짝이 없었다. 한쪽 벽에 걸린 크고 화려한 액자 속에서 K의 가족은 다정하게 웃고 있었다. 스튜디오에서 찍었을 것이 분명한 가족사진의 연출된 단란함이 오히려 그 방의 을씨년스러움을 부각했다.

그 방의 황량함에서는 뭔가 특이한 구석이 느껴졌는데 그것은 한 치의 틈도 없이 바닥을 덮고 있는 신문지 때문이었다.

"쓸고 닦기 귀찮아서 깔아놨어. 그래도 일요일을 제외하곤 매일 갈아줘."

멋쩍은 웃음을 지으며 K가 변명처럼 말했다. 매일 아침 배달되는 신문은 그에게 일회용 양탄자이자 침대시트이며 식탁인 셈이었다. K의 황폐해진 정신의 일단을 엿본 것 같아 나는 입맛이 씁쓸했다.

"어디서 마실래? 고상하게 문화면? 박 터지게 경제면? 활발하게 스포츠면? 역시 안주 삼기에는 이판사판 요지경 정치면이 제격이겠지?"

K는 찬장에서 꺼낸 밸런타인을 불법정치자금 수뢰 혐의로 구속되는 국회의원의 굳은 얼굴 위에 내려놓았다. 가구를 들여놓지 않은 이유를 묻자 K는 "평생 떨어져 살 것도 아닌데……"라고 말꼬리를 흐렸다.

밸런타인을 스트레이트로 마시며 K는 짐짓 쾌활한 목소리로 수다를 떨었다. K의 수다는 미국 여행기로 시종했다. 가끔 장단을 맞추기는 했지만 대체로 나는 듣고만 있었다. 그것은 나의 직업이기도 했다. 나는 홈쇼핑 고객 관리부 특별관리팀의 팀장이었다. 반품을 요구하는 고객을 설득하는 것이 우리 팀의 일이었다. '고객 관리'의 성적표는 연봉고과에 고스란히 반영되었다. 구매를 취소하려는 고객과의 줄다리기는 언제나 피를 말렸다. 그들은 대부분 충동구매자들이어서 물건에 특별한 하자가 있어서가 아니라 즉흥적인 결정에 대한 뒤늦은 자책 때문에 수화기를 들게 마련이었다. 그러니 구매가 어리석은 결정이 아니었음을 확인받고 싶어하는 그들에게 필요한 것은 구매 결정을 합리화해줄 구실이었다. 하소연을 들어주고 공감의 말 몇 마디를 건네는 것만으로도 강파른 목소리는 한결 누그러졌다. 회사에서는 우리 팀을 농반진반으로 SWAT(Special Whisper Attack Team)라 불렀다. 말하자면 특별한 '속삭임'을 무기로 고객의 변심과 근접전을 벌이는 기동타격대인 셈이었다.

어느 순간 대화가 끊겼다. 애당초 대화라기보다는 일방적인 수다였던 터라 K가 입을 다물자 공기가 금세 무거워졌다. 목소리에 날이 선 고객들과 온종일 씨름하고 나면 아무 말도 하고 싶지도 듣고 싶지도 않았다. 장황한 K의 말을 그제까지 들어줄 수 있었던 건 전적으로 술기운 덕이었다. 초저녁부터 꽤 마셨을 것이었다. 자리에서 일어서려는데 K가 허리춤을 붙들었다. 어눌해진 목소리로 한 잔만 더 하고 가라고 청했다. 나는 엉거주춤 자리에 주저앉고 말았다.

"잠들지 못하는 밤이면 이리저리 굴러다니며 바닥에 깔린 신문기사를 무작위로 골라 읽어. 한 면에서 한 문장씩만. 그러고 있으면 거짓말처럼 졸음이 몰려오지. 전국이 대체로 맑겠으나 중부 일부 지역에서는 마른번개가 칠 수도 있겠다. 박의원은 혐의 사실을 완강히 부인하며 자신을 음해하려는 세력의 음모라고 항변했다. 개미투자가들이 대대적인 매수에 나섰지만 외국인 투자가와 기관투자가의 투매를 방어하기에는 역부족이었다. 삶의 허방을 베어내는 시인의 도저한 부정의 정신이 시퍼렇게 번뜩인다. 67년생은 섣불리 변화를 도모하지 말고 자중자애하라. 사 년 전 가족을 캐나다로 떠나보낸 후 혼자 살던 사십대 샐러리맨이 회의 도중 피곤해 죽겠다는 말을 중얼거리며 탁자에 엎드린 직후 사망했다."

신문기사를 소리내어 읽던 K가 고개를 떨어뜨린 채 사회면 박스기사를 뚫어지게 쳐다보았다. 나도 기사를 읽어내려갔다. 사내는 특기할 만한 지병도 없었으며 평소 감기 한번 걸리지 않는 건강체질이었다고 했다. 당시 현장에 있던 동료들은 사내가 태엽이 다 풀린 인형처럼 맥없이 허물어졌다고 증언했다. 부검에도 불구하고 사내의 정확한 사망 원인은 밝혀지지 않았단다. K가 자신의 잔을 서둘러 비우고 나서 말했다.

"일공공삼일사!"

"뭐?"

"원룸 비밀번호야. 내 결혼식 날짜와 시간이야. 참! 네가 사회를 봤으니 기억하기 쉽겠다."

"그걸 나한테 왜?"

"세상 모르게 악취 풍기며 썩어가는 거 재미없잖아."

"미친놈!"

K와 나는 묵묵히 몇 잔을 거푸 마셨고 K가 모로 쓰러지는가 싶더니 가늘게 코를 골았다. K의 유난히 길쭉한 귀가 태엽처럼 보였다.

"오랜만이지?"

동창 모임에서 만난 K가 반갑게 악수를 청하며 말했다. 헤아려보니 그의 원룸에서 밸런타인을 뜯은 지 열 달 만이었다. 띄엄띄엄 통화는 했지만 얼굴을 본 적은 없었다. 첫아이의 출산과 육아로 나는 나대로 몸과 마음이 분주했고 무슨 변화가 생겼는지 K도 도통 만나자는 말이 없었다. 간헐적인 통화는 명함 교환하듯 간단히 근황을 주고받는 게 전부였다. 오랜만에 만난 K는 좋아 보였다. 표정은 밝아졌고 말투도 활달했다.

"좋아 보인다."

K의 잔에 소주를 채우며 내가 말했다. K는 여유 있게 미소를 지어 보이기도 했다.

"넌 어때?"

"애 때문에 밤마다 전쟁이다. 밤새 안아달라 칭얼대는 통에 죽을 맛이다. 고객과 통화하다 깜박 졸았으니 말 다 한 거지. 이러다 회사에서 잘리는 거 아닌가 모르겠다. 잠 못 자는 건 그렇다 쳐도 갓난애 하나 밑으로 무슨 돈이 그렇게 많이 들어가는지. 수유기부터 젖병 소독기까지 조금 쓰다 말 것들인데 죄다 새로 사야 하니. 주위에 빌릴 만한 데도 없고. 요즘 같아서는 혼자 살던 시절이 그립다."

푸념을 늘어놓다 아차 싶었다. 신참들에게 "대화의 성공 비결은 첫째도 둘째도 상대에 대한 배려다"라고 목청을 돋우던 나였다.

"그걸 왜 사냐? 렌탈해!"

"렌탈?"

"대여 몰라? 빌려 쓰란 말이야."

여태 그걸 모르냐는 투였다.

"그런 걸 빌려주는 데가 있어?"

귀가 번쩍 뜨이는 소리였지만 나는 반신반의했다.

"무엇이든 빌려주는 데가 있어."

K는 싱글거리며 '무엇이든'이라는 부분을 강조했다.

"농담이지?"

나도 함께 웃어 보였다.

"절대 농담 아냐."

K가 웃음을 거두고 정색하며 말했다. 이런 말도 덧붙였다.

"난 연회비 삼십만원 내는 로열회원인데 모든 품목을 십 퍼센트 싸게 대여받고 있어. 믿지 못하겠다면 보여줄 수도 있어."

다시 찾아간 K의 방은 눈을 의심할 정도로 달라졌다. 바닥에는 신문지가 깔려 있지 않았다. 신문을 아예 끊었단다. 가장 큰 변화는 살림살이가 그럴듯하게 갖춰졌다는 것이었다. 가족사진이 걸린 벽 쪽에 놓인 원목 싱글침대, 싱크대 옆에 나란한 냉장고와 드럼세탁기, 컴퓨터가 올려진 책상과 의자, 그리고 통유리 앞에 세워진 러닝머신까지. 달라진 K의 원룸은 이력이 제법 붙은 독신자의 쾌적하고 깔끔한 보금자리라고 하기에 손색이 없었다. 살림살이는 모두 새것처럼 보였다. 자신의 독신생활을 일시적 신산으로 치부하는 K가 그것들을 죄다 새로 구입했을 리 만무했다.

"이 정도로 도깨비에 홀린 표정이 되면 곤란하지."

입을 다물지 못하는 나를 만족스럽게 바라보며 K가 말했다. K는 통유리를 가리고 있던 블라인드를 득의만만하게 걷었다. 블라인드가 걷히자 오밀조밀한 정원이 눈앞에 펼쳐졌다. 정원이라고 불리기에는 턱없이 작은 사이즈였지만 달리 이름붙이기도 난감했다. 베란다에는 전에 없던 온갖 키 작은 관상식물들이 싱그러운 자태를 뽐내고 있었다. 바닥에 촘촘히 깔린 이끼도 그럴

듯했다. 앙증맞은 크기의 기린과 곰도 보였다.

"이끼로 만든 거야. 토피어리라고 해."

K가 턱짓을 하며 설명했다. 이끼로 만들었다는 짐승들은 생
김새가 정교해서 금방이라도 걸음을 옮길 것만 같았다. 차양과
바람막이까지 갖추어져 어지간한 비바람에도 끄떡없을 듯했다.
실용성과는 거리가 먼 겉치레를 누구보다 혐오하는 K의 라이프
스타일에 걸맞지 않는 호사였다. 이를테면 그것은 관상용 공중
정원이었다.

"러닝머신과 패키지로 대여한 거야. 러닝머신을 한 시간 뛰어
야 스프링클러가 작동하게 되어 있어. 흠뻑 땀 흘리고 나서 저
녀석들이 촉촉이 젖는 모습을 보고 있노라면 마음이 더없이 너
그러워져. 너도 애가 생겼으니 알겠지만 뭔가를 기르는 것만큼
중독성 강한 기쁨은 없을 거야. 요즘은 퇴근 무렵만 되면 뛰고
싶어져 다리가 근질근질해진다니까. 그런데 애당초 내가 대여한
것은 저것들이 아니었어."

K가 잠시 말을 끊었다. 나는 K가 말을 잇기만 잠자코 기다렸
다.

"내가 대여한 것은 너그러움이었어."

K가 비밀이라도 털어놓는 것처럼 나지막하게 말했다.

"너그러움?"

나도 모르게 말꼬리가 올라갔다.

"그래. 장난삼아 대여를 신청해봤더니 며칠 후 러닝머신이 택

배로 날아왔고 오렌지색 유니폼을 입은 사내들이 와서 뚝딱뚝딱 저걸 설치하고 갔어. 상상력이 뭔지 아는 친구들이야. 상상력이 빈곤한 인간들의 특징이 뭔지 알아?"

K의 갑작스러운 질문에 얼떨떨해진 나는 이번에도 그의 입만 바라봤다.

"손아귀에 움켜쥐려고만 한다는 거야. 웰빙의 지름길은 소유를 포기하는 거야."

K가 자신의 질문에 스스로 답했다. 너그러움과 상상력에 웰빙까지. K가 대체 무엇을 말하려는 것인지 가늠할 수 없었지만 혼자만의 삶에 적응하려 애쓴다는 점만은 분명했다. 짙은 그늘 속으로 성큼 걸어들어간 것처럼 K의 표정이 일순 어두워졌다. 잿빛 스카이라인을 배경으로 공중정원의 초록빛이 더욱 도드라졌다.

결국 나는 무엇이든 빌려준다는 사이트에 가입했다. 다양한 혜택을 열거하며 K는 로열회원 등록을 적극 권했지만 연회비 삼십만원은 적지 않은 부담이어서 일단 일반회원으로 등록했다. 홈페이지 상단에 박혀 있는 '무엇이든 빌려드립니다'라는 문구를 제외하면 여느 인터넷 쇼핑 사이트와 별반 다르지 않았다. 회원 가입의 절차도 대동소이해서 주민등록번호, 주소, 휴대폰 번호, 이메일 주소 등의 신상정보를 입력했다.

회원 가입이 끝나자 나는 유아용품 메뉴를 클릭했다. 항균 처리된 순면 기저귀부터 유아용 자동차 안전시트까지 대여품목은 다채로웠다. 나는 자동 흔들침대를 주문했다. 홈쇼핑에서 십삼 만원에 판매하는 물건의 두 달치 대여료가 고작 삼만원이었다. 구매가격과 대여가격의 차이를 확인하는 것만으로도 마음이 한 결 너그러워진 듯했다. 반품을 요구하는 고객 중 가장 까다로운 부류는 구입한 물건을 훨씬 싸게 파는 데를 발견했다며 어깃장 놓는 사람들이었다. 그들에게서는 한 톨의 너그러움도 기대할 수 없어서 어리석은 결정을 내렸다는 그들의 자괴감을 달래줄 수 있는 것은 예기치 않은 물질적 보상뿐이었다.

다음날 퇴근해보니 딸아이는 자동 흔들침대에 누운 채 방긋거리고 있었다. 신속한 배송이었다. 몇 달 쓰고 말 걸 뭐 하러 샀냐고 아내가 핀잔했다. 빌린 거라고 하자 아내의 눈이 커졌다. 그런 곳이 있었냐며 반색하더니 일찍 알지 못한 것을 못내 아쉬워했다. 태교 지침서부터 임산부용 자동차 안전벨트까지 출산용품 일체를 울며 겨자 먹기로 구입해야 했던 것이다. 새것이나 다름없는 물건들이 베란다 창고에서 썩고 있었다. 라면봉지까지 알뜰히 분리수거하는 아내로서는 그 물건들이 눈에 밟혔을 것이다. 그러니 무엇이든 빌려준다는 그 사이트의 모토는 아내에게 복음이나 다름없었다.

"무엇이든?"

아내가 눈을 반짝이며 물었다. 나는 고개를 끄덕였다. K가 '너그러움'을 대여했다는 말은 하지 않았다.

무엇이든 빌려준다는 사이트를 알게 된 후 아내에게는 대여할 것들이 부쩍 늘었다. 일회용 기저귀는 환경을 오염시킨다며 굳이 순면 기저귀를 고집했다. 움직임에 따라 다른 모양으로 변하는 지능개발 모빌을 두 달 기한으로 빌렸고 아이가 좋아한다며 실내 분수대도 들여놨다. 백오십만원짜리 구찌 가방을 만오천원에 빌려 친구들 모임에 들고 나가기도 했다.

부담 없이 자주 바꿀 수 있다는 대여의 장점이 유감없이 발휘되는 품목은 단연 딸아이의 장난감이었다. 장난감은 모두 최고급이었다. 자주 바꿔주는 것에 익숙해졌는지 아이는 뭐든 진득하게 가지고 노는 법이 없었다. 교환의 주기가 점점 짧아졌다. 자동 흔들침대도 사정은 마찬가지여서 두 달도 못 가 아이는 품에 안고 흔들어줘야 칭얼거림을 그쳤다. 잠들었나 싶어 자동 흔들침대에 누이면 어김없이 눈을 번쩍 뜨고 울어댔다. 체온과 심장박동으로 구분하는 거라고 아내가 말했다. 자동 흔들침대 덕에 밤의 사역에서 자유롭던 나날이 꿈만 같았다.

현기증이 다시 찾아온 것은 그 무렵이었다. 러닝머신을 반품하겠다는 고객과 실랑이중이었다. 성공적 상담을 위해서는 반품하려는 이유를 정확히 파악하는 것이 중요했다. 물건이 화면으로 보았던 것과 다른 것 같다는 둥 거실에 놓고 쓰기에 너무 크다는 둥 트집을 잡는 고객이었다. "네 그러실 테지요!"라고 장단을 맞춰주면서 슬슬 찔러보니 다이어트를 위해 덜컥 장만하긴 했는데 값 치르는 게 만만치 않겠다 싶었던 것이다. 디지털 스톱워치가 삼 분이 지났음을 알리고 있었다. 통화시간이 삼 분을 넘기면 반품의 확률은 절반 이하로 줄어든다. 공감의 단계에서 문제 해결의 단계로 밀어붙일 타이밍이었다. 속삭임은 짧고 결정적이어야 한다.

"사모님 정 그러시다면 이렇게 하시죠. 제가 업체에 부탁해서 특별히 할부기간을 이십사 개월로 늘려드리도록 하겠습니다. 매달 삼만원씩만 내시면 되겠네요. 돈 때문에 몸매 가꾸는 걸 포기하셔야 되겠어요?"

수화기 너머는 잠잠했다. 머릿속 계산기를 두드리느라 분주하겠지. 상담의 성패가 갈리는 결정적 순간 고객의 숙고야말로 경계하고 또 경계해야 할 최대의 적이었다. 나는 신속히 최후의 한 방을 날렸다.

"비밀이니까 다른 사람들한테는 절대 말하지 마세요. 윗선에서 알면 저 시말서 써야 합니다."

빤한 거짓말에도 사람들이 귀 기울이는 것은 자신이 배려받고 있다는 느낌 때문이다. 저 사람이 나를 위해 거짓말까지 하는구나.

"그래도 되는 거예요?"

마침내 입질이 왔다.

통화가 끝나자 나는 스톱워치를 멈췄다. 사 분 십오 초. 고객이 사십오 초만 더 버텼다면 나는 족욕기까지 덤으로 준비해야 했을 것이다. 지푸라기라도 잡는 심정으로 고객의 동정심에 매

달리는 상담원도 있다.

"이번 건 반품되면 전 월급도 못 받습니다."

강력한 수단이긴 하지만 바로 그 때문에 삼가야 할 방법이기도 했다.

"인질범과 협상하는 사람은 절대 부정적인 얘기를 하지 않는다. 상담원의 우는소리에 마음 약해져 당장의 구매를 승인한 사람은 다시는 우리 홈쇼핑에서 물건을 사지 않을 것이다. 우리 물건을 쓸 때마다 우유부단한 자신에게 화날 테니까. 당장의 전투를 위해 전쟁을 그르치는 우를 범하면 안 된다."

신참들에게 귀에 못이 박이도록 강조하는 원칙 중 하나였다. 집에서 챙겨온 보온병의 녹차로 목을 축인 후 헤드폰을 벗고 자리에서 일어나는데 머리가 핑 도는 느낌이었다. 메스꺼움도 밀려올라왔다.

전에도 그런 적이 있었다. 다니던 회사가 IMF로 부도나는 바람에 실직하고 결혼자금으로 모아둔 돈만 야금야금 축내던 시절이었다. 언제부턴가 자리에서 일어나거나 고개만 돌려도 현기증이 몰려왔다. 처음에는 대수롭지 않게 여겼는데 현기증은 급기야 구토와 오한까지 동반했다. 혈압도 체크하고 MRI도 찍어보았지만 원인은 오리무중이었다. 이비인후과에 가보라고 조언해준 사람은 신경외과 대기실에서 우연히 말을 섞게 된 사내였다. 병원 대기실이야말로 온갖 임상요법과 비방(秘方)의 산실이 아니던가.

"내 고종사촌도 고개를 돌리기만 하면 구역질을 했다니까. 뒤에서 자기를 부르는 걸 제일 싫어했어. 자신도 모르게 고개가 홱 돌아가버리니까. 나중에는 고개를 돌리지 못하도록 목에 깁스까지 했지. 알고 봤더니 세반고리관에 문제가 생긴 거였어. 번지수가 틀렸으니까 빨리 이비인후과로 가봐."

사내는 머릿속에 박힌 바늘을 제거하는 수술을 기다리고 있다고 했다. 어쩌다 그리 됐냐고 묻자 사내는 "나도 몰라"라고 심상히 대답했다. 신경외과 대기실을 빠져나오며 돌아보니 사내는 다른 환자를 붙들고 새로운 대화에 열을 올리고 있었다. 사내의 진단이 옳았다. 현기증과 메스꺼움의 원인은 귓속에 있었다.

점심시간에 짬을 내 회사 근처 이비인후과에 들렀다. 진단 결과 세반고리관에는 이상이 없었다. 스트레스를 과도하게 받느냐고 의사가 물었다. 갓난애 때문에 숙면을 취한 지 꽤 됐다고 대답했다.

"환상지라고 들어보셨을 겁니다. 잃어버린 팔이나 다리의 통증을 느끼는 것이죠. 귀에는 이상이 없지만 과거의 병력을 기억하고 있는 뇌가 그때와 비슷한 환경에 처했다고 판단해서 몸에 신호를 보내는 것일 수도 있습니다. 마음을 편히 먹고 재충전의 시간을 가지세요."

의사는 짠 음식을 멀리할 것과 고도의 균형감각이 요구되는 일은 피할 것을 주문하며 진정제를 처방했다. 스트레스를 멀리

하기가 말처럼 쉬운가. 귀에 이상이 없다는 진단에 오히려 나는 우울했다.

오후 내내 일이 손에 잡히지 않았다. 자리에서 일어날 때나 고개를 급히 돌릴 때면 어김없이 찾아오는 현기증과 메스꺼움은 고개를 움직이지 않고 한동안 가만히 있어야 겨우 진정됐다.

팀원들이 모두 퇴근한 후에도 나는 하릴없이 자리에 앉아 있었다. 텅 빈 사무실은 세상의 모든 병사들이 버린 전장처럼 사무치도록 고즈넉했다. 건너편 책상 위의 모니터에서는 발광어가 시시각각 빛깔을 뒤척이며 검은 심해 속을 유영하고 있었다. 오랜만에 맛보는 적막 속에서 나는 온전히 고독했다. 나에게 필요한 것은 바로 그 충일한 감정이었다. 고독. 천천히 발음하니 한 물간 협객의 별호처럼 우스꽝스럽게 들렸다.

무엇이든 빌려준다는 사이트에 접속했다. K가 대여했다는 '너그러움'을 찾아보았으나 어디에도 그런 품목은 보이지 않았다. '고독'이라는 목록도 없었다. 한 시간여를 뒤져도 결과는 마찬가지였다. 나는 한숨을 내쉬며 인터넷창을 닫았다. 바탕화면 속에서 딸아이를 안은 아내가 세상을 다 가진 듯 웃고 있었다. 아내의 환한 표정과는 대조적으로 딸아이는 무엇 때문인지 잔뜩 찌푸린 얼굴이었다. 집에 전화를 넣어 회식 때문에 늦겠다고 거짓말했다. K에게 만나자고 전화했다.

"아무리 뒤져도 너그러움 같은 건 없던데?"

맥주잔을 비우는 K에게 내가 물었다.

"당연하지. 넌 일반회원이니까."

그렇게 운을 뗀 뒤 그가 내막을 상세히 설명했다. '너그러움' 같은 스페셜 아이템은 로열회원만 대여가 가능해서 일반회원들은 목록의 열람조차 불가능하다는 것이었다.

"그러게 내가 로열회원으로 가입하라고 했잖아. 뭐 특별히 빌리고 싶은 거라도 생긴 거야?"

K가 은근한 눈빛으로 나를 바라보며 물었다.

"글쎄."

나는 얼버무리고 말았다. 내가 입을 다물자 K는 자신의 공중정원에 대한 예찬을 늘어놓았다. 날로 더해가는 공중정원의 싱그러움에 대해 이야기할 때 K의 눈에는 예사롭지 않은 광채가 번뜩였다. 예전에 딸 자랑을 늘어놓을 때도 그런 눈빛이었더랬다. 술집에 들어온 지 한 시간쯤 지나자 K는 자주 시간을 확인했고 초조하게 뭔가를 기다리는 사람처럼 굴었다. 무슨 일이 있냐고 물으려던 참에 K의 휴대폰이 울렸다.

"괜찮아요. 갈 수 있어요. 그럼 그때 거기서."

사무적인 말투였지만 감정을 절제하는 흔적이 역력했다.

"연애하나?"

내가 슬쩍 찔러보았다.

"연애는 무슨……"

K는 얼굴을 붉혔다.

"수상하다?"

"술이나 마셔."

솔직히 털어놓지 않으면 따라나서겠다고 으름장을 놓자 K는 다음과 같이 말하며 서둘러 술집을 빠져나갔다.

"요즘 새로 뭔가를 대여하고 있어. 오늘은 거기까지만. 때가 되면 알려줄게. 미안하지만 이쯤에서 일어서야겠다. 조만간 연락할게."

그날 밤도 나는 한 시간 넘는 실랑이 끝에 딸아이를 가까스로 재웠다. 아이가 잠든 것을 확인한 후 거실로 나가 컴퓨터를 켰다. 새벽 두시가 넘은 시각이었다. 의사는 커피도 삼가라 했지만 근무시간 내내 졸음을 몰아내기 위해 커피를 입에 달고 있어야 할 것이다.

나는 무엇이든 빌려준다는 사이트에 접속해 로열회원으로 등록했다. 선불인 연회비는 신용카드로 결제했다. 로열회원이 되기 위해 직업, 결혼 여부, 취미, 종교, 최종 학력, 심지어 신장과 체중까지 기재해야 했다. 고객의 기호에 맞는 대여를 위한 불가피한 절차라는 공지창이 떴다. 맞춤형 대여라 이거지. 나는 모든 항목에 성심껏 체크했다. 회원 가입을 마치고 홈페이지 메인 화면으로 돌아가 '로열회원을 위한 스페셜 아이템'을 클릭했다. 로열회원 인증절차를 마치자 페이지가 바뀌면서 화면 중앙에 검색창이 떴다. 검색창 밑에는 다음과 같은 문장이 적혀 있었다. 특별한 당신, 당신이 원한다면 무엇이든 빌려드립니다. 검색창에 '고독'을 입력하고 엔터키를 누르자 군중 속의 고독에서부터 절대고독까지 상상할 수 있는 모든 고독의 목록이 눈앞에 망라되었다. 나는 '휴식 같은 고독'을 선택했다. 월간 대여횟수와 일회 대여료에 따라 다양한 상품이 준비되어 있었다. 나는 일회 대여료 이만오천원에 월 사 회분을 신청했다. 서비스받을 날짜도 지정해야 했다. 매주 일요일을 대여날짜로 지정했다. 신규회원에게 주어지는 할인쿠폰을 사용해 구만원에 대여할 수 있었다. 나 자신만을 위해 뭔가를 빌리기는 처음이었다.

무엇이든 빌려준다는 사이트에서 보낸 메일이 도착한 것은 토요일 아침이었다. 자신들의 서비스를 이용해줘 고맙다는 인사말과 함께 낯선 주소와 약도 그리고 그곳에 들어갈 수 있는 비밀번호도 보내왔다. 첩보영화의 주인공이라도 된 기분이었다. 언제나 그렇듯 당신이 체포되더라도 우리는 당신의 존재를 부인할 것이며 오 초 후 이 메시지는 자동으로 소각될 것이다. 뭐 이런 거 있잖은가. 주소는 사당동 쪽이었다.

다음날 친구 결혼식에 간다며 집을 나서는데 "그런 차림으로?"라는 아내의 카랑카랑한 말이 등에 꽂혔다. 그러고 보니 청바지에 카디건 차림이었다. 허둥지둥 양복을 챙겨입고 넥타이까지 매고 나서야 집을 나설 수 있었다.

일요일마다 궁색하게 거짓말하는 것도 난감한 일일 터였다. 일요일의 정기적 외출을 정당화할 그럴듯한 핑곗거리가 필요했다. 자기 계발을 위한 외국어학원 등록? 무너지는 몸매를 지키기 위한 사내 산악부 가입? 왜 하필 지금이냐며 갑작스런 결심의 진정성을 의심하겠지. 부장이 자꾸 필드에 나가자고 보챈다할까. 메일에 적혀 있던 집 앞에 도착할 때까지도 나는 마땅한핑계를 찾지 못했다. 그곳은 큰길에서 한참 밀려난 다가구주택밀집지역이었는데 모든 집들이 틀로 찍어낸 듯 똑같았다. 내가받은 주소는 어느 다가구주택의 반지하방이었다. 싸구려 철문에는 어울리지 않게 전자키가 달려 있었다. 메일이 귀띔해준 번호를 누르자 문 안쪽에서 딸각, 자물쇠 풀리는 소리가 났다.

　안방과 거실 겸 부엌 그리고 화장실이 딸려 있는 낯익은 구조였다. 동네의 풍경과 집의 구조까지 결혼하기 전 자취하던 곳과흡사해 총각 시절로 돌아간 듯했다. 일견 집 안의 자연스러운풍경은 독신자의 조촐한 살림을 떠올리게 했으나 찬찬히 살펴보니 소품 하나까지 섬세하게 신경쓴 정교한 세트 같다는 느낌이었다. 음식 찌꺼기가 들러붙은 수챗구멍이나 햇볕 구경 못한 빨래에서 풍기는, 일상의 남루한 공기가 전혀 느껴지지 않았던 것이다. 방향제라도 뿌렸는지 집 안은 라벤더 향이 진동했다. 안방의 싱글침대 위에는 검정색 트레이닝복이 가지런히 개켜져 있었다. 나는 양복을 벗어던지고 트레이닝복으로 갈아입었다. 트레이닝복은 입다 벗어놓은 것처럼 내 몸에 꼭 맞았다. 휴대폰 액정화면에는 '통화권 이탈'이라는 메시지가 떴다. 창문틀 위 벽에휴대전화 수신차단기가 설치되어 있었다. 고독을 만끽하라 이거지. 대여한 상품이 마음에 들기 시작했다.

침대 옆에 세워진 책장에는 일찍이 교양의 유무를 가늠하는 척도였으나 이제는 젠체하는 학생들의 호사취미 대상으로 전락한 책들이 주로 꽂혀 있었다. 고전이라 불리는 위대한 문학작품들은 결국 고독과 사랑에 관한 이야기다. 사랑에 빠졌기 때문에 고독해졌거나 사랑에 빠졌음에도 불구하고 고독했거나. 사랑에 빠진 인간들은 모두 고독하다. 자기 자신을 제외한 모든 것에 분연히 맞서야 하기 때문이다. 책의 목록을 일별하는 것만으로도 나는 각별한 감회에 젖어들었다. 이 책들과 멀어지게 된 것은 언제부터였을까? 대학 졸업? 취직? 아니면 결혼? 모르긴 해도 세상에 자신의 등을 보이는 게 두려워지면서부터였을 것이다.

창문 앞 독서용 간이책상 위에는 책 한 권이 놓여 있었다. 토마스 만의 『마의 산』이었다. 십여 년 전 읽은 책이었다. 삼 주 예정으로 친척을 보러 스위스의 국제요양소에 들른 한 청년이 만년설로 둘러싸인 그곳을 내려가는 데 칠 년이 걸린다. 그런 이야기였을 것이다. 주인공이 산을 내려가는 데 그리 많은 세월이 걸린 이유는 기억나지 않았다. 책의 맨 앞에는 '저자로부터'라는 프롤로그가 실려 있었다.

"작가는 한스의 이야기를 손바닥 뒤집듯 간단히 끝낼 수는 없으리라. 칠 일이 부족하다면 칠 개월로도 모자랄 것이다…… 설마 칠 년이야 걸리겠는가? 그러면 지금부터 이야기를 시작한다."

작가의 능청스런 유머를 나는 그제야 이해했다. 이삿짐을 정리하다 기념주화라도 주운 기분이었다. 나는 주인공과 함께 해발 오천 피트의 요양소로 올라간다. 창문을 열면 만년설이 요요하게 빛나고 있을 듯했다. 집에서 차로 불과 삼십 분 거리였지만 시차가 열 시간도 넘는 곳에 와 있는 기분이었다.

한 시간쯤 책을 읽고 있으니 배에서 쪼르륵 소리가 났다. 손목시계의 바늘은 두시를 가리키고 있었다. 출입문 안쪽에 중국집 광고 스티커가 붙어 있었다. 휴대폰은 여전히 먹통이어서 일부러 밖으로 나가서 전화해야 했다.

배달된 자장면으로 늦은 끼니를 때우고 침대 맞은편 다탁 위에 놓인 십사 인치 텔레비전을 켰다. 볼 수 있는 채널은 세 개가 전부였다. 야구를 중계하고 있는 곳에 채널을 고정했다. 관중석은 썰렁했다. 투수들은 볼넷을 남발했고 수비들은 실책을 아끼지 않는 게임이었다. 혼자 살던 시절 찾는 사람도 찾을 사람도 없는 휴일 오후 나는 야구중계를 즐겨봤다. 허기처럼 졸음이 밀려올 때면 옆집에서는 아이 울음이나 부부가 다투는 기척이 꿈결처럼 어렴풋이 들리곤 했다. 휴일 오후 야구중계를 같이 보고 싶은 여자와 결혼해야지. 그런 생각도 했을 것이다.

선잠에서 깨었을 때 방은 어둑어둑했다. 야구중계를 보다 깜박 존 모양이었다. 모처럼의 달고 깊은 잠이었다. 침대에서 벌떡 일어난 나는 출근이 늦기라도 한 것처럼 서둘러 세수하고 옷을 갈아입었다. 다음주에 와서 마저 읽을 셈으로 『마의 산』의 읽다 만 페이지를 접어두었다. 삼 주면 독파할 수 있을까? 한 달? 설마 칠 년이 걸리지는 않겠지. 넥타이를 돌돌 말아 재킷 안주머니에 쑤셔넣으며 문을 나섰다. 저녁을 장만하는지 어디선가 도마 소리가 경쾌하게 들려왔다. 밖으로 나서기만을 기다렸다는 듯 휴대폰이 아우성쳤다. 음성메시지가 세 개 녹음되어 있었다. 모두 아내였다.

"전화는 왜 먹통이야? 여태 마시는 거야? 의사가 술 삼가라 했다며!"

내 종적을 궁금해하는 아내의 목소리는 가팔랐다. 돌이켜보니 침대에서 일어날 때도 옷을 갈아입으며 부산을 떨 때도 현기증이나 메스꺼움의 기척은 없었다.

다음 토요일 아침에도 무엇이든 빌려준다는 사이트에서 메일을 보내왔다. 주소는 지난번과 같았지만 비밀번호는 달랐다. 사원단합대회 때문에 북한산에 가야 한다고 하자 아내의 눈이 가늘어졌다. 일요일 아침 나는 등산화를 신고 배낭까지 챙겨 메고 집을 나섰다. 아내에게는 미안했지만 기왕 결제한 터라 선택의 여지가 없었다.

일주일 만에 다시 찾은 반지하의 방은 여전했다. 침대 위에 개켜진 트레이닝복은 바뀌었지만 사이즈는 역시 딱 맞았다. 옷을 갈아입은 후 나는 책상 앞에 앉아 『마의 산』을 펼쳤다. 일주일 전 표시해둔 페이지를 찾았으나 허사였다. 모든 페이지에 접혔던 흔적이 있었던 것이다. 전에는 없던 것들이었다. 접혔던 모양도 비슷비슷했다. 모든 문장이 익숙하면서 낯설어서 나는 읽다 만 부분을 짐작할 수도 없었다. 처음부터 다시 읽기 시작했다. 페이지를 넘기는 속도는 지난주보다 훨씬 빨라졌다.

책을 읽다 출출해지자 자장면을 시켜 먹었고 야구중계를 보다 잠들었다. 일주일 전의 일요일과 다를 게 없었고 결혼 전 무심히 나를 스쳐간 수많은 일요일과도 구분할 수 없는 한나절이었다.

방을 나서기 전 나는 『마의 산』의 읽다 만 페이지를 세로로 절반 접었으나 그것만으로는 안심할 수 없었다. 필기구가 없어 페이지 번호를 외려던 나는 망연자실했다. 페이지 번호가 없었던 것이다. 일부러 지운 흔적이 없는 것으로 보아 애당초 페이지 번호가 찍히지 않은 책일 가능성이 컸다. 새삼 나는 책의 이 모저모를 뜯어보았지만 달리 이상한 점은 발견되지 않았다. 단순히 인쇄상의 실수라면 희귀본 중의 희귀본이었다. 나는 존재하지 않는 페이지 번호 대신 절 제목을 외기로 했다. 읽다 만 부분의 절 제목은 '필수품 구입'이었다. 조금 더 욕심을 내 마지막 문장도 머릿속에 집어넣었다.

"좌우간 이삼 주일쯤 머물기 위해 슬리핑백까지 살 필요는 없어."

한스 카스토르프는 그제까지도 하산하는 데 칠 년이 걸릴 거라고는 상상도 못하고 있었다. 귀가 전 나는 산행의 증거를 만들기 위해 바지와 등산화에 아파트 놀이터의 흙을 묻혔다.

"운전학원에 등록했어. 일요일 집중반인데 다음주부터 나가."

저녁을 먹으며 아내가 말했다.

"갑자기 운전은 왜?"

"나 혼자서 애 데리고 외출이라도 하려면……"

"애는?"

"당신 있잖아."

"급한 약속이라도 생기면?"

"베이비시터를 구하든가?"

"낯 가린다는 거 잘 알잖아."

"당신이 데리고 나가면 되겠네."

"이 주 후부터 다니면 안 돼?"

"왜?"

아내의 표정은 단호했다. 지난 두 번의 돌연한 외출에 대한 전격적인 보복 앞에서 나는 속수무책이었다. 두 회분의 대여료를 고스란히 날릴 판이었다. 남은 대여를 취소하고 환불을 요구하기 위해 이튿날 나는 무엇이든 빌려준다는 사이트의 대표번호로 전화를 걸었다. 번번이 통화중이었다. 다음날도 마찬가지였다. 두 회분의 대여료를 포기할 수도 있었으나 통화중 신호음만 들려주는 수화기를 들고 있자니 슬며시 화가 치밀었다. 밑도 끝도 없는 분노는 점차 반드시 환불을 받아야겠다는 오기로 변해갔다.

K의 휴대폰은 꺼져 있었다. 받아둔 명함을 찾아 사무실 번호

를 눌렀다. K를 바꿔달라고 하자 굵은 음성의 사내가 나더러 누구냐고 물었다. 친구라고 대답했더니 수화기 너머의 목소리가 친한 사이냐고 조심스레 물었다. 절친한 사이가 아니면 전화를 바꿔줄 수 없는 거냐고 내가 반문했다. 굵은 음성의 사내는 불쾌하게 들렸다면 미안하다고 사과한 뒤 실은 K가 사라졌다고 털어놨다. 사흘 전 점심 먹으러 나간 후 연락이 안 돼 여기저기 수소문해보았지만 행방을 도무지 알 수 없다는 것이었다. 보스턴에 있는 가족에게 연락을 취하고 경찰에 실종신고를 해야 될지도 모르겠다며 한숨을 내쉬었다. 혹시 누군가로부터 전화를 받고 나가지 않았느냐고 내가 물었다. 그건 잘 모르겠는데 짚이는 구석이라도 있냐고 굵은 음성의 사내가 말했다.

퇴근 후 나는 K의 원룸에 찾아갔다. 수차례 초인종을 눌러보았지만 인기척은 들리지 않았다. 나는 전자키의 커버를 열고 K가 일러준 번호를 입력했다. 불 켜진 원룸에는 아무도 없었다. 방 안은 지난번 왔을 때 모습 그대로였다. 긴 여행을 위한 특별한 정돈의 낌새도 찾아볼 수 없었다. 재테크 요령에 관한 실용서적이 책상 위에 펼쳐져 있었고 세탁기 안에는 빨래도 담겨 있었다. 담배라도 사러 잠깐 집을 비운 것처럼 보이기도 했다. 나는 범죄현장을 감식하는 형사처럼 방 구석구석을 꼼꼼히 살폈지만 특별히 눈에 띄는 점을 발견하지 못했다. 금방이라도 K가 문을 열고 들어설 것만 같았다.

망연한 내 시선은 시야를 가리고 있던 블라인드로 향했다. 천천히 블라인드를 걷어냈다. 블라인드가 걷히자 K가 애지중지하던 공중정원이 어둠 위로 환하게 떠올랐다. 싱그러움을 뿜내던 관상식물들은 푸르른 광채를 잃고 시득시득했고 이끼로 만들었다던 기린과 곰은 형해처럼 추레했다. K가 대여한 너그러움이 바짝 마른 채 시들어가고 있었다.

나는 먼지가 내려앉은 러닝머신을 작동시켰다. 처음에는 도보 모드를 실행하다 점점 속도를 높였다. 제자리에서 일정한 속도로 달리는 것은 뜻밖에 섬세한 균형감각을 필요로 했다. 발놀림이 조금만 둔해져도 몸이 한쪽으로 기우뚱했다. 균형을 잃지 않기 위해서는 속도를 일정하게 유지해야 했다. 턱밑까지 차오르는 숨을 고르며 나는 상상했다. K가 최근에 대여했다는 것은 대체 무엇이었을까? 주저앉고 싶을 정도로 심장이 고동칠 때 러닝머신의 타이머는 겨우 삼십 분을 찍었다. 스프링클러를 작동시키려면 이제까지 달린 만큼 더 뛰어야 했다. 균형을 잃지 않기 위해 나는 필사적으로 발을 놀렸다.

달팽이를
삼킨 사나이

말하자면 전세를 놓는 거라고 했다.

"열 달만 참으면 돼. 더도 말고 덜도 말고 딱 열 달."

아내가 이야기를 처음 꺼냈을 때 나는 그 말의 의미를 온전히 헤아릴 수 없었다. 어쩌면 이해하고 싶지 않았는지도 모르겠다. 아내의 말뜻을 알아채고 나서도 의문은 여전했다. 그런 식으로도 돈을 벌 수 있다는 사실을 선뜻 납득할 수 없었다.

"씨받이라도 하겠다는 거야?"

내 목소리는 스스로의 귀에 거슬릴 정도로 날이 서 있었으나 그 과녁은 모호했다. 아내는 나의 반응을 예상하기라도 한 듯 뜻밖에 차분차분 설명했다.

"시험관에서 수정된 수정란을 자궁에 착상시키는 것일 뿐이 야. 당신이 생각하는 그런 게 아냐."

나에게 말을 꺼내기까지 아내의 잠자리를 뒤숭숭하게 했을 번민을 가늠하는 것이 모성이 결여된 나로서는 불가능한 일처럼 보였다. 세상의 모든 연민은 결국 자기 자신에 대한 연민이게 마련이어서 아내의 자분자분한 설명에 어처구니없게도 나는 심한 모욕감을 느꼈을 수도 있겠다.

"그러니까 자궁을 팔겠다는 거네? 자궁 판 돈으로 뭐 하게?"

아내의 눈빛이 흔들리는가 싶은 순간 나는 고개를 돌리고 말았다. 주머니를 뒤져 담배를 찾았으나 담뱃갑은 텅 비어 있었다.

"남은 빚도 갚고 햇볕 드는 전셋집도 얻고……"

아내의 계획은 제법 구체적이었다. 아내가 앞날에 대한 모종의 계획을 세웠다는 사실이, 도모할 장래 없이 살아온 지 오래인 나는 놀라웠다. 그즈음 뭔가 계획을 세우는 일이 나로서는 낯설기만 해서 아내의 구체적인 계획 앞에서 오히려 망연했다. 나는 외투를 집어들고 방을 나섰다.

"이야기하다 말고 어디 가?"

아내가 뒤통수에 대고 소리쳤다.

"콩팥 팔러 간다."

현관에서 신발을 꿰어신는데 발치에 뭔가가 꾸물거렸다. 달팽이였다. 정확히 말하자면 제 한 몸 건사할 집이 없는 달팽이, 민달팽이였다. 지하인데다 날림공사로 인한 누수로 시멘트가 늘 젖어 있어 달팽이가 자주 출몰했다. 굳이 그럴 필요가 없었음에도 나는 달팽이를 지그시 밟았다. 짓이겨진 달팽이의 크림빛 점액이 신발 밑창에서 진득거렸다.

평일 낮인데도 피시방은 빈자리를 찾기 힘들었다. 장마철 빨랫감처럼 후줄근한 사내들이 담배를 입에 문 채 충혈된 눈을 부비며 컴퓨터 모니터를 심각한 표정으로 들여다보고 있었다. 도무지 나이를 짐작할 수 없는 얼굴의 그들은 직장에서 이미 한두 차례 쫓겨났거나 여태 한 번도 직장을 구하지 못했을 것이다. 이런저런 이유로 실직상태를 면치 못하고 있는 그들은 별 소득 없이 습관적으로 구직 사이트를 뒤적거리거나 신속한 대출을 보장한다는 스팸메일을 열어보거나 온라인게임에 접속해 누군지 알 수 없는 자의 분신을 척살하거나 레이싱걸의 잘 빠진 몸매를 감상하고 있을 것이다. 출입문에서 가장 멀리 떨어진 구석에 마침 자리가 비었다.

평소 즐겨 찾던 포털사이트의 검색창에 '달팽이 퇴치법'을 입력했다. 인터넷에서는 모든 정보와 지식이 공유된다. 원하기만 하면 유명 여자 연예인의 고등학교 시절 사진을 감상할 수도 있고 그녀가 어디를 어떻게 성형했는지 '검색'할 수 있다. 또 원하기만 하면 개수대의 하수관에서 올라오는 냄새를 없애는 방법도 알아볼 수 있다. 비닐주머니에 물을 채워 개수대 구멍을 막아두면 하수관에서 올라오는 냄새를 차단할 수 있다는 지식도 손가락만 몇 번 놀리면 얻을 수 있다.

뭐든 공유할 준비가 되어 있는 인터넷은 모르는 것이 없어서 달팽이를 퇴치하는 법도 친절하게 알려주었다. 실내의 습기를 제거할 것. 지금 살고 있는 지하의 월셋방을 감안하면 구조적으로 불가능한 방법이었다. 농약가게에서 달팽이 유인제를 사서 달팽이가 출몰하는 곳에 뿌려둔다. 달팽이들이 몰려들기를 기다렸다 기름을 끼얹고 태운다. 그것은 퇴치가 아니라 학살이었다. 번거롭고 돈이 드는 방법이었지만 효과는 확실할 것 같았다. 그 외에도 달팽이를 퇴치하는 방법은 많았다. 소금을 뿌리면 달팽이는 부풀어오르다 터져 죽는다. 식초를 뿌리는 방법도 있었다. 식초를 뿌리면 달팽이는 쪼그라들어 죽는다. 그중 단연 눈길을 사로잡은 달팽이 퇴치법은 다음과 같은 것이었다. 보이는 대로 밟아 죽인다. 가장 단순한 방법이었지만 나는 그 한없는 단순성이 마음에 들었다.

아내의 계획이 여전히 미심쩍었던 나는 포털사이트 카페 검색창에 '대리모'라고 입력했다. 검색엔진은 모두 여덟 개의 관련 카페를 찾아주었다. 맨 위의 카페를 열자 대신 아이를 낳아줄 사람을 찾거나 아이를 대신 낳아주겠다는 사람들의 글이 줄을 이었다. 아내의 말이 아주 근거 없는 것은 아니었다.

남편이 사대 독자라 아이를 얻지 못하면 조만간 이혼당할 수밖에 없다는 사연부터 오 년째 불임치료를 받고 있지만 성과가 없어 지푸라기라도 잡는 심정으로 글을 올린다는 사연까지, 아이를 낳아줄 이를 찾는 사람들은 얼마나 절박하게 아이를 원하는지 구구절절 설명했다.

아이를 대신 낳아주겠다는 여자들은 자신의 자궁이 건강하고 깨끗하다는 사실을 애써 강조했다.

나이 28세 신장 169cm 체중 52kg 좌우 시력 1.0 혈액형 O형 최종 학력 4년제 대학 졸. 감기도 잘 걸리지 않는 건강체질입니다. 건강하고 정상적인 아이를 출산한 경험도 있습니다. 사례비는 사천만원 정도 생각하고 있지만 상담 후 조절 가능합니다. 임신 확인시 선금으로 절반을, 출산 후 나머지 절반을 지불하시면 됩니다.

스물네 살의 대학생입니다. 집안 형편 때문에 휴학중이고요 신체 건강하며 중학교 때 교복 모델을 하기도 했습니다. 아직 처녀입니다. 사례금은 육천만원 정도 생각하고 있습니다. 사례금 외에 임신기간 동안 조용히 머물 수 있는 거처와 생활비를 제공 바랍니다. 관심 있으신 분들 연락주세요.

아이를 대신 낳아주겠다는 여자들의 글은 부동산 광고문구처럼 무미건조했다. 자궁은 공공연하게 광고되고 거래되었다. 자궁을 사려는 사람들도 팔려는 사람들도 절박하기는 마찬가지였다. 절박해서 자신들이 매매하려는 것이 정작 무엇인지 깨닫지 못하고 있는 듯했다. 그러나 그것은 그리 놀랄 만한 일도 아니었다. 경매 사이트에 들어가면 이 세상에 거래되지 못할 것은 없어 보였다. 그곳에서는 하루아침에 이 시대의 섹스심벌이 된 여자 연예인이 데뷔 무대에 오를 때 입었던 속옷에서부터 이십 육 년 동안 고이 간직한 처녀성까지, 경매에 붙여지지 않는 것이 없었다.

심지어 쓸모없어 보이는 것들도 목록에 올랐다. MBC 청룡과 삼성 라이온즈가 맞붙은 프로야구 원년 개막전이 열렸던 동대문 야구장 3루 쪽 내야 스탠드에서 주운 파울볼, 체 게바라의 초상이 프린트된 티셔츠에서 빠진 염색물로 얼룩진 손수건, 당첨번호가 고스란히 찍힌 지난주의 로또복권, 헤어진 지 십이 년 만에 우연히 만난 첫사랑으로부터 돌려받은 커플링까지.

수요와 공급이 있는 한 거래는 성립되고 가격은 '보이지 않는 손'들의 무작위적인 클릭에 의해 결정된다. 그곳에서 구매자를 기다리는 수많은 자궁 중에는 아내의 것도 있을지 몰랐다. 한 번도 아이가 들어선 적 없는 아내의 자궁은 병치레와는 거리가 멀어서 아주 헐하게 팔리지는 않을 것이다. 최소 오천만원은 받을 수 있겠지. 그러니 빚을 갚고 전세방을 얻겠다는 아내의 계획은 그곳에서 형성된 자궁의 '시세'를 감안하면 아주 허황된 것도 아니었다. 요컨대 아내의 계획은 구체적일 뿐 아니라 실현 가능했다. 그 때문에 더 난감했다.

아내의 계획이 실현 가능한 것으로 판명된 이상 가만히 앉아 있을 수 없었다. 나도 뭔가를 계획해야만 했다. 그렇지 않으면 정말로 콩팥이라도 팔아야 될지도 몰랐다. 본사로부터 할당받았으나 채 팔지 못한 로열젤리 대금을 카드빚으로 돌려막다 신용불량자가 된 후 꼬박 삼 년 동안 나는 계획이라는 것을 세워본 적 없다. 일단 생활에 필요한 돈부터 벌어야 했다. 신용상태도 양호하고 온갖 자격증으로 무장한 채 대학을 갓 졸업한 녀석들도 취업하기 어려운 시절이었다. 이렇다 할 경력도 배경도 없는 삼십대 중반의 신용불량자를 기꺼이 받아주는 회사는 없을 것이다.

대리운전업체를 운영하는 고등학교 동창에게 연락했다. 별명이 '마당발'이었던 동창녀석은 일단 사무실로 찾아오라고 했다. 사무실은 영등포시장 근처의 허름한 삼층건물에 자리잡고 있었다. 고등학교 동창은 흔쾌히 나를 받아주었다. 동창들 사이에 나의 곤궁에 관한 소문은 쫙 퍼져 있었으므로 새삼 처지를 설명할 필요는 없었다. 입사를 위해 제출하거나 작성해야 할 서류는 없냐고 묻자 동창은 물끄러미 나를 바라보다 요란하게 웃었다.

"친구 좋다는 게 뭐냐. 그런 건 내가 다 알아서 할 테니 걱정마."

삼 년 만의 취업도 아내의 계획을 취소시키지는 못했다. 아내는 내가 뭔가를 다시 해보기로 했다는 사실에 뛸 듯 기뻐하면서도 햇볕 드는 전셋집에 대한 미련을 버리지 못했다. 쉽게 버려지지 않는 미련 속에서 아내의 계획은 오히려 확고해졌다. 무기력증에 빠진 나에게 자극을 주기 위해 충동적으로 뱉은 말이 아니었던 것이다.

"당신이 다시 일하게 된 것은 기뻐. 하지만 하루 벌어 하루 먹기도 빠듯한 벌이로 빚은 언제 갚고 월세는 언제 면해? 쉽게 내린 결정 아니야. 눈 딱 감고 한 번만 성공하면 목돈을 손에 쥘 수 있어. 그 돈으로 깔끔하게 새 출발 하는 거야."

아내의 머릿속은 아이를 대신 낳아주는 대가로 받을 돈의 용처를 헤아리느라 분주했다. 나만 오케이 한다면 문제될 것은 없다고 했다. 아내는 햇볕이 잘 드는 전셋집을 벌써 고르고 있는지도 몰랐다. 아내의 계산대로 오천만원이면 카드빚도 깨끗이 털고 햇볕 잘 드는 뽀송뽀송한 전셋집을 얻을 수도 있을 것이다. 전셋집을 얻는 대신 변두리에 조그마한 가게를 열 수도 있을 테지. 대리운전을 해서 오천만원을 모으려면 얼마나 걸릴까 궁리하다 나는 화들짝 놀랐다.

"아이를 간절히 원하는 불임부부의 고통을 생각해봐. 그 사람들에게도 좋은 일 하는 거잖아. 누이 좋고 매부 좋은 거지."

"우리 아이는?"

"이번 일 끝내고 낳으면 되잖아. 어차피 지금 형편에는 아이를 낳아 기를 수도 없어."

아내와 나 사이에 오가는 대화란 그런 식이었다. 끝장나지 않는 고만고만한 신경전이 며칠 반복되었다. 아내의 설득은 집요했다. 집요한 아내의 설득 앞에서 스스로의 속내를 딱 부러지게 가늠할 수 없었던 나는 혼란스러웠다.

"당신 뱃속에서 기른 아이를 선뜻 내줄 수 있겠어? 더구나 첫

아이잖아."

이 대목에서 아내는 잠시 머뭇거렸다. 아내로서도 예기치 않은 질문이었나보다. 그러나 아내의 대답은 단호했다.

"어차피 우리 아이도 아닌데 뭘."

내 질문을 허락의 뜻으로 받아들인 모양이었다. 아내가 반색했다. 생각해보니 내 질문은 그리 해석될 수도 있었다. 조심스레 내 눈치를 살피며 아내가 입을 열었다.

"당신 괜찮겠어?"

의뢰인을 만나고 오던 날 아내는 햇볕 잘 드는 전세방이라도 계약한 것처럼 굴었다. 실제로 아내는 계약서라는 것을 들고 오기도 했다. 의뢰인 쪽에서 작성한 것이라 했다. 계약서에 따르면 의뢰인은 임신이 확인되면 선금으로 이천만원을 지급하고 아이를 출산하기까지 매달 생활비 조로 백만원을 지급해야 했다. 아내는 그것을 중도금이라 불렀다. 출산 이후 나머지 이천만원을 지불하는 것으로 거래가 완료된다는 것이었다. 잔금인 셈이었다. 내용을 훑어보니 아내가 그것을 부동산매매 계약서로 치부한다 해도 크게 무리는 아닐 듯싶었다.

의뢰인이 작성한 계약서라 이쪽에 불리한 항목들이 적지 않았다. 선금을 받는 즉시 친권 포기각서를 써줘야 했고 아이가 열 달을 채우지 못하고 태어날 경우에는 불이익을 감수해야 했다. 아홉 달 만에 태어나면 잔금의 사분의 일을, 여덟 달 만에 태어나면 잔금의 이분의 일을 포기해야 했다. 혹 태아가 정상이 아니라면 계약은 원천무효가 된단다. 태아가 건강하고 정상적으로 자랄 수 있다는 산부인과 의사의 소견이 있어야 잔금을 받을 수 있다는 조건도 있었다.

의뢰인이 어떤 사람이냐고 물었더니 육 년 동안 불임클리닉에 다니고 있는 삼십대 후반의 부부라고 아내는 짧막하게 대답했다. 어디에 사는지 무얼 하는 사람들인지는 모른다고 했다. 의뢰인의 신상에 대해서는 별로 알고 싶지도 않고 모르는 편이 여러 가지로 나을 것이라는 말도 덧붙였다. 그쪽에서도 당신의 신상에 대해 잘 모르냐고 내가 물었다. 아내는 아니라고 했다. 건강진단서와 주민등본까지 떼어줬다는 것이었다. 심지어 그들은 나의 불량한 신용상태와 대리운전을 한다는 것까지 알고 있다고 했다.

"그런 건 뭐 하러 시시콜콜 다 얘기했어?"

쓸데없는 얘기를 했다는 나의 질책에 아내는 이렇게 항변했다.

"나처럼 멀쩡해 보이는 사람이 왜 그런 일을 하겠다고 나서는지 의아해하는데 어떻게 해. 있는 그대로 형편을 설명해야 그쪽에서 믿을 거 아냐?"

계약서의 내용이 불리한 것 같다는 내 지적에는 "돈은 그 사람들이 쥐고 있잖아"라고 쐐기를 박았다.

"당신 정말 괜찮겠어?"

머쓱해진 내가 물었다.

"뭐가?"

아내가 생뚱맞다는 표정으로 반문했다.

　대리운전도 만만한 일은 아니었다. 길눈이 어두운 탓에 신경은 늘 바짝 곤두서 있었다. 값비싼 외제차를 몰고 나면 피로감은 더했다. 사고라도 나게 되면 몇 달 수고가 헛짓이 돼버리기 때문이다. 새벽까지 차를 몰다 집에 돌아오면 대충 빈속을 채우고 죽은 듯 잠에 떨어지곤 했다.

　그날도 새벽에 집에 돌아와 이른 건지 늦은 건지 분간할 수 없는 끼니를 때우고 있었다. 평소와 달리 밥상은 공들여 장만했을 이런저런 찬들로 푸짐했다. 방울토마토, 양상추, 삶은 계란을 곁들인 샐러드와 각종 나물과 제법 굵고 실해 보이는 조기도 한 마리 올라왔다. 내가 좋아하는 꽃게찌개도 있었다. 밤샘 운전으로 모래를 씹은 듯 입이 껄끄러웠으나 배를 채워야 잠들 수 있는 터라 음식을 꾸역꾸역 입안으로 밀어넣었다.

"무슨 일 있어?"

양상추를 집어먹으며 내가 물었다.

"좋은 소식도 있고 나쁜 소식도 있어."

"좋은 소식부터!"

"어제 산부인과에 갔는데 임신이래."

몇 번 씹지 않은 양상추를 얼결에 삼키고 말았다. 목구멍에 뭔가 미끄덩거리는 것이 걸린 느낌이었다. 목젖을 간질이는 이물감에 나는 헛구역질을 해댔다.

"임신한 것은 난데 왜 당신이 헛구역질을 하고 그래?"

아내가 내 등을 토닥이며 보리차를 채운 컵을 눈앞에 들이밀었다. 목구멍에 걸린 것이 무엇인지 알 수 없었지만 나는 역한 기분에 사로잡혔다. 뭔가가 목구멍에 들러붙은 채 꿈틀거리는 것 같기도 했다. 물을 거푸 두 컵이나 마셔보았지만 효과가 없었다. 급기야 화장실로 달려갔다. 손가락을 목구멍에 집어넣어보기도 했다.

"쌍둥이래. 이게 나쁜 소식이야."

등뒤에서 아내의 목소리가 들렸다. 나는 자신도 모르게 "아" 하고 탄식을 내뱉고 말았다. 탄식을 내뱉는 순간, 목구멍에 영원히 들러붙어 있을 것만 같던 그 무엇이 쑥 내려갔다. 헛구역질을 많이 한 탓인지 눈물이 핑 돌았다. 수도꼭지를 열고 물을 세게 틀었다. 세면대를 내려다보는 순간 내가 삼킨 것이 무엇인지 직감할 수 있었다. 통통하게 살이 오른 달팽이가 세면대 가장자리에서 꼼지락거리는 게 눈에 들어왔다.

나는 달팽이를 바닥에 떨어뜨린 뒤 밟았다. 달팽이의 몸통이 내 발밑에서 터질 때 아내는 황망히 고개를 돌렸다. 아내는 내가 삼킨 것이 달팽이라는 사실을 인정하지 않으려 했다. 샐러드에 달팽이 따위가 섞였을 리 없을뿐더러 양상추를 몇 번이나 씻었기 때문에 이물질이 남았을 수 없다는 것이었다. 아내는 자신의 주장을 증명하기 위해 접시에 남은 샐러드를 젓가락으로 휘저어 보이기까지 했다. 그럼에도 불구하고 내가 삼킨 것이 달팽이일 거라는 직감은 점차 확신으로 변해갔다.

쌍둥이를 임신한 것이 왜 나쁜 소식이냐고 묻자 아내는 "욕심이 생겼어"라고 대답했다. 의뢰인에게 사례금을 더 요구해야겠다는 것이었다. 너무 무리하지 마라는 내 말에 비용 추가요인이 발생했으니 당연한 것 아니냐는 반응이었다. 아이를 얻지 못해서 안달인 사람들에게 하나도 아니고 둘이나 안겨주는 것이니만큼 보상을 더 받아야 한다고 했다. 딴은 일리가 있어 보이기도 했다. 나로서는 더이상 이래라 저래라 말하고 싶지 않았다. 나의 신경은 달팽이를 삼켰다는 사실에만 쏠렸다. 뱃속에 들어앉은 달팽이에 대한 생각이 머릿속에서 단단히 똬리를 틀었다. 아내는 일종의 노이로제라 했다. 평소 달팽이에 너무 민감하게 반응하다 터무니없는 환상을 만들어냈다는 것이었다. 어쨌거나 앞으로의 삶은 예전과 같을 수 없다는 느낌을 나는 떨쳐낼 수 없었다. 그러나 이런 생각을 입 밖에 내지 않기로 했다. 그것은 전적으로 나와 달팽이의 문제였으니까.

임신이 확인되자 아내는 의뢰인과 수시로 통화했다. 의뢰인은 쌍둥이라는 소식에 반색했지만 사례금을 더 달라는 아내의 요구에는 난색을 표하는 눈치였다. 아내는 이천만원을 더 요구했다. 쌍둥이를 임신했으니 출산시 받기로 한 금액을 두 배로 올려야 한다는 것이었다. 의뢰인은 생명을 가지고 흥정을 할 수는 없다고 했나보다. 평소 큰소리 한 번 내는 법이 없던 아내가 발끈했다. 처음에 계약한 것은 생명이 아니고 뭐냐고 언성을 높이는 것으로도 모자라 하나는 흥정을 할 수 있고 둘은 흥정을 할 수 없는 거냐고 상대를 몰아세웠다. 어쩌면 의뢰인은 쌍둥이를 임신했을 경우를 계약서에 미리 명시하지 않은 것을 후회하고 있을지도 몰랐다.

"그러다 저쪽에서 아이를 알아서 하라고 발뺌하면 어떻게 할 거야?"

아내가 너무 나가는 게 아닌가 싶어 내가 끼어들었다.

"지워버리면 돼."

아내는 무서울 게 없다는 태도였다. 실제로 의뢰인과 아내 사이에는 그런 말도 오간 모양이었다.

일주일을 끈 실랑이 끝에 잔금을 천만원 추가하는 선에서 아내는 의뢰인과 합의했다. 방이 하나 더 딸린 전세를 얻을 수 있게 되었다고 아내는 흡족해했다. 우리 둘만 사는데 방은 하나 더 있어 뭐 하냐고 물었더니 나중에 우리 아이가 생기면 방을 하나 내줘야 하지 않겠냐는 대답이 돌아왔다. 우리는 결혼한 지 오 년이 되도록 아이가 없었다. 특별히 피임을 한 것도 아니었다. 오 년 동안 아이가 생기지 않았다는 사실보다 아이가 생기지 않는 것에 대해 그 동안 한 번도 이상하게 여긴 적이 없다는 사실이 나로서는 더욱 놀라웠다.

　달팽이를 삼킨 이후 나는 나대로, 임신했다는 사실을 알게 된 이후 아내는 아내대로 말수가 줄었다. 아내는 임신 때문에 신경이 예민해졌고 나는 달팽이를 삼켰을 때의 이물스럽던 느낌이 자꾸 떠올라 심란했다. 아내는 멍한 표정으로 천장을 보며 누워 있기 일쑤였다. 태교에 좋다며 바흐나 모차르트의 음악을 듣기도 했다. 아내가 밤에 혼자 있기 무섭다는 바람에 나는 대리운전을 접어야 했다. 의뢰인이 중도금 조로 매달 송금하는 돈으로 생활은 가까스로 꾸려나갈 수 있었다. 임신의 대가로 받은 돈으로는 카드빚을 정리했다. 모든 게 아내의 계획대로 순조롭게 풀려갔다. 아내의 무탈한 출산만이 새 출발의 희망을 실현시킬 것이었지만 아내의 출산이 나는 못마땅하기도 했다. 언제부턴가 나는 아내의 출산예정일에 촉각을 곤두세웠다. 성큼성큼 다가오는 아내의 출산일을 헤아리며 뒤척이는 밤이 잦아졌다.

　낮에도 집에 있게 되면서, 걸려오는 전화를 아내가 잘 받지 않는다는 사실을 나는 알게 되었다. 카드빚 독촉에 한참 시달릴 때는 전화벨 소리만 들어도 가슴이 덜컹 내려앉곤 했다. 전화가 반갑지 않은 건 나도 마찬가지였으나 끈질기게 울어대는 벨소리를 참다못한 내가 전화를 받기라도 하면 아내는 얼굴을 찌푸리며 손사래쳤다. 자기 찾는 전화면 집에 없다 하라는 신호였다. 의뢰인의 전화도 받지 않는 눈치였다.

　의뢰인과의 통화는 가급적 피하고 싶었으나 아내의 무탈한 출산을 위해서라면, 우리의 새 출발을 위해서라면 감수하지 못할 바도 아니었다. 아내가 미리 일러준 대로 병원에 검진을 받으러 갔다고 둘러대고 서둘러 전화를 끊으려 했지만 의뢰인은 아이에게 무슨 일이 생긴 거냐고 다급하게 물었다. 정기적으로 받는 검사일 뿐이라고 말하자 안도했다. 잠시 침묵이 이어진 후 의뢰인은 혹시 아내가 일부러 자신의 전화를 피하는 게 아니냐고 조심스럽게 물었다. 그럴 리가 있겠냐고 나는 얼버무렸다. 전화가 올 때마다 우연히 집에 없었을 뿐이라는 궁색한 해명에 의뢰인은 그런 대답을 기다렸다는 듯 "그럴 테지요"라고 맞장구쳤다. 곁에 멀쩡히 있는 아내의 부재에 대한 변명을 늘어놓으며 나는 죄를 짓는 듯한 기분에 사로잡혔다. 그러나 어떤 죄를 짓고 있는 것인지 알 수 없었다.

의뢰인이 전화해달랬다는 내 말에 아내는 묵묵부답 부풀어오른 자신의 배만 연신 쓰다듬었다. 부풀어오른 아내의 배를 하릴없이 바라보는 낮과 밤은 더디고 길기만 했다. 더디고 길기만 한 낮과 밤을 나는 달팽이를, 뱃속에 들어간 달팽이를 생각하며 보냈다. 달팽이를 삼킨 이후 나는 무엇 때문인지 고기를 먹지 못했다. 야채만 먹었다. 그것도 신선하지 않으면 안 되었다. 거동이 불편한 아내 대신 장을 보러 가서도 값비싼 유기농 야채만 샀다. 반면 아내는 고기만 찾았다. 채 익지 않아 핏물이 밴 고기를 거침없이 먹었다. 비위 상한다며 고기를 멀리하던 아내였다. 삼겹살을 상추에 싸먹으며 아내는 혼잣말처럼 중얼거렸다.

"아들일까 딸일까? 아들 하나 딸 하나였음 좋을 텐데."

농약을 뿌리지 않고 길러 벌레 먹은 자국이 무성한 상추를 뜯어먹다 말고 나는 아내를 빤히 쳐다보았다. 나와 눈이 마주친 아내는 거짓말을 들켜버린 아이처럼 멋쩍게 배시시 웃어 보였다.

인터넷에서는 뭐든 원하는 지식을 얻을 수 있었다. 인터넷은 지식에 대한 평가를 내리기도 하는데 지식이 쓸 만한지 판단하는 것은 질문을 올린 사람의 몫이었다. 그러니 인터넷에 접속하기만 하면 사람들은 호기심 많은 학생이 되기도 하고 특정 분야의 전문가가 되기도 한다. 물론 달팽이 전문가도 될 수 있다. 눈에 보이는 족족 밟아 죽였지만 달팽이는 좀체 박멸되지 않았다. 완벽한 퇴치를 위해서는 달팽이에 대해 자세히 알아보는 것이 급선무였다. 적을 알고 나를 알면 백전백승이라지 않은가. 집 근처의 피시방에서 인터넷에 접속한 나는 달팽이의 생태에 대해 조사했다. 먼저 백과사전부터 검색했다.

자웅동체로 생식공은 왼쪽 촉각 뒤에 있다. 알은 석회질로 된 껍질에 싸여 있으며 둥글다. 장마철이나 습기가 있고 따뜻할 때 산란한다. 밤에 기어다니며 먹이를 찾는데 입을 열고 닫으면서 치설로 이끼를 갉아먹는다. 채소나 담뱃잎도 먹는다.

완전한 승리를 위해서는 어떻게 번식하는지도 알아야 했다. 질문창에 '달팽이의 생식'이라는 검색어를 입력했다. 달팽이의 생식에 대해 궁금하게 여긴 사람이 이미 여럿 있었나보다. "달팽이는 어떻게 생식하나요?"라는 질문이 이미 몇 달 전에 등록되어 있었다. 그 질문에 대한 답글들이 화면을 가득 채웠다. 가장 많이 조회된 답글 순으로 클릭했다. 인터넷에서는 뭐든 숫자가 큰 쪽을 선택하는 것이 상책이다. 숫자가 크다는 것은 그만큼 많은 사람들의 호기심을 충족시켜주었다는 뜻일 테니. 우선 별 다섯 개를 받고 이백칠십아홉 명의 호기심을 충족시킨 답글.

달팽이는 암수 구분이 없습니다. 5월부터 6월까지가 산란기인데 비슷한 크기의 짝을 만나면 석회질로 된 하얀 관을 상대의 목에 찔러넣어 정자가 들어 있는 주머니를 주고받습니다. 이 과정은 대략 한 시간쯤 걸립니다.

윗분의 말씀과 같이 달팽이는 암수가 한몸입니다. 그러나 자웅동체라고 해서 생식기가 한곳에 붙어 있는 것은 아니고 따로 떨어져 있습니다. 수컷은 정자를 암컷은 난자를 만듭니다. 두 마리가 서로 상대에게 상반되는 생식기를 접촉해서 동시에 수정하는 것입니다.

백팔십다섯 사람의 호기심을 충족시킨 그 지식은 별 세 개의 평가를 받았다. 다른 지식들도 크게 다르지 않았다. 달팽이가 자웅동체이긴 하지만 스스로 생식하는 것은 불가능해서 다른 달팽이를 필요로 한다는 사실에는 별 이견이 없었다. 달팽이를 퇴치

하기 위해서는 서로 머리를 맞대고 있는 녀석들부터 해치워야
했다.

달팽이에 관한 지식과 정보를 뒤적거리던 나는 달팽이를 삼킨
사람들이 제법 많고 심지어 그들이 인터넷에 클럽을 만들었다는
사실을 알게 되었다. '달팽이를 삼킨 사람들의 모임'이라 했다.
뜻밖의 소득이었다. 달팽이를 삼킨 사람들의 존재가 확인된 이
상 내가 삼킨 것은 달팽이에 관한 환상이 아니라 달팽이라는 점
이 분명해졌다. 반가운 마음에 달팽이를 삼킨 사람들의 사연을
한달음에 읽었다. 그들은 상추쌈을 먹다가 약수터의 물을 마시
다 달팽이를 삼켰다. 토마토를 먹다 삼킨 사람도 있었다. 값비싼
달팽이요리를 먹으러 프랑스식 레스토랑에 다니게 되었다는 사
람부터 해마다 라스베이거스에서 개최되는 달팽이 경주대회에
참가하기 위해 달팽이를 맹렬히 조련중이라는 사람까지 달팽이
를 삼킨 사람들의 반응은 그들이 달팽이를 삼킨 사연만큼이나
천차만별이었다. 그중 내 눈길을 사로잡은 것은 독산동에 산다
는 한 사내의 이야기였다.

사내는 달팽이를 삼킨 후 농약을 친 야채 냄새만 맡아도 재채
기를 하게 되었다. 농약으로 키운 작물을 먹어온 지난날의 무분
별한 섭생에 대한 자책으로 한동안 잠을 이루지 못했다는 그는
대형 할인매장 웰빙식품 코너의 유기농 채소 담당 매니저로 일
하게 되었다고 했다. 사연은 각양각색이었지만 달팽이를 삼키고
나서 삶이 어떤 식으로든 달라졌다는 점에서는 예외가 없었다.

달라진 삶에 만족하는 사람도 있었고 그렇지 못한 사람도 있었다. 가끔 오프라인에서 만나기도 하는 모양이었다. 만나서 달팽이에 관한 정보를 교환하기도 하고 달팽이로 인해 달라진 삶의 애환을 공유하기도 하나보다.

집 앞에 낯선 여자가 서성이고 있었다. 무슨 일이냐고 물었다. 이 집에 사는 사람이냐고 여자가 되물었다. 귀에 익은 목소리였다. 아내에게 대리출산을 의뢰한 사람이라는 것을 나는 어렵지 않게 짐작할 수 있었다. 나는 그렇다고 대답했다. 여자는 아내의 이름을 댔고 나는 남편 되는 사람이라고 말했다. "처음 뵙겠습니다"라고 여자가 어색하게 인사했다. 어색한 대면이 곤혹스럽기는 나도 마찬가지였다.

"혹시……"

나는 할 말을 찾지 못해 머뭇거리다 마지못해 입을 열었다. 여자의 곤혹스러워하는 태도가 자신을 소개할 마땅한 말을 찾지 못해 당황하는 것으로 보였기 때문이다. 여자는 고개를 끄덕이는 것으로 답을 대신했다. 여자는 아내를 보고 싶어했다. 아무리 벨을 눌러도 전혀 기척이 없다는 것이었다. 어디 바람 쐬러 나갔나보다고 내가 말했다. 통화하기가 너무 힘들어서 이렇게 직접 찾아왔으니 돌발적인 방문의 결례를 부디 양해해달라는 여자의 말에 나는 "이해합니다"라고 말했다. 여자의 말투와 태도에서는 곱게 자란 사람 특유의 온순함이 느껴졌다. 아마 이번 일이 여자에게는 최초이자 최대의 시련일 것이다. 태아와 산모에게는 정말 별일 없냐고 물어왔다. 여자는 울음이라도 터뜨릴 듯한 얼굴이었다. 별일 없으니 안심하고 돌아가라는 말에도 여자는 좀처럼 미련을 버리지 못했다. 단단히 벼르고 나온 듯 아내를 꼭 보고 가겠노라고 버텼다. 오늘 내로 반드시 전화하도록 하겠다는 약속으로 여자의 마음을 겨우 돌릴 수 있었다. 여자는 나에게 잘 부탁한다는 말을 세 번이나 하고서야 발길을 돌렸다.

집에 들어가보니 아내는 헤드폰을 머리에 쓴 채 벽에 기대앉아 있었다. 태교에 좋다는 바흔가 모차르튼가를 듣고 있을 테지. 집에 있으면서 왜 가만히 있었냐는, 물음이라기보다는 질책에 가까운 말에도 반응이 없자 나는 아내의 머리에서 헤드폰을 벗겨냈다.

"벨소리 안 들렸어? 애 엄마가 왔다 갔어. 오늘중으로 꼭 전화해달래."

"애 엄마? 누가 애 엄마야?"

아내의 신경질적인 반응에 나는 허를 찔린 것처럼 움찔했다. 일이 이상하게 돌아가고 있었다.

"당신 요즘 왜 그래?"

"내가 뭘?"

"얼마나 답답했으면 여기까지 찾아왔겠어?"

아내는 입술을 깨물며 나를 노려보았다. 노려보는 아내의 시선에는 적의마저 서려 있었다.

"당신 내 남편이야 그 여자 남편이야?"

표정은 경직되고 말투는 공세적이어서 딴사람 같았다. 경직된 표정과 공세적인 말투로 아내가 지켜내야 할 것이 무엇인지 나는 가늠할 수 없었다.

"더 받기로 한 천만원 포기하고 하나는 우리가 키우면 안 될까?"

아내는 나를 쳐다보지도 않은 채 말했다.

"말도 안 돼. 당신 제정신이야?"

나는 목소리를 높였다. 아내가 무슨 생각을 하는지 나는 종잡을 수 없었다. 종잡을 수 없는 아내의 속내가 자못 궁금하기도 했지만 아내가 속내를 털어놓을까 두렵기도 했다.

"뭘 그리 정색을 하고 그래. 한번 해본 소리야. 말이 안 될 건 또 뭐야?"

다행이었다. 한번 해본 소리라니. 아내에게는 좀 미안한 일이었지만 분명하게 못 박아둘 필요가 있었다.

"어차피 우리 애가 아니잖아."

그것은 언젠가 아내가 나에게 했던 말이기도 했다. 아내의 표정이 눈에 띄게 어두워졌다. 햇볕 잘 드는 뽀송뽀송한 방은, 방이 하나 더 딸린 전셋집은 어떻게 할 거냐는 말은 차마 하지 못했다.

우리 부부에게는 대체 무슨 일이 일어난 것인가? 달팽이 때문이었다. 달팽이를 삼킨 이후 모든 게 뒤죽박죽이었다. 아내는 시무뚝한 표정을 감추지 못한 채 상체를 둥글게 말아 부푼 아랫배를 감싸안았다. 한 마리 달팽이 같았다.

"놈들의 비밀을 다 알아냈어. 달팽이도 이젠 끝장이야."

농담이라도 해서 아내의 기분을 풀어줘야 할 것 같았다. 달래고 다독여서 의뢰인에게 전화하도록 해야 했다. 아이는 건강하니 계약이 순조롭게 이행되리라는 확신을 심어줘야 했다.

"달팽이가 어떻게 번식하는지 알면 당신도 놀랄 거야. 더 놀랄 얘기도 있어. 달팽이를 삼킨 사람들이 모임도 만들었더라고."

나는 준비한 말을 다 꺼내지 못했다. 갑자기 아내가 소리를 질렀기 때문이다.

"달팽이 얘기는 그만 해! 뱃속의 애들도 다 듣는다고!"

새끼 밴 고양이를 건드리면 저럴까. 서슬 퍼런 아내의 호통에 나는 말문이 막히고 말았다. 아내가 소리만 지르지 않았다면 달팽이를 삼킨 독산동 사내의 얘기도 들려줄 수 있었을 텐데.

나는 화장실로 향했다. 단칸방 월셋집에서 아내의 적의에 찬 시선을 피할 수 있는 곳은 거기밖에 없었다. 소변을 보려는데 변기에 달팽이가 붙어 있었다. 두 마리였다. 두 마리는 뭔가를 궁리하는 듯 머리를 맞대고 꼼짝도 하지 않았다. 생식을 하고 있는 것이리라. 인터넷에서 검색한 지식이 옳다면 서로의 정자를 교환하고 있을 테지. 나는 달팽이의 생태에 대해 훤히 꿰고 있었으므로 녀석들은 오갈 데 없이 죽은 목숨이었다. 녀석들을 어떻게 처치할까 궁리했다. 변기의 물을 내려 수장시킬 수도 있었다. 간편한 그 방법은 그러나 너무 싱거웠다. 생식중인 녀석들을 부러 떼어놓을 수도 있을 것이다. 떼어놓은 채 한 마리씩 해치울 수도 있었다. 감히 내 앞에서 번식을 도모한 것을 후회하도록 고통스럽게 숨통을 끊어줄 수도 있겠지. 소금이나 식초를 뿌려서 한 마리씩. 그러나 그것은 수고로운 방법이었다. 적당한 방법을 찾기 위해 나는 인터넷에서 검색했던 달팽이 퇴치법들을 골똘히 떠올렸다.

황홀한 사춘기

　서울에서 올림픽이 열릴 때 당신은 어디서 무엇을 했는가? 교실 한쪽 텔레비전 앞에 모여앉아 손에 땀을 쥔 채 레슬링 그레코로만형 결승전을 지켜보았을 수도 있을 테고 한 번도 들어본 적 없는 국가간의 시합이 펼쳐지는 필드하키 경기장에서 인솔교사의 감시를 피해 달아날 궁리로 마음이 분주했을 수도 있을 것이다. 어쩌면 벽안의 외국인에게 서툰 영어로 남대문시장이나 이태원 가는 길을 설명하느라 진땀을 흘렸을 수도 있겠지. 어디서 무엇을 했건 그 무렵은 당신에게 '좋았던 때'로 기억될 것이다. 거리는 장학시찰을 앞둔 교정처럼 말끔했고 공중화장실의 소변기까지 국제규격으로 산뜻하게 교체됐으며 택시운전사부터 이발소 아저씨까지 모두모두 친절했으니까. 무엇보다 새벽잠을 설치는 고역 없이 쾌적한 시간에 인류의 축제를 즐길 수 있었으니까. 그러나 사람들이 올림픽에 대한 추억을 되새길 때면 그는 입을 다물어야 했다. 당시 지구 반대편에 살았던 사람들도 공유하는 축제의 기억이 그에게는 전무했기 때문이다. 서울에서 올림픽이 열리던 무렵 그는 스파르타식 기숙학원에 있었다.

등용문 학원은 전년도 입시에서 원생 전원을 주요대학에 입학시켰다고 일간지에 대대적으로 광고를 냈다. '전원 기숙사 생활을 통한 엄격한 생활 지도! 최강을 자부하는 강사진의 맞춤식 학습을 통한 전원 합격 보장! 소수정예를 지향하는 최고의 학원, 원조 등용문!'이라는 광고카피 밑에는 학원이 배출했다는 합격생들의 명단과 그들이 진학한 대학교가 소개되어 있었다. 광고 하단에는 다음과 같은 주의사항도 덧붙여졌다. '최근 본원의 명성에 편승해 유사한 이름을 내건 학원이 우후죽순 생겨나고 있으니 학부모님께서는 절대 현혹되지 마시고 반드시 본원을 내방하신 후 등록하시기 바랍니다.'
재수생이 된 막내아들의 존재가 삶의 유일한 근심거리였던 그의 어머니는 신문광고를 보자마자 수화기를 들었다. 그녀의 눈을 번쩍 뜨이게 한 것은 '전원 합격 보장'이라는 과장된 문구도, 내로라하는 대학에 합격했다는 학생들의 명단도 아니었다. '전원 기숙사 생활을 통한 엄격한 생활 지도'라는 문구가 맘에 들었다. 그녀는 헤비메탈인가 뭔가 하는 괴이한 음악을 크게 틀어놓은 채 침대에 처박혀 있던 그의 등을 떠밀어 차에 태웠다. 경기도 어디쯤에 있다는 학원으로 곧장 달려갔다.

"군의 꿈은 뭔가?"

예비역 대령이라는 원장이 그에게 다짜고짜 물었다. 부모와 형제의 평판에 흠집을 내지 않는 것이 삶의 유일한 목표였던 그에게 '꿈'이라는 단어는 생소하기만 했다. 그가 우물쭈물하자 원장이 입을 열었다.

"창밖을 보게. 뭐가 보이나?"

원장의 거듭된 질문에 긴장한 그는 마른침을 삼키며 창밖을 살폈다. 황사 탓에 누렇게 더께가 낀 하늘만 보일 뿐이었다.

"하늘 아닌가요."

기어들어가는 목소리로 그가 대답했다.

"바로 그거야. 스카이! 서울대는 에스, 고려대는 케이, 연세대는 와이 합쳐서 에스케이와이 스카이. 하늘 높이 나는 새가 멀리 보는 법이야."

잠자코 있던 그의 어머니가 한마디했다.

"참고로 말씀드리자면 애 형과 누나는 모두 서울대에 갔답니다. 형은 사법연수원에 있고 어릴 적부터 피아노 다루는 솜씨가 남달라 음대에 갈 줄 알았던 누나는 제 아비 병원을 물려받겠다며 의대에 갔고요."

잠시 침묵이 흘렀다. 초봄의 실내는 햇볕도 들지 않고 난방도 하지 않아 서늘했다. 그는 한데서 소변이라도 본 듯 진저리치면서 원장실 한쪽 벽을 독차지한 장식장에 눈길을 던졌다. 마호가니 장식장에는 각종 감사패와 위촉장이 즐비했다. 청소년 선도

위원 위촉장, 바른나라만들기운동본부 경기지부장 위촉장, 전국
사교육운영자협회 이사 위촉장, 서울올림픽 조직위의 감사패,
로열컨트리클럽에서 증정한 홀인원 기념패 등등.

"그렇다면 더욱 잘 오셨습니다. 본원의 원훈을 말씀드리자
면……"

"하면 된다군요."

"그걸 어떻게?"

원장이 놀라움을 감추지 않으며 물었다.

"저기 액자에 적혀 있네요."

그의 어머니가 별거 아니라는 투로 대답했다.

"대단하십니다. 사모님! 본원을 믿고 아드님을 맡겨주신다면
본원의 원장인 제가 책임지고 서울대에 입학시키겠습니다."

원장과의 상담 후 그의 어머니는 곧바로 등록서류를 작성했
다. 등록을 마무리하기 위해 다음과 같은 내용의 각서에 사인해
야 했다. '자녀의 합격을 위해 본원의 교육방침에 어떤 이의도
제기하지 않는다. 본원의 교육철학을 존중하지 않는 원생은 언
제든 퇴원시킨다. 퇴원시 본원은 선불로 받은 등록금의 반환에
대해 책임지지 않는다.' 그의 어머니는 흔쾌히 서명했다.

대학병원에 근무하던 그의 아버지가 진단방사선과 간호사와
위험한 열정을 불태울 때 그의 어머니는 세번째 아이를 뱃속에
담은 채 박사논문을 준비중이었다. 자료를 찾기 위해 서재를 뒤
지던 그녀는 남편의 대학 졸업앨범 사이에 끼워진 수상쩍은 서

류봉투를 발견했다. 서류봉투에서 나온 엑스레이 사진 하단에는 다음과 같은 글이 하얗게 새겨져 있었다. '뼛속까지 당신을 사랑하는 당신만의 나.'

정부의 아담한 상체를 지탱하는 뼈들이 찍힌 사진을 아내가 눈앞에 들이밀었을 때 그의 아버지는 기왕에 누리고 있던 것들을 지키기 위해 사랑을 부정했다. 그의 참회 속에서 입을 앙다문 뼈들의 주인은 능력 있고 매력적인 유부남을 유혹하는 파렴치한 암캐로 전락했다. 남편에게서 자백을 받아낸 그의 어머니는 이번에는 암캐의 정체가 궁금해졌다. 그녀는 엑스레이 사진의 주인을 확인하기 위해 병원으로 달려갔다. 품위를 잃지 않기 위해 초인적인 자제심을 발휘하며 진단방사선과 대기실에 도사리고 앉았다. 남편이 토설한 이름이 적힌 명찰을 단 간호사는 카운터를 지키고 있었다. 예상과 달리 여자는 평범했다. 피부는 까무잡잡했고 눈은 째졌으며 코끝은 둥글었다. 남편과 놀아난 간호사가 너무 평범해서 그녀는 분노를 가눌 수 없었다.

"아지매 임신중에 엑스레이 찍으만 큰일난다 아닌교."

붕대로 머리를 동여맨 환자복 차림의 중년 사내가 그녀 곁에 앉으며 참견했다. 우렁찬 목소리 탓에 주위 사람들이 흘깃흘깃 쳐다보았다.

"아지매 이 링거병 쪼매 들고 있을랑교. 미친년 치마맹키로 바지가 자꾸 흘러내린다 아닌교."

남편의 엑스레이 사진을 돌려받으려던 당초의 계획도 잊은 채 그의 어머니는 황망히 병원을 빠져나갔다. 그날 밤 그녀는 분을 삭이지 못하고 남편에게 바락 소리질렀다.

"넌 자존심도 없냐?"

자신을 존중하지 않는 여자와 더이상 같이 살 수 없다며 남편이 이혼을 요구했을 때 그의 어머니는 복수를 결심했다. 이혼서류에 선선히 도장을 찍어줄 수는 없었다. 자신을 모욕한 대가를 치르기 위해 남편은 평생 굴욕을 곱씹어야 마땅하다고 그녀는 생각했다. 복수를 위해 그녀는 남편에게 개업을 제안했다. 정부를 배신한 대가로 그의 아버지는 자신의 이름을 단 의원을 열 수 있었다. 이번에도 처가 덕이었다.

그의 어머니는 외가 쪽을 닮은 다른 형제와 달리 기품이라고는 찾아볼 수 없는 친가의 혈통이 날로 두드러져가는 그를 볼 때마다 진단방사선과 카운터 너머의 평범하기 그지없던 어떤 간호사를 떠올렸다. 그럴 때면 돌려받지 못한 남편의 엑스레이 사진이 새삼 가증스러웠다. 남편은 자신의 엑스레이 사진에 뭐라 적었을까? 궁금했지만 차마 묻지 못했다. 자존심 때문이었다. 복수심마저 시들해진 그즈음 그녀에게 그는 완벽한 가정의 유일한 오점이었다. 도피성 유학이 드물던 시절이었다. 요즘 같았다면 그는 경기도 어디쯤이 아니라 캘리포니아까지 날아가야 했을 것이다. 기숙사에 두고 온 막내아들이 맨몸이라는 사실도 깨닫지 못한 채 그의 어머니는 서울로 돌아오는 내내 카오디오에서 흘러나오는 팝송을 흥얼거렸다. 왓 어 원더풀 월드.

그의 어머니가 카오디오에서 흘러나오는 팝송을 흥얼거리고 있을 때 그는 기숙사 사감의 안내로 방을 배정받고 있었다. 원장은 사감을 김실장이라 불렀다. 김실장이라 불린 사내는 단단한 체격과 매서운 눈매의 소유자였다. 쏘아보는 눈빛은 덫 주위에 매복한 채 사위를 경계하는 밀렵군의 그것 같았다. 오슬오슬한 공기에도 불구하고 김실장은 선홍색 반팔티셔츠 차림이었으며 국방색 바지에 워커를 신고 있었다. 김실장이 걸음을 옮길 때마다 워커에서 모래 서걱거리는 소리가 났다.

학원 건물의 지하는 식당이었고 일층에는 교무실과 원장실이 있고 이층과 삼층은 강의실로 사용되었다. 맨 위층인 사층은 통째 기숙사로 쓰였는데 출입문 바로 앞에 사감실과 화장실이 마주 보고 복도 양편으로 각각 다섯 개의 방이 늘어선 구조였다. 김실장이 그를 데리고 간 방은 출입구로부터 가장 멀리 떨어져 있는 10호실이었다. 문을 열면서 김실장은 기숙사의 모든 방이 사 인실이라고 했다. 원목으로 짠 이층침대와 옷장과 사물함이 좌우 벽 쪽으로 붙어 있고 방 중앙에는 칸막이가 쳐진 책상 네 개가 보였다. 출입문 맞은편 벽 쪽의 미닫이창에는 쇠창살이 달려 있었다.

"룸메이트들은 외박중이다. 금일 십팔시까지는 복귀할 것이다. 기숙사 생활에 대한 자세한 사항은 룸메이트들이 상세히 설명해줄 거다. 개인 사물은 없나?"

김실장이 그에게 물었다. 짐을 챙길 겨를도 없이 떠밀려온 그였다. 집을 나설 때만 해도 돌아가지 못할 거라고는 생각도 못 했다. 그는 집으로 전화할 수 있는지 물었다.

"사감실에 전화기가 있다. 그러나 원생은 규정상 사적으로 사용할 수 없다. 용건을 말해주면 대신 전해주겠다."

김실장의 대답은 단호했다.

"룸메이트들이 복귀할 때까지 내무반에 대기하고 있다가 십팔시 식당에서 석식을 먹도록. 참! 금일은 휴무일 테니 명일 저녁식사 시간에 읍내 이발소에 가서 머리를 삼 센티 이내로 자르도록. 질문 있나?"

그는 이렇게 대답하고 말았다.

"네! 알겠습니다."

기숙사생들은 원칙적으로 외부와 접촉할 수 없었으며 한 달에 한 번 토요일 정오부터 일요일 오후 여섯시까지 외박을 나갈 수 있었다. 그가 등록한 날은 바로 그 일요일이었다. 그리고 그의 열아홉번째 생일이기도 했다. 다음날 자신이 요구한 것들을 잔뜩 싣고 온 운전기사가 원장실에 맡긴 생일케이크를 보고서야 그는 전날이 자신의 생일이었다는 것을 깨달았다. 생일 같은 것은 아무래도 좋았다. 세상에 태어난 날을 요란스럽게 기념하는 것을 그는 삶의 시시함에 대한 증거로 받아들였으니까. 삶에 대해 경외감을 갖고 있지 않기는 너덜너덜해진 국어교과서의 주인도 마찬가지인 듯했다. 창가 쪽 책상 위에 놓인 국어교과서 표지의 제목은 '죽어'로 바뀌어 있었다. 책상 머리맡 칸막이에는 일과표가 적힌 A4용지가 붙어 있었다.

6:00∼6:30 기상 및 운동, 6:30∼7:00 세면, 7:00∼8:00 아침자습, 8:00∼9:00 조식, 9:00∼12:00 오전강의, 12:00∼13:00 중식, 13:00∼18:00 오후강의, 18:00∼19:00 석식, 19:00∼21:00 야간자습, 21:00∼22:00 청소 및 휴식, 22:00∼25:00 야간자습

그는 초등학생 시절 방학에 즈음해 담임교사에게 검사를 맡던 방학 생활계획표를 떠올렸다. 수면과 식사시간을 제외한 하루 대부분의 일과를 공부라고 적어넣었던. 일과표 하단에는 '십 년 후 나는 어디서 무엇을 하고 있을까?'라는 문장이 빨간 펜으로 적혀 있었다. 십 년 후? 그것은 상상할 수 없을 정도로 아득한 미래로 여겨졌다. 그는 스무 살이 되기 전에 죽어버려야겠다는 낭만적인 열정을 품고 있지 않았으며 스무 살 이후의 삶에 대해 목가적인 기대도 갖고 있지 않았다. 자신을 표현하는 데 어려움을 호소하는 사람들이 대개 그러하듯 그는 타인의 시선을 의식한 나머지 자신의 뜻과 어긋나는 말과 행동으로 스스로를 당황케 했고 그럴수록 타인의 시선에 진땀을 흘렸다.

그는 하루빨리 늙어버리기를 바랐다. 그에게 늙는다는 것은 타인들이 생각보다 자신에게 무관심하다는 자명한 진리를 깨우

칠 정도로 현명해진다는 것을 의미했다. 십 년 후면 스물아홉. 자살하기에는 늦은 나이였고 아버지가 되기에는 이른 나이였다. 그가 어렸을 때 즐겨 보았던 공상과학만화나 영화에서 1999년 지구는 다양한 이유로 어김없이 멸망했다. 스피노자라면 사과나무를 심었을 테지만 그는 사과나무가 어떻게 생겼는지 구경도 못했다. 보여주지 않는 것이 없는 텔레비전도 사과나무 따위에는 관심이 없는지 그것을 보여준 적 없었다. 그는 선잠에 빠져들듯 몽상에 잠겼다. 내일 지구가 멸망한다면 눈매가 고운 여자와 밤새 사랑하다 인류의 마지막 날이 밝는 것을 함께 지켜봐야지. 바야흐로 그는 때늦은 사춘기를 맞이하고 있었다.

사춘기가 되면 소녀들은 자신이 사랑해줄 사람을 찾고 소년들은 자신을 사랑해줄 사람을 찾는다. 사랑받지 못한 소년은 위험하다. 사랑받지 못한 소년의 황량한 영혼을 잠식한 자기 연민만큼 극단적인 충동은 없으니까. 그는 누군가로부터 사랑받아본 기억이 없었다. 그의 아버지는 사랑 대신 자신의 이름을 딴 병원을 택했다는 열패감 때문에, 그의 어머니는 남편의 외도가 가져다준 모욕감 때문에 막내아들에게 마음 쓰지 못했다. 사랑을 받아본 적 없었으므로 누군가를 사랑한다는 것이 어떤 것인지 그는 알지 못했다. 심지어 자신을 사랑한 적도 없었다. "그 잘난 병원은 누가 마련해줬니?"라는 조소로 마무리되곤 하던 부모의 잦은 다툼조차 사랑 때문이라 했다. 그에게 사랑은 신의 덕목이지 인간의 덕목이 아니었다.

때늦은 사춘기에 접어든 그에게 사랑은 필연적으로 성적 몽상을 환기했다. 또래의 애들이 들려주는 경험담이나 친구 집에서 본 포르노비디오는 그의 상상력을 자극하지 못했다. 친구들의 경험담은 미심쩍었고 포르노비디오는 뻔뻔스러웠다. 그에게 필요한 것은 몽상을 타오르게 할 영감의 불씨였다. 그의 가난한 영혼에 한 줄기 빛을 던져준 것은 누나 방에서 훔쳐본 하이틴로맨스였다. 그곳에서 사랑은 맹목적인 교접이나 파괴적인 욕구가 아니라 섬세한 유혹과 운명적인 매혹이었다. 정염에 눈떠가는 여자 주인공의 심리를 읽는 것은 매번 그를 흥분시켰다. 그제야 그는 또래 친구들의 경험담이나 포르노비디오를 왜 불편해했는지 알 것도 같았다. 하지만 웃음거리가 될 게 뻔했기 때문에 자신의 취향을 공공연하게 드러낼 수는 없었다.

아침 여섯시만 되면 스피커에서 어김없이 폭발하는 바그너의 〈발퀴레의 출정〉을 듣지 않기 위해 베개로 귀를 막으며 시작하는 팍팍한 일과가 고단할수록 그는 몽상에 집착했다. 그곳에서는 텔레비전도 볼 수 없었다. 워크맨으로 듣는 헤비메탈은 도색잡지 말미에 실리는 독자 체험수기처럼 시답잖았다. 머리조차 마음대로 기를 수 없었다. 등록 이튿날 저녁식사 후 이십 분 넘게 걸어간 읍내 이발소의 사내는 등용문 학원에서 왔냐고 물은 뒤 서슴없이 그의 머리에 바리캉을 들이댔다. 그는 머리카락이 잘려나가는 것을 보고 싶지 않아서 거울 위 벽에 걸린 액자들을 노려보았다. "인내는 쓰다 그러나 그 열매는 달다." "삶이 그대

를 속일지라도 결코 슬퍼하거나 노여워하지 말라." 지금 여기서
대체 무엇을 하고 있나? 라고 그는 자문했다. 그런 식의 질문은
언제나 고통스러웠고 마음 쓸쓸한 것이었다. 몹쓸 꿈을 꾸고 있
는 것만 같았다.

"학생 좀 가만히 있어. 자꾸 꼼지락거리니까 각이 안 나오잖
아."

이발소 사내의 입에서 시큼한 막걸리 냄새가 끼쳐왔다.

사생활을 차압당한 금욕의 나날이 그의 눈앞에 펼쳐져 있었
다. 퇴원하겠다고 하면 가족은 그를 쓰레기 취급할 것이 분명했
다. 그러나 정작 두려움의 대상은 가족의 멸시가 아니라 그것을
거부감 없이 받아들이게 되는 것이었다. 애당초 선택의 여지가
없었다고, 자신의 의지와 무관하게 태어난 인간이 선택할 수 있
는 것은 오직 죽음의 방식뿐이라고 그는 스스로를 위로했다. 죽
음이야말로 상투적인 삶이 선사하는 유일한 미스터리였다. 한
번도 가본 적 없는 나라의 기후와 특산물을 외다 주먹을 불끈
쥐게 만드는, 대상을 종잡을 수 없는 분노에 치를 떨 때면 그는
그런 상념을 의식적으로 되새겼다. 그리 하면 존재하는 모든 것
들이 가여워 분노도 거짓말처럼 잦아들었다. 그러나 사랑의 경
험도 없이 죽을 생각이 그에게는 눈곱만큼도 없었다. 사랑이야
말로 죽음을 경험할 수 없는 남루한 삶이 허락한 유일한 불꽃놀
이였다. 선택의 여지가 없었으므로 그는 이발소의 지저분한 거
울에 비친 자신의 모습을 받아들일 수밖에 없었다. 거울 귀퉁이

에 부착된 스티커 속에서 올림픽 마스코트인 호랑이가 미소짓고 있었고 '세계는 서울로 서울은 세계로'라는 캐치프레이즈도 보였다.

그즈음 세상은 올림픽 준비로 벅적댔으나 학원에 갇힌 그의 일상은 폴리스라인으로 통제된 살인 현장처럼 을씨년스러웠다. 한 달에 한 번 외박하고 들어올 때마다 묻혀오는 들뜬 세상의 비릿한 공기가 아득해질 즈음이면 학원생들은 험악해지거나 침울해졌다. 그들은 현상수배범 같은 얼굴로 어깨를 부딪치며 미간을 모으거나 금단증상을 보이는 아편중독자처럼 초점 없는 눈을 희번덕거리며 어깨를 늘어뜨렸다. 김실장이 바빠지는 것도 그 무렵이었다. 학원의 규정을 사소하게라도 어기는 학생은 김실장이 휘두르는 몽둥이의 먹잇감이 되었다. 바그너의 폭주하는 음악에도 불구하고 침대에서 게으름피우거나 화장실에 쭈그리고 앉아 담배연기로 도넛을 만들거나 머리카락의 성장을 방치하다 흠씬 두들겨맞았다.

김실장의 체벌에 앙심을 품은 원생이 외박을 나가 가출하기도 했다. 그의 룸메이트 중 한 명인 J였다. 이목구비가 갸름하고 해사해서 미소년의 분위기를 자아내는 J는 미팅을 앞두고 머리를 자르지 않겠다고 버티다 김실장에게 흠씬 두들겨맞은 뒤 읍내 이발소로 질질 끌려갔다. 가출 사흘 만에 제 발로 집에 들어간 J는 김실장의 폭행을 참을 수 없어 집을 나갔다고 항변하다

약해빠진 놈이라며 아버지로부터 호되게 얻어맞았다. 한 달 학원비가 국립대 한 학기 등록금에 육박하는 등용문 학원이었다. 원생들의 부모는 행세나 한다는 사람들이었다. 그들에게 아들의 명문대 입학은 부와 명예의 대물림을 위한 보험이었으며 그제까지 쟁취한 성과 위에 찍는 방점이었다. 아들의 명문대 입학 여부가 유일한 관심사였던 그들은 체벌에도 관대했다. 그들이 정작 경계했던 것은 이성교제였다.

그들의 신념은 확고했다. 끓어오르는 혈기에 겨워 저지르는 한때의 불장난이야말로 아들의 운명을 돌이킬 수 없는 나락으로 떨어뜨릴 것이다. 아들의 인생에서 좌절의 기억은 한 번으로 족했다. 한 번의 패배는 영혼을 단련시키지만 반복되는 패배는 영혼을 좀먹고 말 것이다. 아들을 찾는 여학생의 전화가 걸려오면 수화기에 대고 이렇게 못 박았다.

"우리 아들 이번에는 꼭 합격해야 하거든. 무슨 뜻인지 알겠지?"

그들의 아들들은 이성교제의 유혹으로부터는 격리됐지만 고단한 꿈자리까지 쫓아오는 성욕과 봄햇살이 부신 창밖을 멍한 눈길로 하염없이 바라보게 하는 상실감에는 무방비로 노출되었다. 약간의 자괴감만 지불하면 되는 수음과 눈떴을 때의 허망함만 견디면 되는 몽정으로 성욕은 달랠 수 있었지만 상실감은 밑도 끝도 없어서 불치의 병처럼 나날이 깊어갔다. 한 달에 한 번 훔쳐보는 세상은 자신들만 따돌린 채 매일 축제를 벌이고 있는 것 같았다. 떠들썩한 세상을 뒤로하고 어둠과 적막에 잠긴 학원으로 돌아올 때마다 인생의 낙오자가 된 것만 같은 독한 상실감이 그의 영혼을 갉아먹었다.

"재수를 하면 인생을 생각하지만 삼수를 하면 죽음을 생각하게 돼."

그의 또다른 룸메이트 H는 입버릇처럼 그렇게 말했다. H는 삼수생이었다.

"이 개미를 보라구."

어느 봄날 저녁 휴식시간 H가 자신의 뿔테안경을 밀어올리며 말했다. H가 집게손가락으로 개미의 앞을 가로막았다. 개미는 머뭇거리다 방향을 바꿔 나아가려 했다. H의 손가락이 다시 개미의 앞을 막았다. 개미는 조금 전과 같은 동작을 반복했고 H는 손톱으로 개미의 더듬이를 끊었다. 방향감각을 잃은 개미는 우왕좌왕 내달았지만 제자리를 면치 못했다.

"잔인해요."

J가 말했다.

"저 개미는 다른 개미들한테 이렇게 말할 거야. 사위가 캄캄해지는가 싶더니 정체를 알 수 없는 거대한 물체가 나를 들어올렸어. 그리고 내 몸에……"

"요점이 뭡니까?"

J의 침대 아래칸을 쓰는 S가 H의 말을 잘랐다. S는 중학생 시절 학생회장이었다는 경력과 그제까지 세 명의 여자와 잤다는 확

인할 수 없는 편력과 목하 진행중이던 여대생과의 연애를 자긍심의 원천으로 삼았다. 올림픽이 끝나기 전에 그 여대생과 자는 게 목표였던 S의 기분은 대학의 학사일정에 좌우되어 MT시즌에는 침울했고 중간고사기간에는 여유를 되찾았다.

"외계인에게 인간은 개미 같은 존재에 불과해. 잡아서 장난치다 싫증나면 돌려보내는 거지. 히틀러도 외계인에게 납치됐었던 게 틀림없어. 2차 세계대전 당시 나치의 무기 중에는 당시 기술로는 불가능한 것들이 많았으니까."

H는 평소 있는 듯 없는 듯 하다 한번 입을 열면 다물 줄 몰랐다.

"그 짓을 할 때 여자가 왜 눈 감는지 알아?"

주위를 둘러보며 S가 말했다.

"부끄러워서겠지."

"남자가 외계인으로 변신할까봐."

J와 H가 동시에 대답했다.

"그 짓을 할 때 남자는 환상을 지우기 위해 눈을 부릅뜨고 여자는 환상을 지키기 위해 눈을 감는대. 그런데 남자가 품는 환상은 여자에 대한 것이고 여자가 품는 환상은 사랑에 대한 거래."

S의 설명이었다.

"누가 그래?"

그가 물었다.

"나오미의 생각이야."

"나오미?"

S의 대답에 그가 거듭 물었다.

"그래. 『황홀한 사춘기』의 주인공 나오미."

S는 표지가 타는 듯 빨간 책 한 권을 책상 위로 던졌다. 『황홀한 사춘기』라는 제목의 책 표지에는 세일러복을 입은 예쁘장한 여학생의 상반신 사진도 실려 있었다.

"그런 해괴한 말을 하다니 나오민가 뭔가 하는 애, 외계인에게 납치됐던 게 분명해."

H가 중얼거렸다.

"제목은 쌈빡한데! 재미있어?"

J가 어느새 책장을 넘기며 물었다.

"동생이 보고 있는 걸 뺏었는데 순진한 여고생이 성에 눈뜨면서 열라 호박씨 깐다는 빤한 스토리야. 중간에 실린 사진도 시시해."

S가 대답했다.

"나오미는 동급생 우에하라의 목소리를 들을 때면 가슴이 울렁거리고 나쁜 짓이라도 하다 들킨 것처럼 심장이 두근거렸다. 우에하라의 묵직하게 깔리면서도 달콤한 목소리는 나오미를 흥분시켰다. 어느 날 나오미는 영어교재를 읽는 우에하라의 목소리를 녹음했다. 그날 밤 나오미는 녹음기가 재생하는 우에하라의 목소리를 들으며 난생처음 오나니를 했다."

J가 책의 일부를 소리내어 읽었다.

"영어책 읽는 소리에 흥분했다고? 변태구만. 근데 오나니는 대체 어느 은하계의 언어냐?"

H가 물었다.

"그런 문장도 있었나?"

S가 머리를 긁적였다.

"오나니슴. 명사. 자위행위."

H가 국어사전을 펼쳐들고 뜻풀이를 또박또박 읽었다.

"형 목소리 들으니까 흥분되네."

S가 눈을 가늘게 뜨며 말했다.

"녹음기 어딨냐?"

J가 거들었다.

"외계인들도 올림픽 준비중인가? 이놈들 여태 안 잡아간 걸 보면!"

H가 콧방귀를 뀌며 말했다.

"근데 여기 사진 속 모델 말이야 아침 구보할 때 종종 지나치던 계집애 안 닮았어?"

S가 물었다.

"야산 너머 마을에 사는 여고생이 한둘이냐?"

J가 반문했다.

"거 왜 있잖아. 눈이 땡그랗고 단발머리에 촌스러운 나비 모양 머리핀 찌르고 다니는."

"글쎄 그런 것 같기도 하고 아닌 것 같기도 하고."

J가 사진을 찬찬히 들여다보며 말했다.

"외계인 눈에는 그놈이 그놈이고 그년이 그년이다."

H가 말했다.

그후로 아침 구보 때 부딪히던 야산 너머 마을의 어떤 여학생은 '나오미'로 불렸다.

『황홀한 사춘기』에 대한 S의 평가는 인색했지만 그의 생각은 달랐다. 『황홀한 사춘기』는 포르노그래피나 도색잡지 말미에 실리던 '충격 체험수기'와는 격이 달랐다. 중간중간에 삽입된 사진들은 독자의 상상력을 자극하기 위해 넘지 말아야 할 선을 아슬아슬 지키고 있었다. 사진 속 모델은 뭔가를 걸치고 있다는 사실 때문에 오히려 자극적이었다. 독자 투고가 아니라 잡지 편집자들이 지어낸 거라는 흉흉한 소문이 돌던 '충격 체험수기'와 달리 디테일은 풍성했으며 심리묘사는 치밀했다. 그는 『황홀한 사춘기』를 읽을 때마다 나오미의 삶을 훔쳐보는 듯한 짜릿한 기분에 사로잡혔다. 나오미의 고백은 그의 몽상을 활활 타오르게 하는 풀무였다. 지지부진한 모의고사 점수에 대한 낙담이나 장래에 대한 불안은 오히려 몽상의 불꽃을 거세게 만들었다. 세계 어디선가 자신을 향해 걸어오고 있을 자신만의 나오미를 머릿속에 그리며 그는 추억이라는 이름으로도 결코 돌아보고 싶지 않을 쓸쓸한 순간들을 견뎠다.

나오미가 저만치서 걸어오면 구보대열에 긴장감이 흘렀다. 언젠가 한 원생이 휘파람을 불었다가 김실장에게 몽둥이질당해 일주일 동안 파스 냄새를 풍기며 다리를 절었던 것이다. 사진 속 모델과 별로 닮지 않았다고 생각했던 그도 아침 구보중 나오미가 지나가면 괜히 얼굴을 붉혔다. 나오미와 부딪혀 넘어졌던 기억 때문이었다.

구보중이던 그를 옆에서 나란히 뛰고 있던 S가 고의적으로 밀쳤다. 중심을 잃고 대열에서 밀려난 그는 고개를 푹 숙인 채 마주 걸어오던 나오미와 엉켜 길바닥에 나동그라졌다. 학원생들은 부러움 섞인 야유를 보냈고 선두에서 뛰어가던 김실장이 욕설을 내뱉으며 득달같이 달려왔다. 나오미는 볼이 빨개진 채 울음을 터뜨릴 것 같았다.

"꼴통 새끼들!"

김실장의 군홧발이 그의 옆구리를 날카롭게 파고들었다. 뿌연 흙먼지 사이로 작아져가는 나오미의 뒷모습을 바라보던 그는 미안하다는 말도 못 했다는 사실이 못내 마음에 걸렸다. 나오미에게서는 라일락 냄새가 났다. 그후로 그의 꿈속에서 책 속의 나오미와 현실의 나오미는 하나가 되었다. 현실의 나오미라는 구체적인 대상을 숙주 삼아 그의 몽상은 더욱 강렬해졌다.

그해 여름은 유난히 해가 길었다. 서머타임 때문이었다. 그러니까 여섯시에 기상을 알리는 바그너의 음악은 실제로는 다섯시에 울리는 셈이었다. 일조량을 최대한 활용해 에너지를 아끼기 위한 것이라고 텔레비전은 설명했다. 친절한 텔레비전은 흐트러진 생체리듬을 추스르는 요령이나 늘어난 오후시간을 알차게 활용하는 방법까지 가르쳐줬다. 원기회복을 위해서는 점심식사 후 짧은 수면을 취하는 것이 도움이 될 것이며 일과 후에는 간단한 운동을 하거나 국제화시대에 대비하기 위해 외국어를 배우는 것도 나쁘지 않을 거라고 했다. 그러나 H의 견해는 달랐다. 외계인들이 시청하기 편한 시간에 올림픽 중계를 하기 위한 음모라고 주장했다. 이유야 어쨌건 사람들은 가외시간을 얻었다고 믿었다. 그해 여름에는 태양마저도 친절했다.

이 모든 친절도 그에게는 무의미했다. 그에게는 늘 잠이 부족했다. 아침운동 시간에 학원 뒤 야산을 오르며 졸았고 미적분 문제를 풀다가 연습장에 이마를 처박았으며 밥알을 씹다가도 눈을 비벼댔다. 10호실 원생들은 금쪽같은 외박시간을 쪼개 극장에서 〈지옥의 묵시록〉을 보다가도 약속한 것처럼 모두 졸았다. 영화 중간에 귀에 익은 바그너의 음악이 귓전을 두들겼을 때 너나없이 자리에서 벌떡 일어나 뒷자리 관객들에게 원성을 샀다. 심지어 그는 자습시간에 김실장의 감시를 피해 『황홀한 사춘기』를 다시 읽다 꾸벅거리기도 했다. 날이 갈수록 『황홀한 사춘기』는 두툼해졌다. 말라붙은 침 때문이었다.

텔레비전을 잃은 슬픔에 비하면 수면부족의 괴로움은 차라리 견딜 만했다. 시야에서 텔레비전이 사라진 것은 그에게 일종의 재앙이었다. 그러니 평소에는 김실장과 눈이 마주치는 것조차 꺼리던 그가 사감실 청소당번을 손꼽아 기다리는 것도 무리는 아니었다. 사감실 청소는 기숙사 각 호실이 돌아가며 맡았는데 그때만큼은 텔레비전을 흘끔거릴 수 있었다. 잠깐이나마 훔쳐볼 수 있는 프로그램은 언제나 〈뉴스데스크〉였다. 평소 같았으면 거들떠보지도 않았을 테지만 사감실에서 찔끔찔끔 맛보는 뉴스는 여느 영화 못지않았다. 처절한 복수극에서부터 인간 승리의 휴먼드라마까지 그곳에는 없는 것이 없었다. 텔레비전 뉴스는 그가 무엇을 상상하건 언제나 그 이상을 보여줬다.

그날 사감실 청소는 10호실 몫이었다. 규정에 따르면 두 명은 호실을 나머지 두 명은 사감실을 맡아야 했다. H는 삼수생이라는 이유로 청소에서 언제나 열외였다. 10호실에서 S를 제외하면 누구도 그 점에 대해 불만을 품지 않았다. 사귀던 여대생에게 보낼 연애편지를 자습시간에 쓰다 김실장에게 덜미를 잡혀 곤욕을 치른 후 S는 사감실에 들어가는 것 자체를 꺼렸다. 그래서 사감실 청소는 언제나 그와 J의 몫이었다.

사감실은 정리정돈이 지나치게 잘되어 있었다. 옷걸이에 걸린 옷들은 구김 하나 없었고 서랍장 위에 차곡차곡 개켜진 수건은 네 귀가 한 치의 오차도 없이 맞춰져 있음은 물론 어두운 색은 아래쪽 밝은 색은 위쪽에 쌓여 있었다. 그러니 청소라고 해봐야 재떨이와 쓰레기통을 비우고 걸레로 바닥과 가구를 닦는 정도가 고작이었다.

정체불명의 사내가 생방송중인 스튜디오로 갑자기 뛰어들었을 때 텔레비전은 지하철 요금이 오를 거라고 말하려던 참이었다. 사내는 카메라에 얼굴을 들이대더니 다음과 같이 말했다.

"국민 여러분 내 귓속에 도청장치가……"

돌발상황에 화들짝 놀란 것은 아나운서만이 아니었다. 담배꽁초가 수북한 재떨이를 들고 있던 그도 걸레로 소파를 닦던 J도 벌어진 입을 다물지 못했다. 사내는 득달같이 달려든 스태프에게 제압당해 스튜디오 밖으로 끌려나갔다. 순식간에 벌어진 일이었다. 늘 상상하는 것 이상을 보여주는 텔레비전이긴 했지만 그는 눈앞에서 벌어진 상황을 어떻게 해석해야 할지 몰라 어리둥절했다.

"미친놈!"

김실장의 덤덤한 목소리였다. 김실장은 워커도 벗지 않은 채 침대에 드러누워 성냥개비로 귀를 후비고 있었다. 그로서는 텔레비전이 보여준 예기치 못한 해프닝보다 그것을 한마디로 일축해버리는 김실장의 태도가 더욱 놀라웠다.

그의 아버지는 이비인후과 전문의였다. 어렸을 적 그는 아버지의 책상 위에 놓여 있던 사람 머리 모형을 본 적 있었다. 모형의 앞쪽 조각을 떼어내면 귓속의 해부도가 드러났다. 사람의 귓속은 깊었고 많은 기관들이 들어차 있었다. 특히 달팽이 모양의 기관이 인상적이었다. 그후 한동안 그는 자신의 귀에 뭔가 들어갈지도 모른다는 두려움에 시달렸다. 귀에 물이 들어갈까봐 머리 감는 것조차 꺼렸다. 그는 김실장의 귓구멍을 들락거리는 성냥개비가 자신의 달팽이관을 콕콕 건드리는 것 같았고 세상이 자신을 비웃는 소리가 들리는 듯했다. 낙오자. 쓰레기. 올림픽 준비가 막바지에 접어들던 팔월 초순의 어느 저녁이었다.

날이 더워질수록 김실장의 통제는 더욱 가혹해졌고 학원생들은 일탈의 빌미를 찾기 위해 혈안이 되어갔다. 원생들에게 학력고사가 백 일 앞으로 다가왔다는 사실은 지나칠 수 없는 유혹이었다. 취침점호를 마친 뒤 불이 꺼지고도 한참이 지나도록 10호실에서 잠든 사람은 아무도 없었다. S가 침대에서 빠져나와 미리 준비해둔 검은 천으로 출입문 위의 쪽유리를 덮었다. 역시 침대에서 내려온 J가 초를 켜고 창가 책상 위에 고정시켰다. 그가 집에서 몰래 가져온 시바스리갈을 사물함에서 꺼냈다. 종이컵과 새우깡도 책상 위에 올려졌다.

"합격을 위하여!"

그들은 소리 죽여 건배했다. 희석시키지 않은 양주는 독했지만 모처럼의 일탈은 짜릿했다. 너나없이 말투가 어눌해지고 정신이 혼미해질 무렵 J가 진실게임을 제안했다. 진실게임의 룰은 간단했다. 누군가 한 사람을 지목해 질문을 던지면 지목당한 사람은 진실로 대답을 하거나 잔의 술을 비워야 했다. 그리고 다음 사람을 지목하는 식이었다.

"진짜로 잤냐?"

H가 S에게 물었다. S는 야릇한 미소를 흘리며 잔을 비웠다.

"유에프오를 진짜 믿어?"

이번에는 S가 H에게 질문을 던졌다. 반말이었지만 그 사실을 알아차린 사람은 아무도 없었다. 심지어 S 자신도 몰랐다. 불콰해진 H의 얼굴 위로 촛불빛이 비현실적인 느낌을 자아내며 너울거렸다. H도 단숨에 술을 마셨다.

"잘난 여대생하고는 어디까지 갔냐?"

H가 S에게 물었다. S는 이번에도 원샷으로써 진실을 은폐했다.

"자기들끼리만 마시네!"

J가 새우깡을 집어먹으며 볼멘소리를 했다. 양주병은 바닥이 멀지 않았다.

"진실은 사라지고 게임만 남았군. 게임은 이제 그만."

딸꾹질하며 그가 말했다. 아랑곳하지 않고 S가 입을 열었다.

"몇 년 몇 월생이냐?"

모두 숨을 죽였다. 창밖의 매미들이 갑자기 목청을 돋운 듯했다. H가 비틀거리며 일어났고 의자가 뒤로 벌렁 넘어졌다.

"잠깐 물 좀 빼고. 귀여운 동생들 형 잔에 절대 손대지 마. 손 내면 외계인이 잡아간다!"

H가 간신히 몸을 가누며 더듬더듬 문을 열고 복도의 어둠 속으로 사라졌다. 잠시 후 창밖에서 벼락같은 외침이 들려왔다.

"육 호실 팔 호실 십 호실 이 새끼들 안 자고 뭐 해! 전원 아래로 집합!"

창밖을 내다보니 김실장이 손전등으로 어둠을 휘저으며 소리 지르고 있었다.

"이쁜아! 오빠 여깄다!"

S가 창밖으로 내민 손을 흔들며 외쳤다. J가 황급히 S의 입을 틀어막았다. 백일주를 마시고 있던 곳은 10호실뿐이 아니었다. 김실장의 호통에 놀라 출입구 쪽을 향하던 원생들은 사감실 문을 활짝 열어젖힌 채 콧노래를 부르며 쓰레기통에 대고 볼일을 보고 있는 검은 그림자를 발견했다. H였다.

백일주의 대가는 혹독했다. 밤새 흙바닥을 구른 것은 시련의 서막에 불과했다. 김실장은 모든 호실을 샅샅이 수색했다. 공부에 필요한 것 외의 모든 물건이 압수되었다.『플레이보이』같은 성인잡지에서부터 워크맨과 펜팔로 받은 편지까지 압수물품의 목록은 다양했다. 대대적인 수색의 와중에 『황홀한 사춘기』도 빼앗겼다. 김실장은 불에 타지 않거나 고가인 몇몇 물건을 제외한 모든 압수물품을 보란 듯 학원 뒤뜰의 쓰레기소각장에서 태웠다. 불만은 많았지만 아무도 선뜻 나서지 못했다. 그러나 김실장이 외박에서 돌아올 때 가방을 뒤지자 원생들의 눈빛이 달라졌다. 지루하게 계속되는 더위가 그들의 인내심을 바닥까지 갉아먹고 개막이 임박한 올림픽이 박탈감을 부추기던 차였다.

"느그들 말이다. 명사에는 셀 수 없는 명사와 셀 수 있는 명사가 있는 거 알제? 셀 수 없는 명사에는 말이다 물고추가 있겠다. 물질명사, 고유명사, 추상명사. 물고추. 요놈들은 원칙적으로 복수형이 불가하겠다. 이리 외면 세계 평화를 지키는 데 아무 하자가 없겠다. 물고추는 셀 수 없다. 물고추가 줄줄 새기까지 하면 끝장이다 말이다."

걸쭉한 입담과 기발한 암기법으로 인기를 독차지하던 영어강사의 농담에도 원생들은 웃지 않았다. 극에 달했다는 느낌이었다. 원생들은 지뢰를 밟고 선 병사와 같았다. 그러던 차에 올림픽 개막식 중계방송을 보게 해달라는 요구가 묵살되었다. 대표로 의견을 전달했던 원생은 외박이 금지되기까지 했다. 결국 지뢰가 터지고 말았다.

외박 나간 그는 동네 이발소에서 가서 삭발을 요구했다.

"입대하나?"

이발소 사내가 물었다. 스파르타식 학원에 기숙하는 재수생이라고 말하는 것이 구차하게 여겨져 그는 "네"라고 대답했다.

"요즘 군대 가는 아이들은 삭발까지는 안 하던데. 해병댄가?"

거짓말의 결정적 단점은 한번 시작하면 멈출 수 없다는 것이다.

"네."

그는 건성으로 대답했다. 이발소 사내는 자신도 해병대 출신이라며 반색했다.

"월남전 때 사단장 당번 이발병이었지. 사이공 교외에 주둔할 때였어. 하루는 사단장님 면도를 하는데 갑자기 밖에서 콩 볶는 소리가 들리는 거야. 베트콩 아이들이라는 것쯤은 총소리만 들어도 알 수 있었지. 사단장님이 자리에서 벌떡 일어나 작전사령실로 달리시는데 나도 덩달아 뛰었지. 전화통은 불나지 총알은 휙휙 날아다니지 포연으로 앞은 뿌옇지 생지옥이 따로 없었지.

미군 전투기가 출동하고 나서야 베트콩 아이들이 물러갔지. 주위가 잠잠해지고 나서 보니 사단장님 턱이 말끔한 거야. 벤 자국 하나 없었어. 사단장님이 놀라시며 자네……라고 말끝을 흐리시더라고. 내가 말했지. 거품이 식지 않아 다행입니다. 사단장님이 말씀하셨어. 자네 목에서 피가 흐르고 있잖은가. 총알이 목을 스친 거였네. 사나이라면 뭘 하든 미치도록 달라붙어야 해. 그러면 죽음조차 비켜간다네. 그런데 자네 면회 올 여자친구는 만들어놨나?"

거울에 비친 이발소 사내의 목덜미에는 송충이 모양의 흉터가 보였다.

그가 집에 돌아갔을 때 가족들은 각오가 대단하다며 흡족해했다. 그러나 학원 관계자들의 반응은 우호적이지 않았다. 학원 입구에 모인 마흔 명 원생 전원의 머리가 노을에 붉게 물들어 있었다. 외박 나가 삭발한 것은 실제로는 삼십육 명이었다. 두 명은 곤두박질친 모의고사 점수 때문에 일주일 전 이미 읍내 이발소에서 삭발했고 한 명은 두피의 피부병 때문에 다른 한 명은 알려지지 않은 이유로 늘 삭발상태였다. 어쨌거나 노을에 물든 마흔 개의 머리통은 그들의 항의를 전달하기에 부족함이 없었다. 대열의 복판에 선 S의 손에는 다음과 같은 문구가 적힌 피켓이 들려 있었다.

'두발단속이 웬 말이냐? 여기는 소림사가 아니다.'

삭발투쟁이 제안되었을 때 다양한 요구가 터져나왔었다. 그중에는 올림픽 중계방송 시청을 허용하라는 것과 외박 횟수를 이 주에 한 번으로 늘려달라는 것도 있었으며, 비록 소수였지만 야 간자습 시간을 늘려달라는 것과 기상을 알리는 음악을 바꿔달라 는 것도 있었다. 기타 의견으로는 압수한 물건을 돌려달라는 것 과 소지품 검사를 중단하라는 것도 있었다. 그때 S가 나섰다.

"여러분! 자잘한 요구를 내걸면 거부당하기 십상입니다. 전장 에 나서는 장수가 맨 먼저 해야 할 일은 퇴각로를 머릿속에서 지우는 것입니다. 이게 안 되면 저거라도 해달라는 식은 곤란합 니다. 단 하나의 요구만이 우리의 의지를 적의 심장에 각인시킬 것입니다. 따라서 그것은 압도적이고 결정적이어야 합니다. 그 리고 상징적이어야 합니다. 여러분! 저에게는 대학교에 다니는 여자친구가 있었는데 지난주에 채었습니다. 밤송이랑 데이트하 느라 쪽팔렸다더군요. 여러분! 우리에게도 머리를 기를 자유와 머리가 짧다는 이유만으로 사랑을 잃지 않을 권리가 있습니다. 우리는 쓰레기가 아닙니다."

S가 연설을 마치자 여기저기서 박수가 터졌다. 쓰레기가 아니 라는 마지막 말이 그의 귓전에 맴돌았다.

원생들이 저녁식사까지 거부하자 학원측에서는 상황이 심상 치 않다고 판단했다. 원장이 골프웨어 차림으로 부랴부랴 달려 왔고 강사들의 자가용이 속속 도착했다. 원장이 나타나자 S가 피 켓에 적힌 구호를 선창하고 나머지 원생들이 목청껏 복창했다. 원장과 김실장이 굳은 표정으로 귀엣말을 주고받더니 강사들과 함께 원장실로 몰려갔다. 저녁까지 굶은 채 구호를 외치던 원생들은 자신들의 요구를 들어줄 것인지 여부를 숙고하는 것이라고 짐작했지만 원장실에서 오간 얘기는 그들의 기대와는 사뭇 달랐다. 그 시각 원장실에서는 처벌의 범위와 수위를 놓고 의견이 분분했다. 난상토론을 묵묵히 지켜보고 있던 원장이 입을 열었다.

"김상사!"

"네! 대대장님!"

김실장이 자리에서 벌떡 일어나며 대답했다. 거수경례라도 할 기세였다. 원장이 말했다.

"한 놈만 조져!"

S가 엎드려뻗쳐 자세로 몽둥이찜질을 당하며 신음을 토해내는 것을 지켜보면서 애당초 원생들이 품었던 분노는 나서지 않기 잘했다는 안도로 변해갔다.

"'왠 말이냐'가 웬 말이냐? 무식한 놈들아. '웬 말이냐'라고 써야지."

국어강사가 원생들을 노려보며 혀를 찼다. 대부분의 원생들이 침울한 표정으로 때늦은 저녁을 먹고 있을 때 그는 땅바닥에 쓰러져 끙끙거리는 S를 일으켜세웠다. 흙범벅이 된 S의 볼에 눈물이 흘러내렸다.

"씨팔. 쪽팔리게."

S가 소매로 눈물을 훔치며 중얼거렸다. S가 여대생을 정말 사랑했는지 모르겠다고 그는 생각했다.

"꼴통 새끼들. 의리는 있다 이거냐? 두고 보겠다."

김실장이었다.

"외계인은 뭐 하나 몰라."

H가 김실장의 귀에 들리지 않을 정도의 목소리로 중얼거렸다.

봉기는 실패했지만 소득이 없지만은 않았다. 원장의 '전격적 배려'에 따라 원생들은 매일 저녁 한 시간씩 올림픽 하이라이트를 시청할 수 있게 되었다. 사감실에 있던 텔레비전을 강의실로 옮겨와 원하는 사람은 누구나 자유롭게 볼 수 있게 된 것이다. 그러나 원장의 전격적인 배려도 10호실만큼은 비켜갔다. 김실장에게 10호실은 불순세력의 거점이자 모반의 본산이었다. 10호실의 원생들은 아래층에서 들려오는 텔레비전 소리를 애써 외면하며 자습해야 했다.

자고 나면 새로운 금메달리스트가 탄생했고 각본 없는 드라마가 완성됐다. '신의 궁사'로 불린 열일곱 살의 여고생은 금메달을 두 개나 따내는 기염을 토했으며 서른두 살의 노장 레슬링 선수는 머리를 네 바늘이나 꿰맨 채 우승을 차지하기도 했다. 각본 없는 드라마 속에서 스프링보드에 부딪혀 머리가 찢어진 다이빙선수는 부상을 딛고 이튿날 금메달을 목에 걸었고 백 미터 달리기 결승에서 누구보다 먼저 도착한 선수는 도핑테스트 결과 금지약물 복용 사실이 드러나 금메달을 박탈당하기도 했다. 그러나 이 모든 것이 그에게는 아래층에서 간간이 터지는 환호와 탄식이 실어나르는 풍문에 불과했다.

어느 저녁 아래층에서 들려오는 환호성 때문에 일부러 닫아놓은 10호실의 유리문이 진저리쳤다.

"금메달 한 개 추가요."

S가 침대에서 발톱을 깎으며 말했다.

"다섯 개째요."

J가 덧붙였다.

"레슬링? 유도? 아니면 복싱인가?"

그가 중얼거렸다.

"십 년 후 우리는 어디서 무엇을 하고 있을까?"

H가 음울한 목소리로 말했다.

나머지 세 명이 UFO라도 목격한 표정으로 H를 쳐다보았다. 쳐다보기만 할 뿐 누구도 선뜻 입을 열지 못했다. 침묵을 깨고 H가 말했다.

"십 년 후 그러니까 1998년 마지막 날 우리 만나자. 이십대의 마지막 날을 함께 보내는 거야. 저녁 아홉시 올림픽 기념탑 어때?"

"형은 그때 서른이잖아요."

J가 토를 달았다.

"그, 그러게……"

H가 말꼬리를 흐렸고 S가 H를 째려보았다.

"누가 문을 이렇게 쳐닫았어? 숨을 쉴 수가 없잖아!"

H가 과장된 몸짓으로 창문을 열어젖혔다.

"형이 그랬잖아요. 텔레비전 소리 듣기 싫다고."

때마침 아래층에서 해일처럼 밀려든 환호가 J의 지적을 삼켜버렸다. 그는 하루빨리 올림픽이 끝나기를 바랐다.

해가 짧아지고 아침저녁으로 선선한 바람이 옷섶을 파고들던 주말 저녁이었다. 외박을 나와 그는 텔레비전 뉴스를 보고 있었다.

"경기도의 한 외딴 마을 야산에서 여고생 김모양이 실종 오일 만에 변사체로 발견되었습니다."

기자가 사건개요를 전하는 동안 카메라는 변사체가 발견된 현장 주변을 스케치했다. 그곳은 원생들이 매일 아침 오르던 야산이었다. 멀리 학원 건물도 보였다. 성폭행 후 인적이 드문 곳에 사체를 유기한 범행수법으로 미루어 수사당국은 인근 지역에서 발생했던 부녀자 연쇄살인사건과의 연관 여부를 집중 조사중이라고 했다. 그는 나오미와 부딪혀 넘어지던 순간 일별했던 그녀의 명찰을 기억했다. 그녀의 성도 김이었다. 이름은 가물가물했다. 흔한 이름이었다.

변사체가 발견된 후 야산은 출입이 금지되어 아침운동은 학원 앞 공터에서의 국민체조로 대체되었다. 갖은 소문이 돌았지만 그로서는 야산에서 발견된 변사체의 신원을 확인할 길이 없었다. 쓰레기통을 비우기 위해 소각장에 갈 때마다 그는 어둠 속에 도사리고 있는 야산을 바라보았다. 죽은 여고생이 나오미가 아니길 그는 바랐다. 그녀의 성이 흔하다는 것이 그나마 위안거리였다. 국민체조를 건성으로 하면서 그는 길 쪽을 힐끔거렸다. 멀리 보이는 여학생들은 누가 누군지 구분할 수 없었다. 거리가 멀어 나비 모양의 머리핀은 확인할 수도 없었지만 그 시절 여고 생들은 누구나 그런 머리핀 하나쯤은 가지고 있기도 했다. 그들은 달리 어쩔 도리가 없다는 듯 하나같이 평범해서 모두가 나오미였고 같은 이유로 아무도 나오미가 아니었다.

올림픽이 끝나자 공기가 눈에 띄게 차가워졌다. 축제는 끝났지만 사람들은 올림픽 뒷이야기를 나누며 아쉬움을 달랬다. 그러나 그에게는 올림픽에 관해서라면 달래야 할 아쉬움 따위는 없었다. 찬바람이 불면서 학원은 초봄의 서슬 퍼렇던 면학 분위기를 되찾았다. 추석 연휴를 끝으로 학력고사 때까지 외박도 금지되었다. 모두들 숨죽인 채 책상에 엎드려 공부에만 매달렸다. 10호실도 예외는 아니어서 청소시간에 침대에 누워 있는 H에게 S가 주민등록증을 보여달라고 집적대는 것을 제외하면 조용하기만 했다. 긴장감으로 팽팽해진 적막의 나날이 별똥별처럼 다시는 돌아오지 못할 곳으로 이를 악물고 흘러갔다. 새벽까지 이어지는 자습시간이면 책장 넘기는 소리와 누구 것인지 모를 한숨과 역시 누구 것인지 모를 방귀 소리만이 칸막이 너머에 다른 존재가 있다는 사실을 새삼 일깨웠다. 출소를 기다리는 죄수의 심정으로 그는 강의실 칠판 한쪽 귀퉁이에 적힌 'D-XX'라는 표시를 기계적으로 확인했다. 이 작은 감옥을 벗어나면 더 큰 감옥이 기다리고 있을지 모른다고, 삶을 옥죄는 것은 죽음이 아니라 삶 자체일지 모른다고 의심하며.

호송중 달아난 탈주범들이 인질극을 벌이는 모습이 텔레비전으로 생중계되고 있을 때 그는 사감실에서 전화를 받고 있었다. 학원생에게 통화를 허락한 것은 이례적인 일이었다. 집에서 급한 전화가 걸려왔다는 것이었다. 그의 어머니였다.

"공부에 집중해야 할 너에게 이런 소식을 전해야 할지 얼마나 망설였는지 모른다. 하지만 너도 가족의 일원이고 이제 성인이니 당연히 알아야겠다 싶어 전화한다. 게다가 조만간 이사까지 하게 되었으니 연락을 하지 않을 도리가 없구나"라고 운을 뗀 뒤 그의 어머니는 본론을 꺼냈다. 평소와 달리 그녀는 격앙되어 중언부언했는데 요점만 간추리자면 그의 아버지가 예전에 헤어진 줄 알았던 간호사와 다시 만난다는 사실이 밝혀져 이혼을 결심하게 됐다는 것이었다. 모르긴 해도 예전에 헤어졌다던 것도 새삘긴 기짓말이었을 거라며 치를 떨었다. 그의 아버지는 빈털터리가 될 것이라고도 했다.

"간통죄로 확 집어넣고 싶은 마음이 굴뚝 같지만 그래도 명색이 너희 아버진데 차마 전과자로 만들 수는 없었다. 그 인간이 어떻게 나한테 이럴 수 있니? 참고로 말하자면 네 형과 누나는 나와 함께 살기로 했다."

수화기를 통해 들려오는 목소리는 떨리고 있었다. 그의 아버지는 스스로를 파멸시키면서까지 그녀의 자존심에 결정적 타격을 가했다. 그는 자신이 아버지에 대해 잘못 알고 있었나 싶었다. 경찰에게 틀어달라고 요구했던 '휴일'이라는 제목의 팝송을 들으며 인질범은 자신의 머리를 향해 총을 겨눴다. "유전무죄 무전유죄"라는 말을 남긴 채. 전화는 어느새 끊어져 있었다.

수화기를 내려놓던 그는 침대 밑에 치워진 낯익은 책을 발견했다. 『황홀한 사춘기』였다. 그는 책을 집어들고 슬며시 사감실을 나왔다.

그날 저녁 청소시간 그는 쓰레기통을 들고 소각장으로 갔다. 쓰레기통을 비운 뒤 그는 외투 안주머니에서 『황홀한 사춘기』를 꺼냈다. 한 장씩 뜯어 너울거리는 불꽃을 향해 던졌다. 사진이 실린 쪽이 탈 때는 푸르스름한 연기가 피어올랐다. 마지막으로 표지를 태웠다. 여자 모델의 얼굴이 타고 책의 제목이 그슬렸다. '황홀한'이 지워지고 '사춘기'라는 글자 위로 검은 소름이 돋았다. 그때 한 줄기 바람이 불어왔다. 타오르던 황홀한 사춘기의 마지막 한 조각이 바람을 타고 둥실 날아올랐다. 그것은 조금씩 재가 되어갔다. 한 마리 나비처럼 나풀거리며. 연기가 눈에 들어갔는지 그의 시야가 뿌옇게 흐려졌다.

학원에 들어서자 그의 눈앞이 뿌옇게 흐려졌다. 그는 안경을 벗어 렌즈에 돋은 성에를 목도리로 닦았다. 그는 원장실에 들러 차를 마시며 한담을 나눈 뒤 교무실로 향했다. 원장은 그의 대

학교 선배였다. 그를 집회에 처음 데리고 간 것도, 그에게 화염
병 제조법을 가르쳐준 것도 그 선배였다. 교무실에 앉아 강의
준비를 하고 있는데 그의 휴대폰이 울렸다. 아버지였다.

"밥을 비벼 먹으려는데 참기름이 안 보이는구나."

그의 아버지는 이혼으로 많은 것을 잃었다. 성공한 인생이라
는 평판에 금이 갔고 자신의 이름을 딴 의원 간판을 내려야 했
다. 그 모든 것을 포기하면서까지 얻으려 했던 사랑마저도 빈
껍데기만 남은 그에게 등을 돌렸다. 그에게 남은 것은 우울증과
종종 귀지를 파주는 막내아들뿐이었다.

"참기름 병은 개수대 위 찬장에 있어요."

"박선생도 빨리 결혼해야겠네."

옆자리의 국어강사가 말했다. 그는 대답 대신 미소를 지어 보
였다.

"샘! 빨간 마후라 봤어요?"

첫 강의를 시작하려는데 맨 뒷줄의 남학생이 불쑥 질문을 던
졌다. 지난 여름방학 때 여자친구와 동반가출했다가 부산의 어
느 주유소에서 잡혀온 녀석이었다.

"너희가 태어나기도 전에 만들어진 옛날 영환데 어떻게 아냐?
육이오나 국군의 날 특집으로 방영했나?"

그의 말이 끝나자 학생들이 와락 웃음을 터뜨렸다.

"샘 간첩이에요? 빨간 마후라도 모르고. 열라 구려!"

질문을 던진 남학생이 이마를 찌푸리며 말했다. 여기저기서

다시 웃음이 터졌고 영문도 모른 채 그가 함께 웃었다.

"수업 시작하자. 오늘은 명사의 종류에 대해 알아보자. 영어에는 셀 수 있는 명사와 셀 수 없는 명사가 있다. 셀 수 없으니까 당연히 복수형은 없겠지? 셀 수 없는 명사에는 고춧물이 있다. 고유명사, 추상명사, 물질명사. 고추의 물이 새면 곤란하겠지?"

그는 칠판에 자신이 말한 명사의 목록을 적었다. 남학생 몇이 낄낄거렸고 여학생의 야유도 들려왔다.

"첫사랑 얘기해줘요."

"피씨방 가서 한 겜 땡겨요."

"샘! 내일 뭐 하실 거예요? 저희는 보신각에 가기로 했는데."

강의실이 시끌벅적했다. 내일이 지나면 해가 바뀌고 그는 서른이었다. 그는 내일 저녁 올림픽 기념탑 앞에 서 있을지도 모른다.

작가는 어떻게 태어나는가:

김경욱이라는 소설기계의 탄생에 대하여

_서영채(문학평론가)

1

　김경욱이라는 작가가 있다. 1971년 광주에서 태어났고, 서울대 영문과를 나와 국문과 대학원에서 박사과정을 수료했다. 만 22세이던 1993년에 등단하여 지금껏 십육 년째 소설을 쓰고 있는 중이다. 그 동안 여덟 권의 책을 냈다. 네 편의 장편과 네 편의 단편집. 그러니까 이 책『위험한 독서』는 그의 이홉번째 책이고, 다섯번째 단편집이다. 평균적으로 보면 이 년에 한 권꼴로 책을 내왔던 셈이다.
　그의 이력에 관한 사실들은 책 날개 같은 곳에 다 밝혀져 있어 이 자리에서 특필할 만한 것은 아니다. 그럼에도 글의 첫머리에 이런 사실들을 늘어놓는 것은 무엇 때문인가. 몇 가지 사연이 있을 터인데, 이를테면 그의 이력을 들여다보면서 가장 먼저 떠오르는 질문은 이렇다. 집안의 촉망을 한 몸에 받았음이 분명한, 잘생기고 똑똑한 젊은이가 어쩌다 소설 같은 것을 쓰게 되었는가. 어쩌다 소설 같은 것이라고? 그렇다. 때는 바야흐로 1980년대가 끝나고 1990년대가 시작되는 시점, 이념의 시대가 끝나고 글로벌한 실용주의의 시대가 시작되는 초입이었던 시점이다. 부모의 입장에서 보자면, 신언서판이 고루 갖추어진 젊은이라면 모름지기 경세와 치국에 관한 일을 해야 마땅한 것이 아닌가. 뭔가 좀 그럴듯하고 남 보기에도 번듯한 일, 그런 게 어렵다면 하다못해 제 밥벌이하는 데 걱정 없는 일 같은 것, 작게는 안정적으로 세금을 내거나 크게는 그렇게 모인 세금을 다루는 일 같은 것. 그러니 부모라면 똑똑하고 잘생긴 아들이 법대나 의대 가기를 원할 것은 자명하지 않은가. 영문과에 진학하는 일이란 부모와 자식 사이의 어떤 타협점 같은 것일 수 있겠다. 학부 시절에 영어를 익히는 일 정도면 부모의 입장에서도 나쁘지는 않다. 험한 세상에서 능력 있는 사람이 되는 데 긴요한 문화적 자본을 축적하는 것이므로. 또 그 너머의 세계를 동경하는 자식의 입장에서도 차선의 선택일 수는 있다. 거기에는 영어 배우기 말고도 문학하기란 물건이 있으므로. 그래서 청년기의 형이상학적 갈증은 그것으로 어느 정도는 해소될 수 있을 것이므로.

하지만 문제는 한 청년에게 그 갈증이 참을 수 있는 수준을 넘어서는 일이다. 대체 형이상학적 갈증이란 무엇인가. 자기 앞의 삶에 눈을 뜨는 청년에게 있어 가장 견디기 힘든 것은 삶의 의미에 대한 질문이다. 밤하늘의 별을 보며 전율을 느꼈던 파스칼의 말을 빌리자면, 누가 도대체 나를 있게 했는가, 누가 나를 지금 이곳에 있게 했는가 하는 질문 같은 것. 그것은 초월적 질서가 모든 사람들의 삶을 장악하고 구획하고 조직하는 세계에서는 있기 어려운 질문이다. 삶의 의미에 대해 '왜'와 '어떻게'가 드러나 있지 않고, 드러나 있다 해도 서로 어울리지 않게 결합되어 있는 세계에서, 그 감옥 같고 정글 같은 곳에 혼자 내팽개쳐 있다고 느끼는 사람만이 가슴으로 맞닥뜨리게 되는 질문이 곧 그것이기 때문이다. 마주치게 되는 계기는 다양할 것이다. 실연일 수도, 진학의 실패일 수도, 가정의 불화일 수도 있다. 어떤 것이건 간에 삶에서 비롯되는 이런저런 좌절과 실패가 그 자체를 넘어서 좀더 근본적인 삶의 무의미함으로 다가올 때 존재의 불안은 번개처럼 엄습한다. 어떤 극복으로도 메울 수 없고, 어떤 성공으로도 덮어 가릴 수 없는, 자기 안에 커다란 구멍이 있음을 깨닫게 된 청년은 비로소 성년의 입구에 서 있는 것이다.

스물누 살의 청년 김경욱에게 그 계기는 실연이었다. 거절당한 사랑의 상처를 다스리는 가장 현실적인 방법이 무엇인지는 누구나 아는 것이다. 다른 사랑을 만나는 것, 자기도 누군가에게 선택될 수 있음을 스스로에게 확인시키는 것이다. 그렇다고 해서 상처가 사라지는 것이 아님은 물론이다. 상처가 근본적으로 치유되기 위해서는, 누군가에게 상처받고 또 상처를 입히며 사는 것이 우리 삶의 자연스러운 과정이라는 것, 실연이란 자기에게 어울리는 짝을 만나기 위해 불가피하게 지불해야 하는 비용임을 제 스스로 깨달아야 한다. 세상은 절대 공평한 것이 아니되 결과적으로 보자면 공평할 수밖에 없다는 사실을, 머리로 이해하는 것이 아니라 가슴으로 받아들일 수 있어야 한다. 그러나 가슴이 뜨거운 청년들에게서 그런 차가운 각성을 기대하기는 어려운 노릇이다. 그러니 그저 그 상처에 붕대를 덮어 보이지 않게 하면서, 눈을 돌려 다른 세상과 다른 관심을 향하게 하는 것이 현실적일 것이다. 일찍이 1917년에, 실연당해서 자살하려 했던 한 처녀에게 작중인물의 입을 빌려 이광수가 들려주었던 말도 그런 것이었다. 세상에는 그것 말고도 중요한 일이 많다는 것.

그러나 다른 많은 경우처럼 김경욱에게서도 문제는 단지 실연의 상처만이 아니라 그 너머에 훨씬 더 무시무시한 구멍이 있음을 느껴버렸다는 점이다. 실연으로 인해 생긴 아픔이란 어쩌면 그 구멍을 은폐하기 위해 한 유기체가 동원하는 위장술일 수도 있다는 것을 어렴풋하게나마 알아차리게 되어버렸다는 사실이다. 구멍의 존재에 대한 느낌은 불안의 형태로, 라캉의 용어를 빌리자면 너무 가깝게 다가와버린 실재계의 위력에 대한 정서적 반응의 형태로 드러난다. 김경욱은 그것을 회한이라는 단어로 표현했다. 그는 자전소설이라는 이름으로 발표된 단편 「미림아트시네마」에서 그 순간을 이렇게 썼다.

가을에서 겨울로 넘어가는 어느 날이었다. 날씨는 더없이 맑아서 대기는 투명했고 하늘은 청명하기 이를 데 없었다. 그 무렵 그의 마음은 지옥이었다. 실연의 고통은 시간이 지나도 결코 희미해지지 않았고 스스로 지쳐버린 스물둘의 몸과 마음은 그 어떤 위안도 구하지 못했다. 한마디로 최악이었다. 그날 저물어가는 캠퍼스를 걸어내려오며 그는 묘한 기분에 휩싸였다. 들끓는 회한으로 가슴은 터져버릴 듯했지만 머리는 서늘하도록 명징했다. 그 기분이 그는 나쁘지 않았다. 오히려 맘에 들기까지 했다. 마치 오래전부터 그러리라고 마음먹었던 것처럼 그는 녹두거리의 문구점에서 노트 한 권과 모나미 수성플러스펜 한 자루를 샀다. 무엇을 하겠다는 계획은 전혀 없었다. 그냥 노트 한 권과 펜 한 자루를 샀을 뿐이다. 하숙방 책상 앞에 앉아 그는 노트를 펼쳐놓고 뭔가를 적어내려가기 시작했다. 그의 글쓰기는 그렇게 아주 사소하게 시작되었다.(『누가 커트 코베인을 죽였는가』, 문학과지성사, 2003, 331~332쪽)

그는 자신의 글쓰기가 아주 시소하게 시작되었다고 했지만, 그러나 그것이 그렇게 사소한 일일까. 그는 지금 자기 삶 뒤에 도사리고 있는 거대한 호랑이 아가리를 발견한 것이다. 그 호랑이 아가리는 묻는다. 말해라, 네가 원하는 것은 무엇이냐. 그 속으로 빨려들어가지 않기 위해서는 무언가 대답을 해야 한다. 무슨 대답이건 간에, 대답함으로써만 호랑이 아가리는 가려질 수 있다. 김경욱은 글을 쓰기 시작했다고 했다. 물론 이 경우의 글쓰기란 공무원시험 준비하기나 취업 준비하기 등과 동등한 위상을 지닌다. 막연하나마 자기 삶의 설계도를 가지고서 그 호랑이 아가리와 대면하는 일이란, 모든 청년들이 조만간의 차이는 있을지언정 한번은 감당할 수밖에 없는 일이라는 점에서 그렇다. 그렇다면 그는 무엇을 쓰기 시작했다는 것인가. 그의 이력을 염두에 둔다면 그의 등단작 「아웃사이더」 같은 단편소설이었으리라 짐작할 수 있다. 그러나 무슨 이름으로 불리건 간에 그것은 본성상 낙서이자 일기일 수밖에 없다. 심정에서 타오르고 있는 불은 객관적인 형상성을 거부하기 마련이다. 그것이 표현을 얻어 튀어나온다면 그것의 속성은 객관적인 것으로서의 소설보다는 주관적인 것으로서의 시에 가까울 것이다. 불타는 심정만으로 소설은 이루어지지 않는다. 시가 정오의 양식이라면 소설은 황혼의 양식이기 때문이다. 이것은 어느 쪽이 우월하냐의 문제가 아니다. 한 구절의 시가 보여주는 통찰의 깊이 혹은 정서의 높이는 그 어떤 대하소설의 육중한 질량도 능히 감당할 수 있다.

글을 쓰기 시작한 청년 김경욱에 대해, 그래서 우리는 이렇게 말할 수 있을 것이다. 이제 그는 작가의 세계로 가는 첫번째 관문을 통과한 것이라고. 자기를 거울에 비춰보는 일을 시작한 것이라고. 자기 삶을 전체로서 성찰하기 시작한 것이라고. 하지만 존재의 구멍을 느끼는 일이란 작가에게는 단지 필요조건일 뿐이다. 그것은 단지 출발점에 불과하다. 그의 등단작 「아웃사이더」에는 정서의 뭉텅이들이 떠다니고 있다. 고교생과 그를 가르치는 대학생이라는 두 인물이 나오지만, 그것은 주체와 거울상의 관계와 흡사하다. 둘 모두 한 몸이라는 것이다. 그것을 두 인물로 분리시키는 일이란 자기 자신을 둘로 나누는 일, 둘 사이에 대화를 시켜보는 일, 하나로 하여금 다른 하나를 짐짓 모르는 척 기술하게 하는 일과도 같다. 이것이 자기 성찰의 진정한 모습이 아니라는 것은 자명한 일이다. 거울 속에 있는 존재는 타자가 아니라 자기에게는 너무나 익숙한 대상이다. 말을 시키지 않더라도 무슨 생각을 하고 있는지는 속속들이 알고 있다. 그러니 둘 사이의 대화란 사실은 대화가 아니라 독백에 불과할 뿐인 것이다.

여기에서 한발을 더 나아가면 무슨 일이 벌어지는가. 유체 이탈이 감행된다. 거울을 들여다보고 있는 자기 자신을 타자의 시선으로 지켜보는 일, 거울 앞에서 자기 자신의 모습을 보면서 온갖 표정을 연출하고 있는 광대 같은 자기 자신의 모습을 그 바깥에서 지켜보는 일. 그 제3의 눈길을 의식하는 순간 거울도, 거기에 비춰지는 자기 지신의 모습도 덧없는 것이 된다. 거울에 비친 자기 모습이 진짜 자기가 아니라는 것, 자기와 매우 흡사하지만 결코 진짜 자기일 수가 없다는 것, 진짜 자기 모습을 보기 위해서는 거울이 아니라 다른 사람들의 눈동자 속을 들여다보아야 함을 알게 되는 것이다. 그래서 그 순간을 넘어서면 거울은 더이상 거울이 아닌 것이 된다. 거울은 단지, 어떤 모습도 되비추지 않는 검은 구멍이거나 혹은 그 너머로 수많은 사람들의 형상이 지나다니는 유리창이 되는 것이다. 검은 구멍을 향해 자맥질해들어가느냐 혹은 유리창을 통해 다른 사람들의 형상을 포착해내느냐 하는 것은 옵션에 지나지 않는다. 어느 쪽이건 간에 그 일을 시작한 사람들을 가리켜 우리는 비로소 작가라고, 혹은 성인이라고 말해줄 수 있다.

2

　우리는 지금 작가 김경욱의 아홉번째 책을 앞에 두고 작가의 탄생이라는 조금은 엉뚱한 이야기를 늘어놓고 있는 중이다. 무엇 때문인가. 단도직입적으로 말해보자. 우리는 이제야 비로소 그가 작가라는 소설기계로 태어나고 있음을 확인하고 있는 중이기 때문이다. 여기에서 기계라는 말로 지칭하고자 하는 것은 자의식이 없는 존재를 뜻한다. 투입과 산출 사이에 놓여 있는, 작동과 효과만으로 존재하는 감정 없는 실체. 물론 사람이 어떻게 자의식이 없을 수 있겠는가. 쉽사리 그런 의식을 겉으로 드러내지 않는 존재를 가리켜 기계라는 싸늘한 어감을 지닌 말로 불러보자는 것이다. 기계는 거울을 보지 않는다. 거울 보는 법을 몰라서가 아니라 거울을 보아도 달라지는 사태가 없음을 잘 알고 있기 때문이다. 청년 루카치는 소설이기 위해 필요한 두 개의 반성에 대해 말한 적이 있다. 하나는 자기 자신을 들여다보는 것, 또하나는 그런 자기 자신의 모습을 다시 바라보는 것. 두번째 반성의 시선을 확보하지 않으면 자기 자신이나 세상을 보는 것이 편벽되고 위태롭게 된다. 그러니 그것은 단지 소설이나 작가의 문제만이 아님은 자명하다. 기계란 아직 반성의 단계로 접어들기 전이거나 이미 두 차례의 반성을 거친 후의 존재들이다. 김경욱이라는 작가의 아홉번째 책에 대해 언급하는 자리에서 구태여 이런 이야기들을 상기하는 것은 1990년을 전후하여 스무살이 된 세대들이 감당해야 했던 독특한 정신적 상황 때문이다.

김경욱이 즐겨 쓰는 표현법을 원용하여 말하자면, 세상에는 두 부류의 소설가가 있다. 첫째는 주인공이 작가와 함께 나이를 먹는 경우, 둘째는 주인공은 어김없이 이십대로 고정되어 있는 경우. 첫번째의 대표적인 작가가 이광수라면 두번째는 염상섭이다. 물론 이분법에는 반드시 예외가 있다. 여기에도 또다른 옵션이 있다. 이상의 경우처럼 나이먹을 기회를 놓쳐버린 작가들. 첫번째 유형의 경우에 중요한 것은 소설이 아니라 소설가이다. 서사가 아니라 담론이 훨씬 더 중요한 경우리 헤도 좋다. 주인공은 작가의 분신으로서 사고하고 발언하고 행동하며, 독자들에게도 그렇게 다가간다. 이런 경우 작가는 단순한 이야기꾼이 아니라, 실천적 지성이거나 사제거나 혁명적 주체거나 모럴리스트거나, 어떻든 자기의 발언이 좀더 나은 세상을 만드는 데 기여해야 한다고 생각하면서 이야기를 만들어내는 경우에 해당된다. 반면에 두번째 유형은 자기 자신을 감추는 데 능한 사람들이다. 세상에 뛰어드는 일보다는 관찰하고 분석하는 쪽에 서 있으며 그래서 다른 목소리에게 자기 몸을 빌려주는 무당이나 중립적인 장인이나 무심한 기계에 가깝다. 첫번째 유형은 자기 생각을 거리낌없이 주장하는 반면, 두번째 유형은 좀처럼 자기 속내를 드러내지 않는다. 불가피한 경우라 하더라도 직접적인 방식이 아니라 간접적이고 우회적으로, 자기가 다루는 인물들의 입을 통해서라기보다는 그 인물들의 관계나 운명을 통해서 그렇게 한다.

소설 쓰기라는 점에서 보자면 둘 중 첫번째 유형이 좀더 근원적이라 할 수 있다. 근대를 대표하는 서사장르로서 소설이 지니고 있는 원초적인 힘은 고백하고자 하는 충동, 자기가 겪고 생각한 삶에 대해 말하고자 하는 충동에 근거한 것이기 때문이다. 그래서 두번째 유형이라 하더라도, 염상섭의 경우가 보여주듯 처음부터 소설기계로 출발한 것은 아니다. 고백을 거쳐 관찰로 나아가는 것이 소설적 파토스 일반의 진화의 순서에 해당된다. 물론 예외도 없지 않다. 1980년대의 복거일이나 1990년대의 은희경처럼. 사십대에 등단한 그들은 출발할 때부터 늦은 신인들이었다. 소설에서 고백적 충동이 지니고 있는 힘은 그것이 기본적으로 시간성에 의존하고 있다는 점에 기인한다. 고백자의 시선은 자기 삶을 하나의 완결태로 굽어보는 정신의 것이다. 여기에서 중요한 것은 모든 것을 변화시키는 힘으로서의 시간이다. 이를테면 칸트는 공간과 시간을, 직관의 외적 표상과 내적 표상의 형식으로 구분했다. 우리가 머릿속에 떠올릴 수 있는 모든 요소들을 제거하고도 남는 것, 예를 들어 책상과 걸상과 책들을 모두 치워버려도 남는 빈 방 같은 것이 직관의 외적 형식으로서의 공간이다. 그것이 있어야 직관이 가능하다는 점에서 선험적이다. 그러나 시간은 표상이 불가능하다. 시곗바늘이 움직이는 것이나 물이 흘러가는 것이나 나뭇잎이 떨어지는 것이나 모두 공간적인 이동에 불과할 뿐 그것이 시간성을 직접적으로 표상해줄 수는 없다. 그래서 직관의 두 형식 중, 시간은 공간과는 달리 오로지 내적 표상만이 가능하다는 것이다. 이런 점에서 시간이야말로 내면성의 출현에 결정적인 요소가 된다. 시간을 통해 타자의 시선을 획득한 고백자의 발언은 언제나 완료형일 수밖에 없으며 바로 그 순간 과거에 대해 기술하는 것으로서의 서사가 출현한다.

그러나 이런 고백의 형식이 소설적 시선의 탄생에 결정적인 것은, 그것이 단순히 과거에 대해 말하는 것이라는 사실 때문만은 아니다. 과거와 현재라는 두 개의 상이한 시간대를 설정할 수 있게 되는 것, 둘을 서로 마주 보게 함으로써 둘 모두에게 거울을 마련해주는 것, 곧 반성적 시선을 확보하게 해준다는 점이 중요하다. 두 개의 시간대가 마주 보게 되면 과거도 단순한 과거일 수 없고, 현재도 단순한 현재일 수 없다. 요컨대 현재성에 대한 의식에 시간이 개입해들어오는 순간은 의식에 다양한 층이 생기는 순간이며, 변화의 결과와 변화 가능성에 대한 개념들이 현재성의 의식을 꿈틀거리게 만드는 순간이기도 한 것이다. 그것을 타자성의 등장이라고, 자기 자신과 자신의 현실을 일순간 낯선 것으로 만드는 타자의 시선의 등장이라고 부를 수 있다. 단지 이야기하는 것만이 아니라, 그 이야기를 들려줄 만한 가치가 있는 것으로 만드는 힘, 의미 있는 것으로 만드는 힘이 바로 그 타자의 시선이다. 그 시선이 개입하는 순간 나는 수많은 사람 중의 하나가 아니라, 세상에 둘도 없는 유일한 개인이 된다. 개별성을 넘어서는 이같은 특이성의 출현이야말로 고백을 고백답게, 서사를 서사답게 만드는 요소이다. 요컨대 타자의 시선을 확보하는 것이 문제라는 것이다.

1971년생 김경욱은 1993년 이십대 초반의 나이로 등단했다. 이 사실이 강조되어야 하는 것은, 그가 1990년대에 등단했다는 것 때문도, 이십대 초반에 등단했다는 것 때문도 아니다. 둘을 합해야 의미 있는 것이 된다. 이런 점에서 김경욱은 그와 같은 해 등단한 1970년생 작가 김연수와 유사한 정신적 입지를 지니며, 1962년에 등단한 1941년생 김승옥과도, 또한 2003년에 등단한 1980년생 김애란과도 구분된다. 1990년대가 지니고 있는 특수성은, 1980년대까지 지속되어왔던 한국의 냉전적 정치상황과 1998년 이후로 본격화된 탈냉전적 문화적 토양 사이에서 일종의 과도기적인 것으로 존재하고 있다는 점이다. 다소 도식적으로 말하자면 이 변화는, 담론의 중심이 정치에서 문화로, 공동체에서 개인으로, 이념에서 윤리로의 변화를 뜻하는 것이라고 해도 좋다. 1990년대의 신세대 작가 김경욱은 말하자면 이런 변화의 사이에 낀 세대로 존재한다. 이런 시대에, 이제 갓 스물을 넘긴 작가 김경욱이 소설이라는 이름으로 무슨 이야기를 할 수 있을까. 어떻게 자신만의 특이성의 공간을 개진해나갈 것인가. 1980년대였다면 이십대적인 감수성은, 비록 그 자신의 힘만은 아니었을지언정, 그 시대가 지니고 있던 정치적 치열성과 결합함으로써 타자성의 공간을 열어낼 수 있었을 것이다. 기성사회가 지니고 있는 세계상과 다른 세계에 대한 꿈이 그들에게 타자의 시선을 확보해줄 수 있었기 때문이다. 또 2000년대 초반에 김애란이 보여준 세계를 향한 넉넉한 시선과 유머는 아직 김경욱 세대의 것이기는 힘들었다. 소련이 해체되고 동구권이 몰락했지만, 한국에서는 여전히 강경대와 김귀정 같은 대학생들이 공권력에 의해 죽어가고 있던 시절이었기 때문이다. 게다가 그들은, 한국전쟁으로 표상되는 이념적 대결의 강렬함을 유년의 원체험으로 지니고 있는 김승옥이나 이청준과도 경우가 달랐다. 무엇보다도 체험의 강도나 절실함이라는 점에서 그렇다. 그러니 무슨 이야기를 어떻게 할 수 있겠는가. 고백하고 싶이도 고백할 수 없으니, 그저 고백할 수 없음에 대하여 고백할 수밖에 없다는 것, 그것도 매우 간접적인 방식으로 그럴 수밖에 없다는 것, 그것이 김경욱과 또한 김연수의 세대 앞에 놓여 있는 소설쓰기의 조건이라고 해야 할 것이다.

이런 조건 속에서 김경욱이 끌고 들어온 것은 대중문화로 표상되는 문화적 저항의 몸짓이었다. 그럼으로써 그는 현실의 질서에 대해 아웃사이더이고자 했다. 그러나 그것 또한 이미 유효한 대안이기는 어려웠다. 정치적 저항을 바탕에 깔고 있을 때에만, 그것의 그림자 속에 있을 때에만 문화적 저항도 의미 있는 것이 되겠기 때문이다. 이를테면 민족의 장래를 걱정하는 많은 사람들 틈에서 혼자 이소룡의 영화에 대해 속삭이는 것은 캠프(camp)적 감각의 신선함을 줄 수는 있다. 그러나 그것도 어디까지나 정치적 담론들이 지니고 있는 엄숙주의에 대한 그림자로서만 그럴 수 있을 뿐이다. 게다가 많은 젊은이들이 주윤발과 장국영의 영화에 대해 열광하고 또 고전적인 록에서부터 모던록과 얼터너티브록을 즐기고 있는 상황이지 않은가. 그것들을 단순히 문화적 의장으로 끌고 들어오는 것만으로는 부족하고 옅었다. 요컨대 소설가로서 김경욱은 문화적 아웃사이더이고자 했으며, 그럼으로써 서사에 필요한 타자의 시선을 확보하고자 했으나, 그의 청년 시대는 이미 문화적 아웃사이더를 위한 충분한 공간을 확보하지 못하고 있었다는 점이 문제라는 것이다. 문제는 성숙성이었으되, 그것을 제공해줄 어떤 시간성도 또한 공간적인 이질성도 발견하기 어려웠던 시대에 김경욱이 이십대의 청년 소설가가 되었다는 것, 그것이 문제였다고 해야 할 것이다.

그렇다면 방법은 무엇인가. 최근의 김경욱의 작품경향을 이미 알고 있는 우리로서는 너무나 쉽게 대답할 수 있다. 자아가 아니라 세계를 향해 시선을 돌리는 것이 그 대답일 수 있다. 물론 1990년대라 하더라도, 『외딴 방』의 작가 신경숙 같은 경우에는 거울을 들여다보는 것이 의미 있는 일이었다. 그는 거울 뒤의 어둠을 향해 자맥질을 해갔으며 그것을 통해 개인적 체험과 시대적 보편성이 만나는 의미 있는 지점을 포착해낼 수 있었다. 반대로 『새의 선물』의 작가 은희경은 거울의 은박을 벗겨 유리창으로 만들어버렸고 그것을 통해 생생한 생활세계의 감각을 포착해냈다. 이십대의 김경욱은 염상섭보다는 이광수에 가깝고, 은희경보다는 신경숙에 가까웠다. 그는 무엇보다도 일인칭의 소설가였다. 소설의 화법이라는 점에서가 아니라 작중인물과 나누는 정서적 교감이라는 측면에서 그렇다. 그의 장편 『모리슨 호텔』(열림원, 1997)에 등장하는 인물들은, 죽어가는 남자 주인공이나 비로소 사랑에 눈뜨는 여자 주인공이나 모두 김경욱의 분신들이다. 계몽이 불가능한 세계에서 고백자에게 가능한 것은 죽음충동일 뿐이다. 그의 초기 소설에서 이십대의 주인공들이 너무나 쉽게 죽는 것도 그 때문일 것이다. 그러나 그가 거울로부터 세계를 향해 눈을 돌리는 순간 새로운 서사적 공간이 펼쳐지고 새로운 유형의 작가가 탄생한다. 그것을 위해서는 작가 자신의 내적 성숙성이, 그리고 그것을 제공해줄 수 있는 시간적 거리가 필요했다. 또 그는 작가로서의 지독한 슬럼프와 내적 위기를 거쳤다. 그런 과정을 통해 변신한 김경욱의 모습을 두고 우리는 지금 소설기계로서의 작가라고 부르고 싶은 것이다. 그의 아홉번째 책인 『위험한 독서』도 그 모습의 일단임에는 두말할 나위가 없다.

3

소설을 따라 읽다보면 어느 순간 작가의 달라진 모습을 보고 놀랄 때가 있다. 좋은 모습으로 바뀌었을 때 보통 손이 풀렸다고들 한다. 작가 김경욱의 경우도 그런 순간이 보였다. 보는 눈에 따라 편차는 있겠지만, 내게는 그의 네번째 작품집 『장국영이 죽었다고?』(문학과지성사, 2005)에 실린 단편들이 발표될 때였던 것으로 보였다. 표제작 「장국영이 죽었다고?」나 「당신의 수상한 근황」 같은 작품들이 특히 그랬다. 작가가 소설을 쉽게 쉽게 뽑아내고 있다는 느낌을 주었다. 운동선수들에게서 보이는 유연하고 부드러운 동작들이 그렇듯, 이런 느낌을 주는 글일수록 오히려 힘든 수련과 면려에 바탕을 둔 것이기 쉽다. 쉽게 읽히는 글일수록 공들여 씌어진 글이기 쉬운 것과 같은 이치이다. 「베티를 만나러 가는 길」 등의 그의 초기작에서는 즉물적으로 등장했던 〈아비정전〉 같은 영화가 「장국영이 죽었다고?」에서는 서사 전체와 혼융되는 모습을 보여주었다. 아마도 그것은 소설 속으로 틈입해온 시간성의 힘이라고 해야 할 것이다. 기억의 형식으로 소환된 영화는 단지 문화적 의장이 아니라 두 사람의 고독을 연결시켜주는 서사적 요소로 작동하고 있는 것이다.

이런 변화의 모습이 우연하게 등장한 것이 아님은 물론이다. 등단 이후 그가 펴낸 책들을 연대순으로 늘어놓으면, 두번째 장편 『모리슨 호텔』(1997)과 세번째 장편 『황금사과』(문학동네,

2002) 사이에, 혹은 두번째 창작집 『베티를 만나러 가다』(문학동
네, 1999)와 세번째 창작집 『누가 커트 코베인을 죽였는가』(문학
과지성사, 2003) 사이에 적지 않은 시간적 공백이 존재한다. 그
시기에 극심한 슬럼프를 겪었다고 그 자신이 자전소설에서 술회
하고 있기도 하지만, 무엇보다도 삼십대로 접어들면서 바뀌기
시작한 그의 작품의 경향 자체가, 그가 겪었으리라 짐작할 수
있는 많은 것들을 암시하고 있다. 이것은 두 창작집, 『베티를 만
나러 가다』와 『누가 커트 코베인을 죽였는가』에 씌어져 있는 작
가의 말의 차이를 확인해보는 정도로 충분하다. 전자에서 김경
욱은 여전히 자신을 세대적 감각의 상징의 위치에 놓고 있지만,
후자에서 그는 글쓰기의 부끄러움에 대해 말하고 있다. 여기에
서 비로소 모습을 보이는 겸손은 단순히 인간 일반의 품성이나
윤리적 덕목인 것은 아니다. 그것은 오히려 작가로서의 덕목에
가깝다. 그것은 곧 세계의 목소리를 받아들여야 하는 무당의 겸
손이고 자의식이 없어 자존심을 모르는 기계의 겸손에 가깝다는
점에서 그렇다. 이에 대해서는, 사기를 닞출 줄 아는 영혼에게만
총체성의 계시는 은총처럼 다가온다고 했던 청년 루카치의 지적
을 상기해도 좋을 것이다.
　그렇다면 무엇이 어떻게 바뀌었다는 것인가. 단적으로 말하자
면 성숙성의 획득이라고 해야 할 것이다. 자기의 내면을 직접적
으로 표출해하는 방식으로부터 한발 떨어져나온 것이라고 해도,
또는 자기 자신이 아니라 대상을 바라보기 시작한 것이라고 해

도 좋다. 세대적 자의식이 현저하게 드러나 있는, 그가 이십대에 쓴 두 장편(『아크로폴리스』『모리슨 호텔』)과, 반대로 그런 자의식으로부터 벗어나 있는 지점에서 씌어진 두 장편(『황금사과』『천년의 왕국』)의 차이를 지적할 수도 있겠으나, 그가 최근 사오 년간에 집중적으로 발표하고 있는 단편들에서 그런 변화된 모습을 분명하게 확인해볼 수 있다. 성숙성이란 여러 겹의 시선을 겹침으로써, 하나의 대상이 지니고 있는 다양한 측면들을 함께 고려함으로써, 한 번의 반성이나 판단이 아니라 여러 번의 반성을 포개어놓음으로써 실현되는 어떤 것이다. 그럼으로써 김경욱이 자신만의 스타일을 확보할 수 있었다면, 그것은 자기 스타일에 대한 고집을 포기함으로써 비로소 획득하게 된 스타일과도 같은 것이다.

이 책에 실려 있는 「공중관람차 타는 여자」를 예로 들어보자. 줄거리만으로 보자면 실패한 첫사랑에 관한 이야기이다. 한 여자가 대낮에 혼자서 공중관람차에서 내려오고, 한 남자는 지방 도시의 공항 활주로로 강하하는 비행기 속에서 그런 여자의 모습을 보고 있다. 여기까지는 있을 수 있는 일이다. 그런데 그 두 사람이 서로에게 실패한 첫사랑이었다면 어떨까. 이런저런 사연이 있겠지만 아무래도 그건 너무 낭만적이거나 작위적이라 해야 할 것이다. 그래서 김경욱은 이야기를 비틀어놓는다. 분명한 것은 대낮에 공중관람차에 혼자 오른 한 여자가 있고, 그것을 내려다보는 한 남자가 있다는 것뿐이다. 둘이 어떤 관계인지는 아무도 모른다. 남자가 상상한 대로 첫사랑의 여자일 수도 있고 아닐 수도 있다는 식이다. 이쪽이 좀더 현실적이다.

그러나 여기에서 한발 더 나아가, 아직 첫사랑의 상처를 지니고 있는 남자의 환상이 있고, 게다가 그것이 환상일 뿐이라는 사실을 남자도 이미 알고 있는데, 그런데 정말 그 여자가 그 남자의 첫사랑이었다면 어떨까. 그 환상이 현실이라면. 이건 말이 되는, 게다가 풍부한 울림을 지니고 있는 괜찮은 이야기이지 않은가. 그런 게 인생이지 않은가. 가끔씩 도저히 상상할 수 없는 일이 눈앞에서 아무렇지도 않게 벌어지는 것, 놀라운 우연이 가끔씩 사람을 소스라치게 하는 것, 그런 게 균열과 구멍을 품고 살아가는 보통 사람들의 삶이지 않은가. 김경욱은 말하자면 첫사랑에 관한 낭만적 이야기를 두 번 꼬아놓음으로써 괜찮은 소설 한 편을 빚어낸 셈이다. 우연히 스친 두 사람이 첫사랑이었다고 말하는 첫번째 단계는 낭만적 허위이고, 그것이 한 남자의 환상일 뿐이라고 말하는 것이 현실적인 것이라면, 그 모든 것에도 불구하고 우연 속에 내던져져 있는 이들이 진짜 첫사랑이었다는 것, 그런 게 인생이라는 명제는 어떨까. 아마도 그런 것을 우리는 소설이라고 할 수 있지 않을까. 요컨대 낭만적 허위에 불과할 이야기가 두 번의 꼬임을 통해, 김경욱이 배치해놓은 겹의 시선을 통해 울림이 풍부한 아이러니의 공간으로 전치되고 있는 것이다.

이같은 겹의 시선을 놓고 우리는 지금 성숙성이라는 표현을 쓰고 있는 셈인데, 그런 시선은 이야기 전체의 틀만이 아니라 세부에까지 개입하여 볼 만한 장면들을 만들어내곤 한다. 「공중 관람차 타는 여자」의 예를 계속 들어보자. 세 개의 인상적인 장면이 있다.

첫째는 여주인공 수진이 혼자서 거울 앞에 서 있는 장면이다. 사연은 이렇다. 결혼 전 수진에게는 세 부류의 남자가 있었다. 지적인 남자, 현실적인 남자, 낭만적인 남자. 누구와 결혼할 것인가. 물론 셋 다 답일 수 없다. 정답이 있다면 그것은 사랑하는 남자여야 한다. 그래야 열정이 식고 난 후 남게 될지도 모를 후회까지도 기꺼이 감당할 수 있다. 하지만 수진이 선택한 답은 능력 있고 책임감을 강조하는 남자였다. 그런 남자는 대체로 고집이 세고 자기 중심적이어서 같이 살기 힘든 스타일이다. 결혼 생활이 평탄할 수는 없었고 남편을 죽이고 싶은 순간도 있었지만, 아이 둘을 낳은 수진은 차가운 결혼이나마 유지하고 있는 중이다. 그런데 결혼 전 수진이 외면해버렸던 낭만적인 남자가 영화감독이 되어 텔레비전에 등장했다. 한때 혁명을 꿈꾸었던 남자였다. 문제는 그 영화의 내용이다. 감독의 첫사랑 이야기라고 알려진 영화가 수진 자신의 이야기로 가득 차 있는 것이 아닌가. 이십대의 예쁜 여배우가 자기 젊은 날을 연기하는 모습을 보고 극장에서 집으로 돌아온 수진, 마음이 편할 수는 없다. 욕실의 거울 앞에서, 젊음의 빛이 완전히 사라져버린 자기의 알몸을 들여다본다. 그 순간 욕실의 불이 꺼진다. 그건 장난기 많은 첫째의 짓이다. 곧이어 불이 켜진다. 그건 엄마가 욕실 안에 있음을 알고 있는 둘째의 배려다. 그렇게 번갈아가며 스위치를 향해 다가오는 첫째와 둘째의 손가락에 의해 거울 속의 나신은 반복적으로 명멸한다. 그것을 망연히 바라보며 수진이 서 있다. 첫째의 손이 이기기를 바라면서. 멋진 장면이다.

둘째는 수진이 첫사랑과 헤어지게 된 사연이다. 그것을 수진은 잘못 외워 쓴 시 한 구절 때문이라고 했다. 고등학교 일학년 때 마음에 드는 선배를 만났다. 순전히 그가 좋아 문예반에 들었다. 기적이 일어났다. 그 선배가 자기에게 연애편지를 보낸 것이다. 워즈워스의 시 한 편도 함께 보냈다. 그의 데이트 신청을 받아들이며 자기도 답장을 썼다. 워즈워스에 대한 답례로 릴케의 시 한 편을 써서 보냈다. 외우고 있던 시인지라 확인해볼 필요도 없었다. 달콤한 첫 데이트를 마치고 돌아온 수진은 릴케의 시집을 뽑아들었다. 있을 수 없는 일이 벌어졌다. 릴케의 「엄숙한 시간」의 마지막 행이 자기 기억과 달라져 있는 것이 아닌가. '그 사람은 나를 위해 죽고 있다'가 아니라 '그 사람은 나를 바라보고 있다'였다는 것. 그것이 수진에게는 참을 수 없는 수치였고, 그를 계기로 그와 멀어지게 되었다. 그러나 상대 남자의 입장에서 보자면 이것은 도무지 영문을 알 수가 없는 것이다. 달콤한 편지를 주고받고, 또 첫번째 데이트까지 분위기가 좋았는데 난데없이 자기를 피하는 여자를 이해할 길이 없는 것이다. 제대로 말이 통할 만한 나이였다면 사정은 또 달랐을 것이다.

영문도 모르는 채 여자에게 외면받은 어린 영혼은 상처받은 불쌍한 짐승이 되었다. 그러니 위축되어버린 어린 영혼의 행동은 제약될 수밖에 없다. 릴케의 시 한 구절 때문에 끝장나버린 첫사랑이라니! 그럴 수 있다. 그런 게 보통 첫사랑이기 때문이다.

마지막으로 셋째 장면, 소설의 마지막 장면이다. 남자도 여자도 모두 서른을 넘긴 나이가 되었다. 출장길에 오른 남자는 비행기에서 내려 공항을 빠져나가다 작은 액자에 걸려 있는 릴케의 시 「엄숙한 시간」을 본다. 마음이 촉촉해졌지만 정확한 이유는 기억나지 않는다. 수진의 편지를 받았던 고등학교 시절 이후로 너무나 많은 시간이 흘러버렸다. 그리고 공항 건너편에는 수진이 있다. 공중관람차의 캐빈에서 새삼 옛기억이 떠올라 혼자 울다 나왔다. 혼자 우는 울음이라면 진짜 울음에 가깝다. 물론 남편을 증오하고 애를 둘이나 가진 엄마가 첫사랑의 기억 때문에 울음을 터뜨리는 일은 있기 어렵다. 불현듯 떠오른 그 기억이란 아마도 감정의 둑을 터뜨린 마지막 한 방울의 물 같은 것이었을 것이다. 두 사람은 그렇게 서로의 존재를 모른 채 서로를 비껴간다. 김경욱은 이런 이야기가 실제가 아니라 단지 남자의 환상일 수 있음을, 이인칭 소설이라는 형식과 소설 초두의 장치를 통해 암시해두었다. 그러나 이 마지막 장면에 이르면 두 사람의 이야기는 환상이 아니라 실제 상황에 훨씬 가깝게 묘사된다. 이런 낭만적인 이야기가 실제 상황이라고? 그러나 이야기를 따라온 독자들의 마음은 이미 무장해제되어 있어 이런 정도의 아이러니를 받아들이는 데 큰 문제가 없다. 그런 설득력이야 말로 성숙해진 작가 김경욱의 솜씨라고 판단해도 좋을 것이다.

우리가 최근의 김경욱에 대해 성숙성을 운위한다면 그의 작품에 등장하는 이런 양상들 때문이다. 「공중관람차 타는 여자」처럼 그는 이제 시간성을 능란하게 구사하고 있다. 한 작품만 더 예로 들어보자. 「황홀한 사춘기」는 1988년 스파르타식 기숙학원에서 재수생활을 했던 한 총각의 이야기다. 아버지는 이비인후과 전문의이고 어머니는 그런 남편을 간택할 수 있었던 재력가이다. 이 두 가닥의 이야기가 꼬이면서 서사의 줄거리가 직조된다. 1988년의 재수생이 우스꽝스러운 기숙학원에서 보내야 했던 한 해 동안의 에피소드들이 한 편에 있고, 다른 한 편에는 화목할 수 없었던 집안 이야기가 있다. 세목을 들어 이야기하지 않더라도 그런 상황에서 있을 법한 이야기들이 나온다. 학원의 군대식 규율에 저항하는 재수생들과 그들의 저항에 당근과 채찍으로 대응하던 학원 운영자들의 이야기, 또 바람을 피우다 마침내는 빈딜터리로 이혼당하는 아버지 이야기 같은 것들. 마지막이 멋지다. 어느덧 십 년의 시간이 흘렀다. 1988년의 재수생은 이제 총각 학원강사가 되어, 자기가 학원 시절에 보고 배웠던 교사들의 노하우를 전수하고 있는 중이다. 그가 학원에서 아버지의 전화를 받는다. 밥을 비비는 중인데 참기름병이 보이지 않는다는 것이다. 이런 정도의 장면만으로도 1988년 이후 이 두 사람이 보냈을 십 년간의 정황이 한순간에 주르륵 펼쳐진다. 단편이 지녀야 할 미학적 덕목을 압축된 시간성이 확보해주고 있는 것이다. 일상 속에 있을 수 있는 그렇고 그런 이야기들인데도 시간성이 개입하는 순간, 곧 겹의 시선이 개입하는 순간 허구적 이야기로서의 소설만이 포착해낼 수 있는 정서적 울림의 공간으로 전환되고 있는 것이다.

이밖에도 그의 최근의 소설들이 보여주는 미덕들이 있다. 그의 서사 여기저기서 모습을 보이는 디테일의 핍진성과 유머감각 등을 예시할 수 있을 것이다. 「고독을 빌려드립니다」에서는 홈쇼핑 고객관리부 특별관리팀장 노릇을 하는 회사원이 등장한다. 이 소설의 주된 화제는 고독 같은 추상명사까지 대여해주는 렌털 업체 이야기지만, 이 화제가 아무런 장치 없이 전면에 나온다면 좀 생뚱맞고 이상할 수 있다. 이런 이야기를 설득력 있는 것으로 만드는 것은 회사 생활의 핍진성이다. 디테일의 정치함이 말을 하기 시작하는 것이다. 주인공 남자는 홈쇼핑 회사에서 고객을 어떻게 관리하는가. 김경욱은 대뜸 전화 상담하는 장면을 배치해놓았다. 주인공은 특별관리팀을 운영하는 팀장이다. 구입한 상품에 불만을 가진 고객의 전화에 어떻게 대처해야 하는지를 팀원들에게 교육시켜야 하는 입장인 것이다. 전화상담을 통해 반품률을 떨어뜨리는 것이 그들의 임무이다. 그러기 위해 중요한 것은 고객과의 통화에서 최초의 삼 분을 넘기는 것. 통화시간이 삼 분이 넘어서면 반품률은 절반 이하로 떨어진다. 김경욱이 마련해놓은 이런 이야기를 읽어나가다보면, 홈쇼핑 회사에 실제로 그런 부서나 매뉴얼이 있는지는 알 수 없지만, 아마도 그런 게 있을 것 같다는 느낌을 갖게 된다. 정치하게 마련되어 있는 디테일에 의해 설득되고 나면, 그 나머지 이야기에 대해서는, 설사 비현실적이거나 엉뚱한 이야기가 나오게 되더라도, 한번 들어보자는 생각으로 마음의 문을 열게 된다. 설득력 있는 디테일 하나가 그렇게 만드는 것이다.

유머의 경우도 마찬가지다. 「맥도날드 사수 대작전」은 테러에 대한 공포를 우스꽝스럽게 다룬 풍자적인 희극이다. 평양과 개성의 맥도날드 점포 방화사건을 등장시켜 소설의 시간대를 흐려놓았다. 그런 것이야 아무래도 상관없다는 말일 것이다. 사건은 한 맥도날드 점포에 괴전단이 뿌려짐으로써 시작된다. 비에 젖은 전단은 잉크가 번져 내용을 정확하게 알 수가 없다. 그래서 크로스퍼즐 같은 확인게임이 시작된다. '제3세계해방전선'이 있어야 할 자리에는 '청담동진단방사선' '각종수입가방수선' '물좋은노래방알선'이 끼어들고, '아동들의 건강을 해치지 마라'의 자리를 두고는, '아우들의 요강을 버리지 마라'와 '아시아의 최강을 넘보지 마라'가 경합한다. 또 '제3세계 미성년자를 착취하지 마라'의 자리에는 '너무 세게 동성애자를 갈취하지 마라'와 '여보세요 악성감자를 섭취하지 마라'가 등장한다. 이런 만담들을 읽어나가다 피식거리기라도 한다면 이미 독자는 작가와의 게임에서 진 것이다. 나머지는 작가가 이끄는 대로 끌려갈 수밖에 없다.

『위험한 독서』에 실려 있는 몇몇 작품을 예시하여 김경욱의 소설이 지니고 있는 미덕들을 언급해보았다. 이를 통칭하여 우리는 작가로서의 성숙성이라 불렀지만, 이런 면모는 이 책의 곳곳에서 확인될 수 있다. 물론 작품마다 편차가 없지는 않아서 보는 눈에 따라서 서로 다른 의견들이 나올 수도 있겠다. 하지만 그 정도가 크지 않고 전체적으로 매우 균질해졌다는 점에는 많은 사람들이 동의할 수 있을 듯싶다. 매 편마다 수작과 걸작이라고 할 수는 없지만, 어떤 작품을 뽑아들더라도 끝까지 편안한 마음으로 읽을 수 있다. 한 작가의 이름을 보면서 그의 작품이라면 어느 것이든 즐기겠다는 마음으로 느긋하게 접근할 수 있다면, 그는 이미 한 수준에 올라선 것이다. 내게는 현재의 김경욱이 그런 작가로 보인다. 그것이 쉬운 게 아님은 두말할 나위가 없다. 그는 세대적 자의식을 포기해야 했고, 독창성에 대한 추구라는 예술가적인 태도의 결연함을 접어두어야 했다. 그 결과로 소설기계가 하나 탄생했다. 계약서나 사고보고서같이 실용적이고 분명한 목적이 있는 것이 아닌, 자기 목적적인 글을 쓰는 사람들이 맞닥뜨리게 되는 가장 큰 난점은 글쓰기 자체의 의미와 가치에 관한 것이다. 내가 쓰는 이 글이 대체 무슨 소용이 있을 것인가 하는 것. 소설기계 김경욱은 이제 이런 자의식을 드러내지 않는다. 그는 이미 기계이기 때문이다.

게다가 김경욱은 진화하는 기계이다. 지난 십오 년간의 그의 세계가 이를 보여주고 있다. 깨달음은 순간이되 그것의 실현을 위해서는 오래고 긴 실천이 필요하다. 기계란 그 고독을 견디는 존재들, 견디고 있다는 사실조차 드러내지 않는 존재들이다. 김경욱은 독창성에 대한 추구를 유보함으로써 기계의 길에 들어섰지만, 어쩌면 그것이 진정한 독창성에 이르는 길일지도 모른다. 천재가 그렇듯 독창성이라는 것도 여러 질이라, 사후적으로만 확인될 수 있는 것이 있기 때문이다. 어쩌면 그런 독창성이야말로 진짜일지도 모를 일이다. 그러나 진화하는 기계만으로도 쉽지 않은데 거기에 독창적이기까지 하다면? 그것은 아무리 미래의 일이라도 좀 섬뜩할 것이다. 물론 이런 것이야 한가한 독자들의 짐작일 뿐, 그러거나 말거나 김경욱은 쓴다. 그것만이 기계의 일이다. 기계의 탄생을 지켜보는 일도, 기계의 작동을 지켜보는 일도 독자로서는 매우 유쾌한 일이다. 김경욱의 독자라면 일단은 그것으로 족하다고 할 것이다.

작가의 말

독서는 위험해. 자신을 돌아보게 하니까. 가차없이 돌아보게
하니까.

언제부턴가 모든 게 책으로 보여. 세상도 사람도 모두모두. 중
증이야. 읽어야 할 게 너무 많아. 외국의 어떤 작가는 책상 머리
맡에 이런 글을 써붙였다지. 희망도 절망도 없이 매일 조금씩
쓴다. 모든 게 책으로 보이는 나는 이렇게 말하고 싶어. 희망도
절망도 없이 매일 조금씩 읽는다. 희망에 들뜨지 않고 절망에
굴하지 않고. 인생에서 의미 있는 것들은 대개 무의미해 보이는
반복을 견뎌낸 어떤 것이기 마련이니까.
언제부터 이렇게 되었는지는 모르겠어. 글을 처음 깨우쳤을
때일 수도 있고 뭔가를 끼적거리는 자신을 발견했던 십칠 년 전
의 어느 날이었을 수도 있겠지. 언제 끝날지는 알아. 맞아. 그때

야. 이번에는 당신이 읽을 차례야. 나를 읽어봐. 당신의 독서를
위해서라면 나는 스스로 책이 되는 위험을 무릅쓸 수도 있으니
까. 당신을 위해 내가 할 수 있는 일은 더 위험해지는 것뿐이니
까. 그러니 평안하고 또 평안한 수만 번의 아침저녁이여 안녕.

부디 당신의 독서가 당신을 자유롭게 하기를.

2008년 9월

김경욱

| 수록작품 발표지면 |

위험한 독서 …… 『문학동네』 2005년 가을

맥도날드 사수 대작전 …… 『창작과비평』 2005년 여름

천년여왕 …… 『문학동네』 2006년 여름

게임의 규칙 …… 『현대문학』 2006년 1월

공중관람차 타는 여자 …… 『문학사상』 2005년 11월

고독을 빌려드립니다 …… 『21세기문학』 2006년 봄

달팽이를 삼킨 사나이 …… 『문학과경계』 2005년 여름

황홀한 사춘기 …… 『문학과사회』 2006년 봄

문학동네 소설집

위험한 독서

ⓒ 김경욱 2008

1판 1쇄 │ 2008년 9월 25일
1판 13쇄 │ 2020년 7월 16일

지은이 김경욱
펴낸이 염현숙
책임편집 조연주 서현아 권윤진 │ 디자인 김리영 유현아
마케팅 정민호 박보람 우상욱 안남영 │ 홍보 김희숙 김상만 지문희 우상희 김현지
제작 강신은 김동욱 임현식 │ 제작처 한영문화사

펴낸곳 (주)문학동네
출판등록 1993년 10월 22일 제406-2003-000045호
주소 10881 경기도 파주시 회동길 210
전자우편 editor@munhak.com │ 대표전화 031)955-8888 │ 팩스 031)955-8855
문의전화 031) 955-3576(마케팅) 031) 955-8864(편집)
문학동네카페 http://cafe.naver.com/mhdn

ISBN 978-89-546-0675-2 03810

* 이 책의 판권은 지은이와 문학동네에 있습니다.
  이 책 내용의 전부 또는 일부를 재사용하려면 반드시 양측의 서면 동의를 받아야 합니다.
* 이 책은 한국문화예술위원회의 문예진흥기금을 받아 출간되었습니다.
* 이 도서의 국립중앙도서관 출판예정도서목록(CIP)은 서지정보유통지원시스템 홈페이지
  (http://seoji.nl.go.kr)와 국가자료종합목록 구축시스템(http://kolis-net.nl.go.kr)에서
  이용하실 수 있습니다.(CIP제어번호 : CIP2008002836)

www.munhak.com